中国少数民族文学发展工程
出版扶持专项丛书

东一街

（土家族）崔晓琳 / 著

作家出版社

崔晓琳 贵州沿河土家族自治县人，鲁迅文学院第36届高研班学员，作品见《天涯》《山花》《山西文学》《雨花》《朔方》等报刊，有小说被《长江文艺·好小说》转载，出版散文集《以后之前》，短篇小说集《东一街》入选中国作协2017年中国少数民族文学发展工程出版扶持项目。

作者近照

目录

金手镯

夜已经很深了，睡不着，她又起床看了回堂屋里的龙凤烛，跳跃着，也没燃偏，吉利。

门口的大红灯笼仍然亮着，六十瓦的灯泡，费点电就费点吧，媳妇都进屋了、都要抱孙子了，多大的喜事，可不得铺张浪费些，她在心里安慰自己。

屋外也是亮堂堂的，还有两桌打牌的没有散去。她又添了回茶水，散了香烟。牌桌上的李光头拿她打趣：今儿就在这儿陪我打牌算了，儿子是洞房，你是空房，多心慌啊。她顺手拍了他一个脑袋瓜：你心慌了不是，那明儿你儿子的洞房你抢着进吧，不值钱的嘴，就该撕烂算了。李光头摸了摸脑袋，不生气，一脸的笑。可他一旁候着的女人不乐意了，扁了扁嘴，斜着眼睛说：周嫂，你也别犟，媳妇都进屋了，有你的好日子过。不用急，天一亮你就知道儿子给你找了个什么角色。女人的鼻子里像冒着烟，幸灾乐祸的样儿。她心虚了，嘴上没敢再争。

媳妇是儿子相中的，带回家过一次，小眉小眼的样儿，话也不多。炒菜时她故意放了很多盐，媳妇吃了两筷子菜，皱了皱眉，啥也没说，倒了半碗米汤往里拌，吃了个精光。她不喜欢，这孩子心是往里收的，针尖都能藏得住。东一街的女人哪个不是敞着的，有啥说啥，再急再气一阵风就过了，怕的就是人揣着，捉摸不透。

她叹了口气，准备往屋里走。

周嫂，好好睡啊，你还得早起呢，该准备的准备好了，可别像王嫂出了乱子，让媳妇都跑到头顶上去了。女人乘胜追击，又给了她一棒。

你别替我操心，今晚你最好就在这儿守着，看你家光头敢往哪儿跑。她回头把女人剜了一眼。

回到屋里，她哪还有睡意，有女人的地方就不会有太平，李光头的女人也就是明枪明炮，只有两个毫无血缘关系的女人住到一个屋檐下才会时刻提防、相互较量，只有婆媳才明白这世上还有永远离心离德却又不得不彼此相伴的关系。

嫁到东一街时，她还不到十八岁。父母走得早，嫂子一嫁过来就让她退了学，四处托人给她说亲，也没钱给她办嫁妆，就像站在集市里叫卖一头带有残疾的牲口，坦诚公布自己的缺陷，逮到有意的主顾，迫切地就想贱卖处理。婆婆是个寡妇，苦着个脸，病恹恹的，整天坐在炉边守着一罐浓黑的药汤。屋子里弥漫着中药的涩苦，长年累月，像是已经生根发芽。婚后的第一天，坐在香火下，婆婆端着碗吞了一口药汤，眉头深锁，一字一顿地跟她说：以后周家家里家外可就交给你了。说话间婆婆的眼睛落在药汤里，看不到表情，屋子里的涩苦牵藤延蔓，一点一点地爬过来，她全身受缚，感觉所有的汗毛都立了起来，像蓄势以待的战士。带着赴汤蹈火的决然，她郑重地点了头，叫了声“妈”。婆婆端坐在那里，没有给她小城传统里的改口礼，大概是觉得眼前这个只能以嫁人为出路、毫无身价的女人不值得。她有些屈辱，看见那个病恹恹的女人漫不经心地端起碗，然后专注地喝着药汤，像身体里藏了个无尽的深渊。

娶她进屋，婆婆就交付了养家糊口的重任，先天残疾的牲口理应加倍劳作，来回报主顾的接纳。有时候她会觉得绝望，一个人打点着养家的小本生意，还得没完没了地操持家务。稍有差池，便听到那药碗重重地落在桌上，药汤四溅，她不敢回头，背脊直冒寒气。

其实婆婆到死也没对她说过一句重话，她怪不得。她有时候在想她一直在做对抗的也许只是那一碗药汤。

当然，现在回头看，便会觉得自己可笑，她是寻着依靠而来，却事与愿违地被人当作依靠。多年媳妇熬成婆，这是女人在婚姻里消耗、磨损自己，最后获得的一种补偿。这一点婆婆显然早已悟透，于是当初婆婆才漫不经心地享受着婚姻的最后时光，目睹着另一个女人开始被婚姻消耗和蹉跎。而如今，数小时后她也将晋升为婆婆，心里不由得生出一些快意。

对于做婆婆的第一天，她早有了精细的打算。

天一亮，她就将坐在香火下，让列祖列宗都看着，堂屋那头的新房里刚刚才成为女人的小媳妇会送来一床新被，然后跪在地上给她敬茶。茶举过头顶，茶香缭绕，但她不能急着端过来，她得板直了腰一言不发地坐着。她得等到小媳妇微微抬起头，脸成桃色，额上有细微汗珠，庄重而羞涩地喊了声“妈”，这时，才缓缓地去接过茶；也不能直接喝，得朝桌上放放，做了婆婆就得有婆婆的姿态、婆婆的威严。媳妇仍然跪着，像个罪人在等候发落，抢了她小半辈子劳动成果的女人可不是罪人吗？可是，不，要知道在面对周家的列祖列宗时，她们其实是平等的，她们将来在香火上的牌位都叫周氏，她们所承担的责任都是传宗接代，她只是比她早到些，理所当然地接受她应该有的恭敬，然后以经验作为支撑树立威严，施以引导和关爱。这是她希望的理想状态，不苛求亲如母女，但要彼此尊重，和谐共处。当然这是后话了，无论如何跟小媳妇都已建立了被世人界定的婆媳关系，她必须得为媳妇的一声“妈”拿出一定数额的改口礼，这会成为东一街一段时间内的谈资，但只是一段时间，她不满足，她要让列祖列宗给她作证，她不欠周家任何东西，更没有因为自己未曾得到就亏待媳妇。她要给媳妇的“改口礼”是一个手镯，黄金实心的，跟小手指一样粗，缠着龙凤，金灿灿的，十年后、二十年后它还可以招摇显摆，展示出她作为婆婆的仁厚、大方。她一边想，一边摸着荷包里用红布包裹着的手镯有些得意地笑了。

她不敢忘记婆婆当年对她的轻视，二十多年来，她练就了金刚不坏之躯，生儿子时自己剪的脐带，婆婆是她送的终，那短命的人也是她埋下地的。三十岁就开始守寡，一个人撑顶门户，带大孩子，在东一街她比任何一个女人都值得被另一个叫作媳妇的女人去尊重。

一夜无眠，好容易熬到天亮，她又起身，梳洗，穿戴。堂屋那一头的新房终于在持续两日的热情、亢奋后变得疲软，连门上大红的“囍”字也收敛起来，低眉顺目的样儿。她故意走到门前咳嗽了两声，新房里仍未激起任何声响。走到屋外，打牌的都已散去，一条街又露出了办酒席的模样：靠墙的案板上残留着菜叶，临时砌的土灶上坐着蒸笼，大铝锅里的碗盘一夜交心，贴心贴肺，正难分难舍，方桌子、长条凳们被打牌、聊天的人搬得横七竖八，有几个情投意合的正相约着合围聊天。时间是不早了，一条街的人得吃饭，得吃这场婚礼最后的帮忙席，长期的分工合作，大家会自觉履行自己的职责，最多半个时辰，这条街就会热闹起来。可是，大伙儿来之前，新媳妇还腻在床上，未曾敬茶改口，这像话吗？

她心里有些不快，觉得包里的那只金手镯硌手。想了想，还是去拍了门，眼睛是懒得看那大红喜字的，她替媳妇害臊，贪恋男人也不能是在这个时候呀，再说她娘家没人教她进门后的第一天得早起，抱被、敬茶、改口吗？或者，这就是她娘家教的下马威，欺负她一个没前家、没后家的寡妇。又或者，媳妇早已知晓她当年遭受过婆婆的轻视，暗暗不屑。想着，她开始心虚，生怕流露出自己内心的软弱，故作镇定地、狠狠地拍了下门，里面传出的声音是暧昧的，滚烫的……

重新回到自己的房间，她对着镜子仔细检查了一遍。她确定媳妇跟她已经开始了一场秘而不宣的战斗，媳妇身后有兄妹、有父母，她是单枪匹马，此刻跟她血脉相连的儿子在对方的温柔乡里，已沦陷、归顺、臣服，甚至有一天还会跟她反目。这不是没有可能，王嫂就是个例子。王嫂娶媳妇那天，媳妇给她送来的被子是嫁妆里最次的，薄薄的，不超过四斤棉花，被面也不是缎的。站着敬的茶，叫声妈，脸别到了一边，声音细得跟蚊虫一样。王嫂至今说起都一脸的恨意，她不是恨媳妇，她恨自己，她告诫东一街所有生了儿子将来要做婆婆的女人，媳妇进门的第一天，一定不能有闪失，不能让媳妇小瞧。王嫂的闪失是出在着急上，那天，她起了个大早，新媳妇迟迟没起床，她着急，又不好意思敲门，就转到窗户边想贴着耳朵听听动静，谁想窗户没闩，王嫂的头直接把窗户给顶开了。被窝里的两人如惊弓之鸟，一个劲地乱扑腾，她吓得没敢看，但她捂着脸逃的样儿却让儿子媳妇看了个清清楚楚。媳妇后来出洞房时，不是含着羞，而是一脸的鄙夷，她慢吞吞地把四斤重的薄被递过来，也不急着去敬茶，而是从上到下地对王嫂打量。可还是因为着急，王嫂的裤腿一高一低，袜子一深一浅，鞋帮子也没提好，当然这搁在平时没人会笑话她，住在东一街里的女人能有多讲究？但这落到了新媳妇眼里，就成了唇边一抹轻蔑的微笑，成了狼狈、猥琐，成了日后的不屑和嘲弄，儿子也不拿正眼看她，在旁人偶尔无聊取笑时，眼里尽是厌恶和悔恨。

她心里打了个寒战，又看了看镜子里的女人，蓝底暗花的夹衣，黑长裤，黑皮鞋，干净、齐整。想了想，又把裤腿提了提，确定了袜子的统一。她绝不允许因为一时的疏忽让对方不战而胜。

门总算是开了。媳妇穿了件粉色的开衫和牛仔裤，趿着拖鞋，盘着的头发散开了，卷曲、蓬松，没了头一晚上身着大红嫁衣的光彩照人，但却更女人了。女孩的身体是紧张的，绷了一根弦；做了女人，弦被抽走，就成了块甜蜜、松软的面包。一个夜晚的发酵、膨胀、高温，此刻全身所有的细胞都大大地张着，媳妇由内而外的松软和那种欢爱后残存的气息唤醒了她身体的记忆，令她厌恶、羞耻。这种气息浓郁、妖惑，甚至还充满了敌意，它蔓延到儿子身上，强调着一个整体，在这个屋檐下对她步步紧逼。

整个人开始戒备，她想去与一个之前毫不相关、之后可能鸠占鹊巢的女人在同一屋檐下和谐共处，这本来就是自欺欺人。她用挑剔的眼光看了看媳妇手里抱着的被子，应该是八斤的，柔软、厚实，五彩缎面里包裹着阳光的味道，她整个身子仿佛又松懈了些，下意识地去摸了摸包里的那只金手镯。儿子紧跟在媳妇身后，含着笑，那笑被媳妇身子牵着，藏着贪婪的秘密。她依旧不动声色，接过被子看也没看就放进了柜子里。转身坐到香火下，儿子还是一脸笑意紧跟在媳妇身后，只是手里多了一盏茶。媳妇看着地上空无一物，有些犹豫地回头看了看她男人。那个男人多么陌生啊，怎么会是她一把屎一把尿带大的孩子呢，粗大的喉结、茁壮的胡须，眉眼里却又全是柔情蜜意。就别跪了，地上凉又硌得慌。这话里没有主语，是说给两个女人听的，带着一种温柔的强硬不容商量。她心里一阵凉，狠狠地瞪了儿子一眼，心里骂了声卖了心的狗崽子。媳妇从她男人手里接过茶，端到她跟前，轻轻地叫了一声“妈”，浅浅的、淡淡的，连羞涩也没有。她没有这样的心理准备，不知道这个仪式怎么能变得这么敷衍，她没有任何闪失，任何破绽，在列祖列宗面前也一贯地贤良淑德，她甚至还用了半辈子的积蓄换了只金手镯，来匹配应该有的庄重和严肃，来奠定她应该得到的尊重和爱戴。然而，儿子的一句话就轻易地改变了局势，一场隐形的战斗明显地决出了胜负，她败得还不如王嫂，虽然都败在了意外，但王嫂的意外是麻痹，是大意，而她的意外是儿子对二十年相依为命操之过急的背叛。她有些痛心，沉默着。茶最终被媳妇放到了桌上，杯盖抖了几下，落下几个杂乱的音符，那声音像当年婆婆视若无睹地喝着药汤，让人觉得很无力，想要逃避，她把那只金手镯丢到桌上，起身出了门。

土灶里已冒着烟，汉子们正守在一旁喝早酒，偶尔回头和在案板上切菜的女人搭几句话，有几个小孩还未完全醒来，坐在家门槛上淌着鼻涕、发呆出神，东一街弥漫着烟火气，日子仿佛是从地上长出来一样自然。但她却觉得无比虚无，好像所有的记忆都被人偷走了：媳妇和儿子身上不分彼此的气息露着寒光，带着兵刃之气；婆婆躲在暗角，仍然吞咽着无穷无尽的药汤。她无路可退，耷拉着脑袋坐在长条凳上发呆。案板旁的几个女人用刀背敲着案板：哟，周嫂，媳妇进门了，眼看着事务也完了，就不来端茶倒水，陪大家摆摆龙门阵呢。她压了压一腹的心事，拖着板凳围过来，水正烧着呢，一会儿就给大家泡茶啊。周嫂，蔫巴屁臭的，不会是做婆婆第一天就被媳妇欺了吧。昨晚我可是见你媳妇把你儿子拉到一边抢先进的洞房，是个厉害角色哦。女人们七嘴八舌，她倒是听出了一个信息，媳妇是有心思的，亲家母也一定交代过，谁抢先进了洞房谁以后就能当家做主。这不是夫妻二人的协商，是小城里旧时留传下来的家长密码，是一些婚姻并不成功的老夫妻给新夫妻毫无科学依据的当家指南。她心里又觉得好笑，东一街里的女人哪个在家不是拿主意拍板钉钉的，可正好乐得男人们坐茶馆、打纸牌，自己却忙里忙外操碎了心。女人有时真是傻，干吗想着要去当家呢，旧时还有句话呢，嫁汉嫁汉，穿衣吃饭。找个男人是用来靠的，可不是拿来养的。道理她比谁都懂，可她没那福气，短命的人说走就走了，她只能靠她自己。

王嫂住在东一街的街头，拿着条围裙正往这边赶，身后还拖着个两三岁的小姑娘。案板旁的女人们一下子又找到了话题。喏，瞧见没，王嫂这辈子可算完了，做了婆婆还跟个丫环一样。可不是吗？她媳妇在家可没给过她好脸色，谁让她当初去墙根儿听人家洞房，不羞啊。以前还真是没看得出，她就是个老不正经的。大家越说越难听，她抢过一把菜刀用刀背用力地敲了一下案板，烂谷子的事，还嚼舌根，谁敢保证有不被媳妇收拾的那天。菜刀最后咣的一声丢在案板上，大家的眼光都聚了过来，李光头的女人也把手里的菜刀一扔：哎呀，周嫂都发脾气了，今天早上不会是没喝到茶吧？女人一脸的尖刻。她方才觉出自己刚才的话露了怯，家丑不可外扬，一肚子的火怎么也得捂住了。可不要乱说，新媳妇长得文文气气的，一看就懂规矩。王嫂走过来刚好听见女人的话，在一旁帮腔。哼，规矩，规矩也是可以改的，王嫂你那四斤重的被子盖着不冷啊。女人头也不抬，把话往绝处赶。案板旁其他几个女人掩面偷笑，想拔刀相助的王嫂也不掂量掂量，一个彻头彻尾失败的婆婆，还敢对别人家的新媳妇评头论足？王嫂引火上身，倒是让人暂时忘了她的尴尬。她提了个水壶悄悄离开。

王嫂也跟了过来，眼眶有点红：我这是犯的啥错呀，一辈子都要被人嘲笑。她心里也堵，媳妇是站着敬的茶，她还给了人家一只省吃俭用换来的金手镯，就像被人扇了一耳光，你还跟人道谢，真是贱。她觉得自己可笑得很，哪怕换了角色，好像也无力改变自己受辱的命运。王嫂坐到对面，带着恨意如祥林嫂般没完没了地又说起当初的着急、大意，陈词滥调，像个无聊、愚蠢、可怜的复读机。

东一街的人们很快就各就其位了，团结、协作，米进了甑子，扣碗也进了蒸笼，菜也下了锅。虽然不比头一天的热闹，但更加有序，更加亲密，真正像一家人的欢聚。大伙儿把饭菜端上桌，把酒满上，新媳妇还未出来，男人们就又开始说俏皮话了：周嫂，昨天是给小夫妻打个广告，今天才是你家媳妇成为东一街新成员的入伙儿酒，赶紧叫她出来，跟我们喝酒，摆摆龙门阵。女人们也起哄：周嫂，做了婆婆学厉害了，真要像从前让媳妇饿三天啊？你可得把人家当女儿看待才行呢。大伙儿说的都是玩笑话，她可一点也乐不起来，多年媳妇熬成婆的扬眉吐气这是在从前，受气媳妇的年月早成老皇历了。

媳妇闻声出来，脸上没施粉黛，白白净净、瘦瘦弱弱的，手腕上的金手镯若隐若现。她心里一阵悔意，不敢看，那金灿灿的手镯可不就是她自取其辱的证物吗？

哟，新媳妇来了呀，到这边来坐，我可是一早就给留好了位置，想跟着你沾沾喜气呢。李光头的女人热情地把新媳妇拉了过去。她挨着王嫂坐的另一桌，眼见着李光头女人不怀好意，心想，倒是正好看看人家那针尖要往哪儿扎，看看媳妇又如何去藏。

她隔岸观火。李光头的女人说：是叫桂珍吧。媳妇含笑点头。结婚可是件累人的事，今早怕是让你婆婆叫起床的吧。女人装作不经意地问。媳妇也没急着答，起身用自己还未动过的筷子给大家夹菜：大家可要多吃点，米是我婆婆半夜起来泡着的，这盐菜也是她半年前腌好的，今儿一大早我从罐子里取出来的时候闻着可香了。说着，给女人碗里拨了半碗的盐菜，女人吃了两口，咸得发苦，连喝了两碗汤。她看着，觉得又好笑又解气。女人又问：昨天看你的嫁妆，十二床被子，漂漂亮亮的，家世好哦，不过，我周嫂家可啥也不缺，送她床厚被还嫌占地儿呢。媳妇夹了筷子菜，细嚼慢咽：我婆婆的柜子大，早上给她送了床八斤的被子，后想着这天还没冷，又抱了床四斤的被子放到她床上，现在用，正好。她心一惊，不知真假，但听着觉得舒心。媳妇四两拨千斤般说得那女人无言以对。沉默了一会儿，突然有人发现了媳妇的手镯：哎哟，这是你婆婆今早给的改口礼吧，太好看了，周嫂就是大方，殷实户哦。旁边的几个女人也跟着大声惊叹。媳妇装作不在意的样子，轻描淡写：确实是好看，可就是戴在手上太沉了，做事不太方便。明明在显摆却又是收敛的，是谦和的。她在这头装作没听见，继续埋头吃饭，心里却乐滋滋的，不由得把背脊挺直，把当年所有的委屈都释放出来，她仿佛看见婆婆端着药碗正从记忆里慢慢消失。

午饭后，那些做了媳妇、当了婆婆的女人安然地收拾着酒席的残局，精心准备的食物，最后都倒进了泔水桶。大家也都还在说笑，但没人再聊起那只金手镯。她有些失落，黯然地回到自己的屋子，特意看了一下床上，果真有一床崭新的薄被，暗红色，像在暗角突然蹿上来一个结实的拥抱。

晚上，第一顿三人晚餐，媳妇炒的菜，她夹一口放进嘴里，盐刚好。再看看媳妇，还是细眉细眼、少言寡语的样儿，全然不见跟李光头女人斗智斗勇时的机灵，好像当过了新娘，越过了一个人生巅峰，又回到了家常女子的模样。悬了一天的心终于安放下来。耗尽她半生积蓄的金手镯惊艳出场，然而婆婆再不可能看到，它只是成为一场婚姻对一个女人开始消耗的见证。夹菜间，她突然发现媳妇的手腕上是空的，她问：手镯呢？媳妇神情淡然，轻声道：收起来了，我给我儿媳妇留着做改口礼吧。

如果就此老去

母亲的电话打来时，她正半躺在沙发上贴面膜，试图挽救她已日渐西沉的青春。

明天是中秋了，记得到张姨家称几斤月饼，去看看他。母亲在电话里的语气、内容跟往年一模一样。

她绷着脸，小声地应着。

早点去，陪他说说话，吃了晚饭再走。

她依旧含混地应允，生怕一张嘴，她所走过的曲折就都会爬上脸庞。

好在母亲无意与她细聊，旨在下达指令，就匆匆挂断电话。

张姨，月饼，他。这是母亲强塞给她的中秋。而她，一个剩女想要的中秋节，无非是一个拥抱、一顿晚餐、一段情话。她下意识地又拿起电话，QQ、微信、短信，一番搜索，竟然没有寻到半缕暧昧的气息，上述任何一种可能都成了妄想。

待到次日，心灰意冷地回了趟东一街，在张姨家称了三斤手工月饼。不等张姨开启叙旧模式，就火速道别离开。她清楚这是在东一街呢，她和母亲还有母亲所言的他有一大片共有的时光在这里，稍不留神就会惊扰，所有的记忆腾空而起，随时可能将她撕裂。可到底还是没逃过，张姨追了出来：小雨呀，有两年没见你妈了，你爸现在态度如何？她愣了一下，他的态度不是早已表明了吗？二十年过去了，竟然还有人同母亲一样抱有幻想。她也懒得解释，更不愿去琢磨张姨的表情。到底有几分好奇又或是几分真诚的牵挂。我妈她在外地旅游呢，等她回来，我一定转告她，张姨想她了。她边说边向张姨挥手，这话题根本没法往下聊，也许聊到最后，她会站错阵营，抱着双臂，以观望的姿态对母亲自虐式的忠贞表示由衷的嘲笑。

有时候她觉得她比谁都看得明白，一个人如果想要离开，他会走得有多无情、决绝，而一个人如果执意要等候，又有多么无畏和疯狂。这些年，他和母亲就是这样相互证明的。现在，她需要做的是去看他，在合家团圆的日子代表母亲去看他，或者说，继续无知无畏地去宣示母亲对他的主权。她像是母亲训练有素的间谍，定期地以各种名义去看望，去刺探他的一切，然后再细致入微地向母亲汇报、陈述。母亲需要这些信息，她比侦探还敏感，绝不会放过任何一个细节。你提到我时，他的眼神是怎样的？问起我了吗？他的语气是怎样的？最初，她怕伤害她，小心翼翼地捏造看似不让人怀疑又不给人希望的画面：他问了一下我们近段时间的生活，一两句而已，语气淡淡的。而事实是，偶尔不得已提起她时，他总是皱着眉头，极为不满地打断。每一次从他那里回来，她都要绞尽脑汁编造一番天衣无缝的说辞，好对得起母亲眼睁睁的等待和盼望，就像是带回了一点养料，母亲赖以存活，舍不得，掰开来，揉碎了，慢慢填食，以便支撑到她下一次去看望他。后来，面对一提到他就容光焕发的母亲一而再再而三地揪住某个细节不放，就像是在咀嚼一块还未炖烂的牛筋，难以下咽时，她就不想再去撒谎了，不想再去做扼杀母亲未来的帮凶，几乎是脱口而出：你过你自个儿的日子不行啊？他身边已经有女人了，有女人了，他很享受现在的生活，拜托你醒醒。刹那间，她看到母亲脸上闪现了惊诧、失落的表情，眸子里燃烧的火焰忽地暗下去，像是突然走到了已经开始断裂的山谷边缘，也许只需一阵风，就会坠入谷底。但只一瞬，甚至比一瞬还要短的时间后，母亲就镇定下来了，开始一番自以为是的演说：你以为谁会跟他过一辈子，等他老了，谁会理他，你以后大了，就会明白，男人到头来需要的只是被照顾，像个小孩一样。她喋喋不休地举实例论证：没有哪个女人能容忍他的坏脾气，更没有哪个女人会真心实意地陪伴他。总有一天，他老了，除了坏脾气，啥也没有时，他就回来了，他肯定回来，他也只能回来了。母亲不需要任何听众，不需要被认可，她只需要说服她自己。可笑吧，然而更为可笑的是这番演说母亲一次比一次认真，一次比一次坚定。

提着月饼走在无比熟悉的路上，她心里是抗拒的。特别是早几年，特别不情愿去看他。他不是不要我们了吗？她壮着胆跟母亲讲理由，靠在墙边，小手背在身后。母亲把她叫到面前，把准备好的东西塞在她怀里。去，赶紧去，别听人瞎说，他没有不要我们，他只是图清静，要做学问，才搬出去的。母亲说的时候，脸上没有一点犹豫。她仍然小声争辩：你怎么不和我一起去？母亲抡起巴掌朝她比划：就你会顶嘴，快去吧。手最终也没落下来，她拎着月饼恹恹地出了门。

整个青春期，她都在思考一件事，父亲因何而离开。她一直记得在她十岁那年，也就是在父亲离开家的前夕，有个傍晚，母亲又在絮叨早上在菜场的见闻，各种添油加醋的渲染，在说起某个他们都认识的女人时，也一点不避讳：她男人在和她闹离婚呢，就她那个斯文样子，哪里像个理家的，哪个男人能容得下哦。母亲偎在火炉旁，脸上泛着红光，语速极快，兴致勃勃地讲述她急于声张的自信和喜悦，显然这种事，她觉得她是具有评断权的。父亲好像很烦躁，皱着眉头，他拍了拍她的肩，拎起搭在椅背上的呢大衣，旋了九十度，披在肩上，一声不吭地往屋外走。大衣横扫过一阵风，像把剪刀，把母亲好不容易从那不会理家、面临离婚的女人身上找到的幸福感和优越感瞬间剪得支离破碎。

她涨红着脸，起身跟在父亲身后，不敢回头看母亲。心上有隐隐的背叛感，在家里，她是归属于母亲的阵营，或者说父亲是独立的，是居高的，是置身在家庭以外的，无论是行为还是思想。但潜意识里她又更渴望被父亲招安，更愿意在母亲粗鄙的举止前与父亲心领神会般露出轻蔑的嘲笑，更愿意被人们称赞像父亲一样聪明、有气质。气质这东西是只能意会的，穿军装的父亲，会写字的父亲，能歌善舞的父亲，就像一种高贵的摆设，为这个家蒙上一层别样的光环。所以，当父亲一个眼神，一个小小的暗示，她就立马弃暗投明。她悄悄地把手放进父亲的大衣口袋。没被呵斥，暗自欢喜，又壮着胆钻进父亲的大衣里，像蚌壳里的软体动物，紧贴在父亲身边，热腾腾的气息将她包围，她第一次觉得父亲是可以亲近的。小心而欢快地拽着大衣衣襟，迈开大步，追赶父亲的步伐。父亲则指着路灯下的影子夸张地说：瞧，你走得再快，也还是被我吞下了肚，成了我的宵夜。她忍不住咯咯地笑起来，原来父亲说起笑话来这样有趣。在路过一小摊时，她让父亲给她买点水果糖，为什么不呢，一切都这样美好，不如再挥霍些，她都攒了十年，要向他讨要疼爱。父亲爽快地给她买了好多水果糖，她的两个上衣口袋塞得满满的。挑了一颗递给父亲，橘子味的，他笨拙地剥开喂她。甜吗？甜。她骄傲地回答，像个阔气的小公主。那时，她大概已经忘了家里惯常的争吵，忘了父亲对她和母亲平素的严肃和冷漠。

在走到靠近河岸的一个石坡时，父亲突然停了下来。喏，你看见对面的小楼了吧，你从左面的楼梯上二楼，去敲第二个房间，找陈姨，你认识的，你跟她说：我爸的东西，他想要回去。你拿到东西了就回来，我在这儿等你。嘴里的橘子糖还未融化完，但却也尝不出是什么味了，就像母亲一样，那种幸福感一闪即过，只剩下自欺欺人。她已经从父亲闪烁的语气里发现了什么秘密，心有不甘地问了一句：是什么东西？你都送了人家还要回来？父亲眉头里夹着的半片温柔瞬间消散：去拿就行了，问那么多有用吗？她全身抖了一下，下意识地后退几步，公主的假象顿时幻灭，她所熟悉的父亲现出原形。

刚刚在大衣里捂了一阵，有点抵不住风寒，她缩着肩，朝对面走。楼梯是黑的，她有些害怕，贴着墙根走，上了二楼，一阵河风吹过来，差点没站住脚，眼泪、鼻涕趁机流下来。她虚弱地靠在墙上好一会儿，觉得自己可笑极了。在父亲眼里，她和母亲只配服务于他，听从于他，他利用着母亲的勤劳和善良，把自己的家庭责任撇得一干二净，他也利用着她的仰望和幻想，去向另一个他曾屈膝投诚的女人索要自尊。

举着千钧的手臂去敲门。门一开，好多声音滚出来，无一不透着喜气。门背后站着一个中年男子，陈姨的丈夫，高个儿、长得很英俊，看到她，露出疑惑的表情。她急于完成任务，毫不犹豫地自报家门，她甚至暗暗希望这个男人能从她这里感受到某种危机。她不过十岁，但在东一街，对于成人间那点破事已不是秘密，捕风捉影就是种消遣无聊的本领。她挑衅地看着那男人，对着里屋大声地说：陈姨在吗？我来替我爸王剑取点东西。她把王剑叫得特别响亮。男人微微皱了皱眉，屋内一下子变得很安静，筷子和酒杯悬在了半空，所有的耳朵都竖了起来，几双眼睛满含好奇的目光，目送着眉目清秀、苗条、妩媚的陈姨出场，这时候看陈姨是不敢再当作亲昵、热情的长辈了，就像是电视剧里某个熟悉的演员，拥有着多重身份。

陈姨看了看她，又看了看自个儿的男人，脸一子变得绯红，有些手足无措。

屋内有好几双好奇的眼睛都爬上了窗户，屏住呼吸，等待大戏上演。

男子对陈姨说：瞧你这记性，前两日出差，帮老王捎的东西放哪儿了？给孩子拿来呀。语气是温柔的。

陈姨恍然大悟般，慌里慌张地转进卧室。

屋内的目光无趣地沿途返回，筷子和酒杯快速地到达目标，刚刚中断的话题又热闹起来。

陈姨再出来时，手里端了个黑色的盒子，盒子上布满了灰尘。男子眼疾手快，从门背后取下一条毛巾来，把盒子认认真真地擦了一遍，才递给她。

盒子里是啥，男子并不好奇，倒是督促着陈姨穿上外套送她下楼。

她微笑着拒绝，大概明白了父亲要取回东西的原因了。

盒子就在手里，父亲一晚上委屈着向她示好的根源就在手里，但她一点也不想打开，她在想盒子上落着厚厚的一层灰呢，能放进她父亲的骄傲吗？

出了小楼，看见在石坡上蹲着的父亲，大衣裹着堆在膝盖上，矮小得可怜，看到她走过来，吸了吸鼻子，直起身来。

拿到了？

嗯。

走吧，我们回去。父亲长长地舒了口气。

一路上，他板着脸，裹紧了大衣。她端着盒子走在他身后，走过一条小街，上了大桥，寒风从四面八方过来，她弓着腰，吸着气，双脚机械地行走，两只手关节处像是已锈死。

走到桥中央时，像下了很大决心，父亲说：把它扔了吧。

他拿过她手上的盒子往桥下用力一丢，只见一沓写满字的方格纸飞散开来，纷纷扬扬地落入河中，河水迅猛而激烈，很快那些方格纸都消失得无影无踪。父亲垂头丧气地伏在栏杆上，像个输了游戏的孩子。

她已经冷得不会思考了，哆嗦着站在风里。

走吧，我们回去。许久后，父亲又一次痛苦地下定决心。

一路上，父亲仍然把大衣裹得紧紧的，一句话也没说。

到了家，母亲自然是惊讶的。她不敢相信家里这个冷漠的男人竟然破天荒地带着女儿去散步，她巴心巴肠的女儿竟然也无视她的存在，心安理得地去散步。这一两小时的时间会聊些啥呢？母亲满脸都是问号。她把口袋里的糖悉数拿给母亲后就钻进了自己的屋子，她打定主意，如果哪天父亲成为东一街的绯闻主角，离她们远去，她绝不会为他难过。

好像没过多久，就听说陈姨举家搬迁了，以后再没有见过，包括她那温柔聪明的丈夫。然而，东一街，甚至整个小城也没有他们的绯闻流传，父亲后来执意离婚倒成了个谜。

那些写满文字的方格纸，她暗自作过好多种假设，是父亲跟同好交流的诗作，又或是写与陈姨的情书，无论哪种，它都是一个笑柄。她就没见过他向任何人示好，在单位他是领导，是退役的军官，不苟言笑，说一不二。在家里，他也永远板着张脸，像路人，扫帚从面前过，绝不会抬脚。他孤独而高傲，自觉地撇清东一街热腾腾的人情往来。他看上去格格不入，但却依旧被街邻津津乐道，尤其是东一街的女人，她们对一切具有神秘感、距离感的人事充满了好奇和热情，背地里说：瞧，人家小雨她爸从不坐茶馆、打纸牌，人家也从不说牛话，就是跟别的当兵的也不一样，人家从前当的可是文艺兵，是懂艺术的。女人们容忍着他的拒人千里，眼里除了欣赏和羡慕，竟然还有几分疼爱。与他同样持着高傲的还有与东一街隔着一座大桥的陈姨，她剪着时髦的短发，穿尖头高跟鞋，会写诗，听说印成了铅字，她就像把利器猛地扎进了父亲心里，这也是她后来的联想，她想起有一阵子，他每晚都伏在灯下热烈而专注地书写，用价格不菲的方格纸，自私地霸占着家里唯一的书桌和台灯。母亲为他泡茶，夜深了，又系上围腰为他煮宵夜。他吃得有滋有味，却也不曾有一秒抬头。那些方格纸填满了情愫，在陈姨家某个角落里不见天日，被丢进乌江时，深陷牢狱的方块字才彻底解脱。

他家其实并不远，很快就到了。

偌大的水晶吊灯，富丽堂皇，开放式厨房可见纤弱的女主人正在忙碌，他安静地坐在宽大的沙发上看着报纸。倒是应了母亲的那句话，男人到头来需要的只是被照顾。

来了。他起身，满脸微笑。

她把月饼丢在桌上。

在等你吃晚饭呢。女主人闻声出来，点头，浅笑，招呼着到餐厅就座。其实这女人也不比她母亲年轻多少，但少言、温和，算是个不招人讨厌的妇人。

她很自然地进厨房搭把手，六菜一汤，天上飞的，海里游的，地上走的，陆续隆重上桌。

酒呢？他略带命令的语气。

女人拿来白酒，又从酒柜里取出两只杯子。

有些意外，他竟给她斟了杯酒。小雨今年满三十吧，也没给你过回生日，今天借着中秋，咱全补上。他给自己也斟了一杯。有着二十年前的前车之鉴，她理所当然地提高警惕，酒喝得一点也不热诚，就像面对职场上一个难缠的客户，不动声色，静观其变。女人倒是识趣，也不插嘴多言，不时给他们夹菜、添饭，是个贤内助。算起来，这女人来了也有三四个年头了，当初，他独居多年，突然找了伴，对母亲是个不小的打击，焦虑、担忧，母亲不停地催促着她去看看他。窝着一肚子火去他家，非节非庆的，见一桌好菜，见他待人温和礼貌的样子，就觉不平、愤慨，存心想让人难堪，席间，她一把夺过他手里的酒杯：都三杯了啊，你多大年纪了，没人管啊。她挑衅地看着那女主人。真是，见到女儿再高兴，也不能忘了咱定的规矩呀，三杯，说好的三杯呢。女人边说边嗔怪地看着他。就你管得宽，不喝就不喝了。他像孩子般赌气，一如恋人间的打情骂俏。她就像个白痴，举着酒杯，酒液洒了一身。女人体贴地拿条毛巾走过来细致地擦拭，她清楚地感觉到女人那身柔软的盔甲，无形的，坚硬的，跟陈姨丈夫身上的一模一样。

之后，她再不会去关心他饮酒，喝吧，也许只有他喝酒，狐狸尾巴才会露出来。喝，喝到某天，他不再健康，不再硬朗，甚至生活不能够自理时，女人兴许就会丢盔弃甲，不战而败。这一点，她愿意相信母亲。

然而强大的母亲，常年的亢奋，无望的等待，有时也会表现出虚弱来，近年尤甚。就像头一天在电话里让她给他送月饼一样，仔细辨认，是能听出她声音里的疲软的，那么快就挂断电话，怕是连她自己也开始怀疑自己的无聊和悲哀了。

临走时，他带着酒意，缓缓地从里屋拿了一个首饰盒递给她。女人在一旁解释：他给你挑的一条项链，你知道的他不会将就，小城的珠宝店都被他跑了个遍。他瞪了女人一眼，自己折回了里屋。

她看到他的背已经驼得不像样了，从前那件呢大衣怕是撑不住了。

女主人礼貌地把她送到门口，欠了欠身，笑容像职业的服务员。转身时，随着关门声，一阵凉风刺背，她顿觉心酸，替母亲，在爱情和婚姻里，母亲就像勇士，手上没有一件武器，完全的赤身肉搏。

走到街头，热闹得很，不时有年轻的情侣擦肩而过，半搂着，丢下几句带着酒气的情话：这辈子，我陪你到老。两旁的蛋糕店也应景般集体煽情：回家过中秋吧，陪伴才是最长情的告白。她发自肺腑地嘲笑，陪伴，也是可以随时被修改和注销的。她之所以成为剩女，就是因为她不屑听到这些山盟海誓，简直幼稚得可笑。父母失败的婚姻给她树立了反面教材，说白了，就是父亲作为她接触的男性代表，也令她失望透顶。倘若当年，父亲离开家后，真就和陈姨好上了，她或许还能释然，毕竟在这个年纪，相信爱情比相信婚姻更需要勇气。成人后，她跟母亲有一次说起过陈姨，母亲一点也不厌恶：她真漂亮，就像个电影明星，听说她还会写什么诗呢，很高级的。母亲一点也不具备想象的才能，她压根儿不会把陈姨跟父亲联系在一起，她说得很由衷，这却更增加了她自身的悲剧感，她不知道她已不自觉地给父亲的离开找到了个合适的理由。借着微微上头的酒意，她忍不住停下来对着沿街的橱窗苦笑，只盼着能为他服侍终老，然而老去如此不易，母亲竟等了大半生年纪。

她没有回自己的单身公寓，拦了辆出租车去看母亲。车向郊外驶去，开车的师傅手机一直响个不停，接了好几次，索性用了车载电话。爸，你快快快回来呀，我和妈妈等你来一起吃大大大月饼哦。大白兔奶糖一样的声音，让人想要融化。乖乖，刚不是跟你说了嘛，再等半小时我就回来了，挂了啊。师傅不好意思地回头看了她一眼：我女儿，就爱缠我。她侧着头，却突然一本正经地问：你有大衣吗？话一出口，连她自己也觉好笑。师傅从反光镜里看了她一眼，莫名其妙。我是说，你女儿很可爱，你穿大衣时，可以让她在里边躲猫猫。师傅很善良，遇上了个傻子，聊天难以继续，呵呵笑了两声后就专注地开车了。她也不语，脸上，竟然有泪水流过。

车在一个叫作鱼溪的地方停下来，二十年前母亲就带着她搬到这里，父亲虽是净身出户，可住的是他单位宿舍，来年就让搬出来了。抱歉，实在是政策不允许，你们都离婚了。带头的领导如是说，把母亲原本准备了一大堆求情的话都堵了回去。

公路两侧到处都是正在修建的房屋，费了好大劲才找到进村的路口，找到母亲的两间小平房。母亲在屋里看着电视，声音大得隔着马路都能听到。见她来了，像个火炮，一连响着咋呼声：都大晚上了，你来干吗，打出租来的吧，得好几十呢，你看你多浪费钱，今晚就住在这里，明天七点起床，赶七点半的公交车回去上班，才两块钱。这过日子啊，吃不光，穿不光，不会计划就会光。

她一个劲地点头，连夸母亲英明。对母亲而言，对她最好的赞美就是夸赞她勤俭节约。

吃月饼了没？单位里发了吧？发了多少？精装的还是散装的？精装的就别打开，拿来送人吧，你总要晓得些人情往来才好——对了，你这衣服是新买的吧，跟你说过很多次了，要错开季节买才最合算……母亲对于省钱，有一肚子的良方，像拧开的水龙头，急吼吼地就奔涌而出，这是她害怕母亲的地方，无论贫富，她都会让你一直处于焦虑，处于对金钱的危机感之中。和母亲的聊天，永远终结于金钱。

你要存钱买房呢，你要想万一今后嫁的那个男人没房呢，万一那个男人家里人口多、负担重呢，所以，钱一分也不能乱花。

母亲所有的如果都是基于自身对父亲的体谅，一厢情愿地秉持着吃苦奉献的精神，她听得头昏脑涨，节衣缩食就是为了让别人坐享其成吗？所谓爱情就一定得是自我牺牲吗？她想到刚刚饭桌上精良的美食，半路夫妻的举案齐眉，积压多年的委屈彻底引爆。她宁愿跟母亲聊他的无情无义，聊他走狗屎运了，抛妻弃女这些年竟然还能安享晚年，也不要无休止地去计算那填不了牙缝的散碎银子。她都三十了，单着，却也只配穿打折货、换季货，办公室里的女孩们从来不会约她逛街，不会约她上美容院，不会约她唱歌，大概都看出来了，她不需要填饱肚子以外的任何开销，这会让她在母亲面前有罪恶感，哪怕她收入稳定，哪怕她已攒下了一笔不小的存款。

他今天送了我一条项链。她突地扔了一句。

我打开看了，还是铂金镶钻的。她又补充道。

好半天，母亲都没回过神来，替她盘算的各种省钱之道也卡在了喉咙。母亲天生只对数字敏感，对那些稍不留神就花掉的人民币敏感，在她以钱换物的经验里，不能吃、不能穿的东西根本就没在视线里。但这些都不重要了，根本无需去计算项链的价值，兴许这已经意味着旷日持久的战争取得了阶段性胜利。

母亲兴致上头。调整了一下坐姿，她又继续说道：他身体很好，那个女人很会做菜，性格又好，特别会照顾人。我呢，已打算结婚了，一直没跟您说呢，他是我大学同学，追了我好多年，开了家广告公司，有房有车，对我很好，花钱很阔气。这样说，她心里真是痛快。

话就像是脱缰的野马，溜到嘴边，拉都拉不住：成个家真好，我同学们孩子都好几岁了，我将来要生就生个女儿，我要把她打扮得漂漂亮亮的，我要给她买公主裙、穿红大衣，要给她买好多好多发卡和皇冠，每天给她梳不同的发型，我会跟她说，如果有钱也不能带来生活的富足和安稳，那我们就别挣了，别省了。

母亲完全被震住了，看她的眼神陌生极了，嘴唇抖了几下，一声也没发出来，那张脸，浮肿，苍老，像尊雕像，透着无边的寂寞与忧伤。

她翻了翻钱包，把所有的钱压在茶几上，转身出了门。像父亲当年一样，以一个背叛者的形象从母亲那里离开。

生活真是不堪啊，相依为命的人竟可能给你最大的伤害。她站在空无一人的马路上，想要放肆地怒吼，她从来没有像此刻放松过，也从来没有像此刻难过过，当初父亲走的时候，她也一点不难受，她甚至盼望他能不畏一切艰难险阻也要跟陈姨在一起，只有这样，他的冷漠、自私才能有个漂亮的解释。

过了十二点，在这城郊打车几乎是妄想，不过，这倒是个需要援助的合适理由。她努力在通信录里去发现一个潜力股，可以快速达成她刚刚跟母亲趁一时快意许下的愿景。

小周是在半小时后出现的，对于她的电话，没表现出意外，也没有刻意伪装的惊喜。

是在半年前的校友会上，两个都不怎么擅长社交的人很容易就发现了对方。他们有许多共同点，单身，爱音乐，爱电影，聊得很投机，彼此留了电话，之后也约过几次。她从他的衣着、家境、效力的单位估算，他的收入和积蓄跟她应该在一条水平线。这个发现或多或少影响了她后来的热情，她当然不是势利之人，但她还有母亲，她得认真考虑。

好久不见，中秋快乐！小周礼貌地问好。

有点冒昧，想到你住的地儿离这儿近些，就打扰了。她也不失女人应有的矜持。

对两个未婚大龄男女而言，都心知肚明，往前看，机会不多，良人难寻，不如回头再找找希望。

车内弥漫着陈奕迅的歌，《稳稳的幸福》从各个角落袭来，调和着彼此身体里的紧张，各自小心探出的触角，不约而同地进行了适当的妥协，朝着同一个地方默契地靠拢……

一连几日，母亲都没有打电话过来，她有些按捺不住，把头几日的情形又细细地回味了一遍，有些担心、愧疚。

她把电话拨过去。母亲的声音听上去很正常，对那晚的情形一句也没提，也没问她结婚的对象，只是说了一件让她觉得意外的事。母亲说，那女人嫁到省城的女儿刚生了孩子。母亲的消息向来灵通，她密切关注着他身边的一切。她不以为然，轻声地应着。那女人怕是得去照看几年喽，就你爸那牛脾气哪会待在别人的屋檐下，一个人咋个生活哦。母亲长长地叹了口气，她这才明白母亲是在担心他，她永远也改变不了这个固执而天真的女人。

一周以后，她主动请缨去打探形势。

看到她来，他又是烧水泡茶，又是拿水果找零食，整得手忙脚乱。她把每间屋都巡了一圈，出乎意料地干净、整洁。刻意又看了一下洗脸池上的牙刷和进门的鞋柜，然后胸有成竹地回到沙发上。他正一丝不苟地削着苹果，仔细看，还真是不年轻了，头发白了好多，那好看的五官都在往下垮，从前的冷漠都挂不住了，这要是让东一街的老邻居们看到，怕是都不敢认了。

您还会做家务啊？她问。

之前一个人过了那么些年，都学会了。他有些不好意思，把削好的苹果递给她。

要不，把我妈叫来，一家人住一块，好照应些。这是她第一次提起这个话题，幼时是不敢的，对他畏惧得很，每次被母亲逼着来，没说上两句话，就草草离开。

她祈盼地看着他，如此不计前嫌、宽容大量，搭好了台阶，就赶紧下吧。

不了，就这样吧，清静些。他摇了摇头，拒绝的理由简直算不上理由。

我妈她很担心你。她狠狠地咬了口苹果，步步紧逼。她注意到他的表情有些痛苦。你别恨我，年轻的时候，我总觉得日子不该是那样过。我厌倦你母亲的浅薄，厌倦东一街的庸俗，厌倦这个灰暗、贫穷的小城的一切。我无时无刻不想逃离，没有目的地，逃到任何地方都行，跟其他任何女人也都行，哪怕是更为糟糕。

末了，他长长地叹了口气：跟你妈说说，不用想到顾我，我不能欠太多。

她心里一下子又软了，有些难过，她对他也根本就恨不起来，母亲更是，早早就嫁给了他，他啥也没给过，连名分也半路收了回去，可母亲还是恨不起来啊。

回到租住的公寓，母亲早已等候着。

他现一个人，生活得很好，不用担心。她害怕看到母亲期待的眼神，索性把自个儿丢在沙发上，闭上眼睛，装作疲倦的样子。

我的天啦，我才听说，原来这些年他一直没跟人扯结婚证，这次，那女人要去帮女儿带孩子，怕他在家跟别的女人好了，催他办证，他还是不肯，才闹出来的。母亲的声音呈颗粒状，每一颗都饱满、光泽，有弹性。

真是没想到哦。我跟你说，她根本就配不上你爸，要我说，真要能和你爸般配的，只有你陈姨那样的女人，要才有才要貌有貌。母亲根本就停不下来，她边说边拍着自己的腿，一双眼睛紧盯着她，太需要来自她的呼应和鼓励了，然而，她还是不想让母亲心怀任何希望，一丁点转机也不要去想。

他要跟谁过，就随他吧，我偶尔去看看他，尽我的孝道就好了。她这样提醒母亲，心里却很难说服自己去承认，如果父亲晚年还能有个伴侣的话，她更希望是陈姨。

我知道，你爸他打心眼里看不上我。如果他现在遇到的是像你陈姨那样的女人，那我也就认了，可事实上，你看到的，那女人像个啥，就会拨算盘，你以为她干吗在乎结婚证，还不是因为财产，她的底细我是摸得一清二楚，就一个女儿，嫁了个无职无业的痞子，她不就是想靠着棵树，能有个地儿，给女儿留条退路吗？母亲叹了口气，我就是怕他遭人算计，怕人家不会真心诚意待他好，你说他老了，糊涂了，钱落到别人手中，有个三毛四病的，人家肯拿出来给他看吗？一日三餐、洗洗涮涮的，人家肯对他尽心吗？我就是放不下啊。

她哑口无言，对于一条道走到黑的人，这样的对话毫无意义。她任凭母亲各种假设、猜想、试探，都保持沉默。

母亲的声音滚落到屋子的各个角落，黯然无光。

我打算去照顾他。说这话时，母亲已溜到门边，有些羞涩，仓促地离开。

接下来，母亲像变了个人似的，先是从鱼溪搬到了她的公寓，爱照镜子了，会抹点她放在梳妆台上的护肤品，做家务时会吼几嗓子山歌。她甚至还看到母亲穿了件绣花的新毛衣，下午下班路过商场时顺便买了条呢料裤子回来。喏，这毛衣这么漂亮，可得配条好裤子。母亲第一次没责备她乱花钱，兴高采烈地把裤子给换上。

吃饭时，她问：你不是要去照顾他吗？

我要给他包饺子、馄饨，炸脆哨、酥肉，还要给他熬汤炖肉。

然后呢？她两眼圆瞪。

你替我送去，每周送一次，顺便把他哄出去走走，我好去把卫生也打扫了。母亲冲她得意地笑。

如果是闺蜜，她肯定会说：你是田螺姑娘吗？你傻到底了，为自己活，不行啊！但坐在对面的是母亲，母亲把自尊保护得很好，他要离开时，没有撒泼耍赖，他走之后，也从来没去打扰。她把脸侧过去，不敢看母亲，心疼，会流泪。

晚上，跟小周约会时，忍不住问：假如有一天我们不好了，分开了，你会担心我的一日三餐吗？

小周很实诚，看着她，想了想，微笑着摇头。

她不禁自我解嘲：我也不会。

然后，然后各自陷入沉默。

这世上哪来那么多傻子。

到了周末，提着一篮子的食物去看他。他表现得很淡定：小雨，我都联系好了，家政明天就到，不用管我。她理智而耐心地跟他说：家人是家政不能替代的，现在起，每周我都来看你。她第一次跟母亲统一思想，眼前这个男人就是她们今生谁也代替不了的亲人，她希望他快乐。

她有时候会跟他求证一些记忆里有关他的趣事，因为少得可怜，所以记忆非常深刻。譬如他朗诵的一首诗歌，他用口琴吹奏的《莫斯科郊外的晚上》，他情不自禁地跟着广播里的音乐比划的一小段舞蹈。但她也有些许疑惑，害怕反复的回忆已造成失真，害怕真相被想象描上了好看的花边，她追问：这些不是我想象的吧？他也不语，找来口琴，酝酿了一下，一吹，尴尬得很，音扬在半空就上不去了。老了，老了，气短喽。他自嘲的样子，可爱极了。有时候，坐在他的客厅里，她会产生一种幻觉，这就是她的家，晚饭刚刚结束，父亲的大衣还搭在椅背上，母亲正絮絮叨叨着白天的见闻，大门是紧闭的，父亲没有披上大衣出门，她也没跟着出去，他们一家从来就没有分开过。

日子似乎平静下来，她和母亲都已习惯了他以另一种方式存在于这个家庭。母亲一心一意地为他准备各种食物，但从未提起过要去见他，原想伺机去为他打扫卫生，也被她不留情面地制止了。给别人的好，总要给得适可而止。

过了冬天，见过小周的父母后，小周好几次说到买房子，说到装修，说到买礼服、拍结婚照，说到一大堆她听而生畏的琐碎，却唯独没有郑重地向她求婚。她心里有被轻视的不快，又有些如释重负。跟母亲汇报，倒是得到鼎力支持。别矫情，小周是实在人，周末记得叫上一起去见见他吧。

周末去见他时，小周穿得很正式，有些紧张。她没有准新娘的兴奋，跟他介绍小周时也轻描淡写，可他是个严厉负责的家长，一丝不苟地问了好多问题。小周像个小学生一样正襟危坐，严肃而认真地回答。她忍不住背过身去，跟他小声嘀咕：别严刑拷问，这还没定呢，处处看吧。他霎时有些难为情，像个慌忙掩饰错误的孩子，跟她一个劲地点头。吃饭时，他跟小周劝酒，一再地嘱托：好好对小雨。喝到兴起时，又有些落寞，跟小周碰个杯，一抹苦笑：我要你对小雨好，其实我自己对她还不够好呢。她恍惚有种错觉，也许趁着和小周结婚的喜势，他和母亲和好的事也能水到渠成。

别时，父亲执意把他们送到路口，跟小周狠狠地握了一下手，两个男人之间心领神会，刚刚建立起来的信任似乎牢不可破，一场心照不宣的交接已拉开序幕。他认真地交代：明天我要出去一趟，车票都订好了，可能有些时间才回来，婚期定了就记得打我电话。

小周使劲地点头，忽又觉有些不对，回头看了看她，她好半天没回过神来。

去哪里？

你陈姨病了，你小时候见过的陈姨。他小声解释。

她现在一个人呢，我得去看看她。父亲眉头里锁着深深的担忧，语气就如同母亲跟她说，我要去照顾他，一样地不容分说，一样地坚决勇敢。

回去的路上，小周问：陈姨是谁？

她摇了摇头，深呼吸：一个亲人，我爸的一个亲人。

她回头时，已经看不见他了。在纷乱的街头，无数的回忆涌上心头，原本模糊的他变得清晰、完整，变得和母亲一样让人心疼。

回到家里，她像个小女孩一样紧偎在母亲的身旁。她数着母亲脸上的皱纹，抚着母亲身上的新衣。

妈，你后悔嫁给我爸吗？

后悔在他离开后没有趁年轻再找个人嫁了吗？

没有，有啥后悔的哦。母亲拍了拍她的手背。

妈，我爸他要看陈姨去了。她如释重负，像是揭晓了掩埋多年的秘密。

屋子里静得可怕。

都起风了，赶紧睡吧，他会回来的，他老了，就回来了。她看到母亲边说边起身去关窗户，身体有些蹒跚，吃力得很，真有些老了……

我不想承认天总是会黑

一

钱红决定将房子租出去时，清远在她心里已如同死了一般。

招租广告写在一张大红纸上，紧贴着当初婚房的囍字，承袭了原来的隆重和热烈。在这一年半载也难见个生人的东一街，这张招租广告无法体现它本身的价值，它不过是个道具，让东一街的人们显然可见钱红悬在半空的心落了下来。当然，没人能判断她当初心悬得有多高，这会儿心落下有多碎。

桌上摆的日历，停留在1990年6月6日。钱红穿着一条白色的连衣裙，头发是刚烫过的，抹了层厚厚的发胶，固执地不肯做丝毫的改变。她对着缺了只角的穿衣镜转了一圈，镜子里的女人瘦小、干瘪，那条洁白的大摆连衣裙被迫收敛了原有的风姿，委屈得想要自暴自弃。

锁上门，退到马路中间，钱红看了看贴在门上的招租广告，满意地朝菜场走去，带着某种确定去迎接大伙儿揣测、审判的目光。

走过刘姨的裁缝店，钱红下意识朝里探了探头，把那趴在缝纫机边上惺忪着眼睛、打着哈欠的刘姨唤醒。

刘姨。声音大而响亮。

哎。刘姨的眼睛落在钱红空荡荡的白裙子上，原本想顺势向上的声音瞬间下滑。她疑惑着当初帮钱红做这件嫁衣时明明是量身定做的，怎么能那么大呢？领口、袖筒、腰身一点也不服帖，那原本带着汁液的饱满的身体，仿佛是跟随清远一起失踪了。

钱红无视刘姨怜惜的目光，微笑着点点头继续朝菜场走去。

整个东岸就一个菜场，不足半条街，往来的人们对传递新闻的自觉和热情，令所有的交易显得心不在焉。

钱红知道，那张招租广告会令她成为今天新闻的主角。事实上一直以来，她都是东一街人们茶余饭后的谈资。

钱红，你真要把那房租出去，不等清远了？声音是有备而来的，仿佛一早就在这儿候着。

钱红扭头看，是隔壁的陈姑婆，脸上带着贞节烈妇的凛然。身旁原本半蹲着选拣菜蔬、讨价还价的几个伯娘也闻声立住了脚，支起了耳朵。

姑婆，都两年多了，清远如果还活着他早就回来了，我得把那房子租出去找点现钱。钱红不习惯别人用怀疑或者同情的眼光来看她，也更不愿揭开伤疤供人参观。

活要见人，死要见尸，你什么都没看到就能确定他是死了呀？他是你男人呢。陈姑婆不满钱红的冷静。几个原本只打算听一听的伯娘也忍不住插个嘴：一日夫妻百日恩，房子能租几个钱，一屋子的东西还是人家清远置办的，就是那庆云大楼的工程款他也没少给你吧？你呀和你妈一样，心狠得很。

末了的这句话像支利箭直击钱红的要害。那个与野男人私奔的母亲在她身上打下了烙印，令所有东一街的女人都有义务在她面前做个好女人的范本，都有资格给予居高临下、充满斥责和说教的关爱。

一屋子死人用过的东西谁稀罕，我还怕没人来租呢。钱红索性把话说得更毒些。

话一丢，整个人成了铁块，坚硬、冰冷。头也不回地往前走，仿佛和所有的人都已决裂，任凭身后闲言碎语或是刀割一般的目光，心里却清明如镜。几百个日子里没睡过好觉，所有的积蓄都花在了去找清远的路上，眼泪都已流干，这些是好女人钱红所为。那个抛家弃子的冷血母亲生养的孩子现在只会遗忘和背弃，只会当作自己又死了一回，让那碎了又碎的心麻木地长满老茧。只会自私地想走出任何一种去向不明的情感束缚，想把之前那间婚房，那间清远无处不在的婚房，那间从清远失踪后再不允许任何人踏进的婚房打开，租出去。让那些陌生人粗暴地、无情地，带着自身移植过来的记忆和陌地的各种信息，把原本残存的甜蜜温存赶走、扔弃。

二

从菜场回来，钱红整个人有点虚脱，仿佛所有的力气都已耗尽。躺在床上，看着桌上的日历——6 月 6 日，非节非庆，可有可无的，但两年前这个日子出自一个自称清远的男人之口却变得意义非凡。清远说：红，我们结婚就定在 6 月 6 号吧。浓重的北方口音，比普通话略微甜软，带着一种被遥远幻化的神秘和高贵。现在，冷静思过，除了知道那个叫清远的男人在小城承包了庆云大楼的修建，想要去证实或推翻他的身份都是不易的。

钱红觉得胸口闷得慌，起身把那本日历扔到了墙角，她讨厌那些数字，讨厌回忆，讨厌被丢弃。

身处的这两间小木房是父母丢弃给她的，隔壁的那间精心布置的婚房是清远丢给她的，他们离开时没有给过任何暗示和铺垫，刹那间就把爱和温暖打包拿走，像从未来过一样。

红，在吧。打着瞌睡的木门被人推醒，吱吱呀呀地发出几声牢骚。刘姨细步快移地走到床前。

早上见你就觉得不对头，这日子远着呢，要朝宽处想。

钱红扭过头去，挣扎着不让眼泪流出来。

你这裙子太大了，别穿了。明天来店里我量量你的身板，做条新的。刘姨拍了拍钱红的手臂，像对着自家的孩子。

没事，刘姨，你去做衣服吧，晚上我来拿明天赶场要卖的衣服。钱红的声音随时携带着盾牌，抵御冷漠和中伤，也抵御怜悯和同情。

那好，晚上过来，我给你准备好。

姨，你店里进出人多，帮我把隔壁这间房租出去吧。还没等刘姨走到门口钱红起身又补了一句。

刘姨这下放心了，这女人没傻没呆，灵着呢。

刘姨走后，钱红仍旧躺着，但心里有股子劲在身体里乱窜。不是伤悲，那太绵软了。钱红身体里有的是狠劲，像那种被无辜镇压后想要拨乱反正的劲。不就是忘掉清远，重新活过吗，这有何难？当年母亲决意离开父亲，父亲决意离开这个家，甚至那个自称清远的男人可能蓄谋地决意离开时，他们都没流露出这个决定带来的丝毫痛苦和犹豫。平铺直叙的生活令人生厌，背弃更可能带来一种颠覆的快感。

钱红的狠劲在自我默许和鼓励中，不断放大。整个人仿佛一下子有了无穷的力量，起床打盆冷水抹了把脸，捅开灶膛，煎鸡蛋下面条，吃了个肚圆，才出门去刘姨店里拿衣服。

太阳已经落山了，屋顶上的炊烟散尽，男人们慢悠悠地踱去茶馆，女人们照旧坐在小街两旁，乐得闲嘴碎舌。陈姑婆尤其兴奋，眉飞色舞，双唇一直在动，像枚破了皮的桃子，汁液淌过的地方，苍蝇们争先恐后地品尝，加速着变质和腐坏。钱红用脚指头也能想到自己的名字如何在陈姑婆嘴里翻滚。走过去时，故意把背脊挺直，目不斜视，想象身后惊诧和愤怒的目光，心里得意得想要尖叫。

裁缝店在街中心的位置，昏黄的灯光下刘姨正坐在案板前，把做好的衣服领口处缝上标签，那灰色的标签是从地摊上刚买来的。钱红走进店里也不说话，顺手接过刘姨刚钉好标签的衣服，平铺在案板上，用浸过水的棉布朝衣服上擦了擦，扯过熨斗贴上去，嗞嗞声里白雾升起。

衣服是的确良的，水红、翠绿的四粒扣衬衫。钉上标签的衬衫简单熨过后折好放进透明的塑料袋里，伪装和虚构着它的来历。整个裁缝店散发着崭新的气息，角落里未打开的布匹、案板上摊开的布料上剪刀刚刚留下的吻痕，还有嗞嗞声里的白雾，都是新鲜而美好的样子。

红，你那房子啊，租学生吵得很，租给个女人呢不好相处，租给个男人又招人嚼舌根。还是租给对夫妻好，要是没有小孩更是合心得很。刘姨若有所思的样子。我不计较这些，你看着合适就帮我租出去吧。钱红忍住笑，心想租个房子能想得这么周全，当年挑男人时刘姨可没少折腾。

前两天倒是有人来问过房子，帮亲戚租。说是对夫妻，一直在广州打工，那女的有残疾，做不成事，想回来。

钱红心里动了一下。

人家说那女的以前住在河对面，爸妈把房子给了兄弟，现回来连安身的地儿都没有。她那男的是外地的，但仁义得很，没把她丢了。

我那是婚房，租给他们夫妻倒挺好的。

说是这两天就回来，到时见了面，你再看看要不要得。刘姨边说边拿起案边的皮尺。

钱红扯下熨斗的插头，把最后一件衬衫折好放进塑料袋里。这时，软绵绵的皮尺温柔地缠上来，从腰间轻轻一揽，再游上肩头、跌至胯间，最后落脚在刘姨的小本上。那串数字严重缩水，刘姨写字的手有点发抖，钱红低头转身把衣服叠成一摞放进蛇皮袋里。塑料袋摩擦出的窸窣声里还是听到了一声叹息。钱红使劲把衣服往下按，拉链费力地合二为一，蛇皮袋鼓胀得如同她哽在喉咙里说不出来的话语。

三

初夏的清晨，笼着薄雾，整个河岸还保持着清新、湿润，热气要等到中午才浮到江面上来。白色的小客轮仿佛刚刚睡醒的样子，梦里的余味还在缠绵，鸣笛声温柔而低沉。

把刘姨做好的衣服带到集市上去换成人民币，这是钱红求生的手段。其他的集市她不去，唯独乌江下游的这个小镇，须得坐船才能到达的小镇，五天一个轮回，她早出晚归。

小镇只是途经的一个小站，船最终抵达的是更远的地方。那里跟母亲有着千丝万缕的联系，每次坐在船上总觉得还能抓住一缕母亲的气息，像在黑暗的地方投来的光束。

那是个中午，太阳很大，整条街都昏昏欲睡，父亲喝完了半斤苞谷烧后倒在了屋角，打着呼噜，嘴边还有白沫。钱红呢，那时才八九岁的样子，坐在床边享受着家里难得的安宁。母亲显得很急，踌躇着把衣柜里卷着的纸币拿起又放下，在屋子里转了几个圈，长长的麻花辫从钱红的脸上扫来扫去，还是没停下来。终于在轮船的一声鸣笛中母亲头也不回地跑出去，急促的呼吸声让人慌乱，让人迷醉。跟随着奔跑的双脚，年轻美丽的母亲坐上了轮船。

母亲走了几天后，故事的各种版本开始盛传，但殊途同归，大家无一例外地认为她是跟一个包工头跑了，私奔了。坏女人总是能让人兴奋，背弃本来就是一种恶之花。东一街的女人们彻底沸腾了，道德标准受到前所未有的置疑，她们唾弃抛夫弃子的恶行，但同时又佩服敢与生活决裂的勇气。而钱红，她那时多小，母亲的离开让父亲失去了交战的对手，由激烈变得更加激烈，由沉默变得更加沉默。最后，像一个努力膨胀的气泡，在某个午后彻底消失在了东一街。

成年后的钱红，把母亲当作是远方是诱惑是享乐是罪恶，是她一生摆脱不了的纠缠。想到母亲，会觉得羞耻又兴奋，她用了整个青春期去想象母亲当年带着对东一街所有女人的蔑视，不顾一切地追寻情人而去的样子。

集市就在岸边。把摊子搭好，衣服挂上，差不多九点了。集市上的人渐渐多起来。

喏，这衬衫颜色倒是好，可咱这些肥婆装不下呀。几个女人围过来，露在外面的肉一直在颤抖。

天都热了，我也就跟你们才说现在买衬衫不划算，下不了两次水。下一场，给你们带这个颜色的裙子过来，又好看又凉快。钱红把几个女人拉到一旁，推心置腹般悄声耳语。女人们满意地带着笑意离开。

红姐，要不要听听清远的消息，这次可是真的。镇上的几个十多岁的小混混光着身子，叼着烟走过来。

钱红把头扭向一边。

姐，给兄弟几个买盒烟，陪你说说话，不就是个男人吗？满大街都是。

回家找你妈、找你姐、找你妹说去。钱红顺手从地上拾起一颗石子扔过去。几个半大的孩子作鸟兽散。

隔壁两个摊位的女人默契地互递着眼神，抱手偷笑，看着精明能干的钱红被人取笑耍弄的样子，比卖出两件衣服更加心悦。

钱红才不在乎，笑就笑吧，衣服卖不出去才有得人好笑。钱包就像个饿汉，张开大嘴等着钞票充饥呢。索性把腰板挺了挺，走到街中间去，满脸堆笑，甜甜地跟过路的女人们叫声姐喊声妹，好听的话送出一箩筐，把衣服连哄带骗地卖出去。

四

四点过后，集市就到了尾声，街上的人陆续朝码头走去，仅有的交易显得仓促和敷衍。所剩的货物像出嫁女子，哪怕上错花轿嫁错郎，横竖也不愿再回头，狠心降低身价，了结一桩薄缘。

钱红是连最后一件衣服也不舍得降价，但到底还是卖出去了。在粉店里要了碗米粉和凉茶，只能囫囵下肚。返程的轮船还隔着老远就扯开了喉咙在催促。

坐上船，整个人终于懈下来，这时才感觉到腿脚弯子酸疼，脸庞火辣辣的。

下午五点一过，江面上的热气渐已退去。但舱里仍是有些闷热，有个小伙儿牵着个姑娘侧着身子往船头走，悦然甜蜜，眼里只有对方。船是逆水而上，走得慢，这对年轻的人儿并肩倚着栏杆，看两岸的风景如画卷般慢慢打开，大概还有三两句甜言蜜语，似乎眼见着就能成就一桩美事。

钱红透着舱里的玻璃窗打量着，心里的某个角在倾斜、崩塌、撕裂。

清远的脸又浮了上来。粗壮的手臂伸过来，不由分说地将那装满衣服的蛇皮袋拖过去。我帮你提吧。那个时候清远只是萍水相逢、热心帮助她的路人。

你们这城里像样的建筑都看不到哦，喏，我就是要在那个地方修建一座六层的楼房。合同都签了。清远用手指着对岸的一块空地。

楼房修好后，你也不用去赶场了，我给你留间楼下的门面来卖衣服吧。清远的眼睛深如潭水。

红，我们结婚吧，6月6号。最后，清远像扔过来一串刚点燃的鞭炮，把钱红心里炸开了花。

天知道早就盼着这一天。

婚纱，如果要建立与爱人更久远而牢固的关系，一定得有一条洁白美丽的婚纱，这是母亲留下的杂志上说的。

刘姨有巧手，只是苦于找不到合适的面料，用白色的棉纱给钱红做了一条大摆的连衣裙。6月6号那天，清远跟钱红在东一街摆了宴席。新房是清远布置的，简单、喜庆。那天晚上，清远醉得一塌糊涂，夜里搂着钱红不住地问：你爸妈都不要你了，苦吧，可有谁知道你的苦呢？钱红的脸被清远的胡须扎得生疼，却又分明感觉到有泪水在流淌，她不清楚是从谁的眼里流出来的。

半月后，清远说：红，我得出去几天，带几个工人过来。

这话明明还在耳旁，但人却再没出现过了。有人说清远带着工程款跑了，也有人说清远遭人暗杀，被人抢走了那笔工程款。庆云楼的老板报了案，公安局来找过钱红几次，毫无结果。

钱红有点恍惚，眼皮很沉。再一定睛，船头那对年轻的情侣也不知去了哪里，当然，爱情还未变质以前，无论在哪里，有的是甜蜜。

下了船，也特意留意，那对情侣竟像陌路人一样，隔着无数的肩膀各自走着，默契地保持着统一的步调、恒定的距离。到了码头，两人朝相反的方向走去，没有迟疑，更没有回头。

钱红想倘若清远现在出现，她大约也会像那个姑娘一样转身而去，如果来小城只是为了骗取工程款，他何必介入到她的生活呢？

五

刘姨早等在码头，急火火的样儿。

跟你说的要租房子的夫妻来了。钱红被拉着进了裁缝店。

两个巨大的蛇皮袋紧靠着躺在地上，和它们主人一样是对患难夫妻。

男的见钱红进来连忙起身，阔肩高个儿，像座塔一样立着。五官其实不算显目，但身为男性的质感特别强烈，在卡其色的短袖T恤和深蓝的短裤之外，茂密和卷曲的汗毛连成一片丛林，散发着坚毅而性感的气息，令他看起来像匹六月草原里奔放的野马。

他叫天明，这是他老婆月琴，你俩还是同岁呢。刘姨拖了条板凳过来，和钱红坐到月琴的对面。

我们没有孩子，不会影响到你的休息。男人的声音像从时光里爬出来，和清远一样，一口温和得好像看不到任何情绪的普通话。

钱红心里一阵紧缩，莫名而慌乱。

后来，月琴似乎也跟她说了些啥，但野马的蹄声将一切淹没，大片大片正开得纷繁的花朵被踏得汁液四溅。

钥匙在这儿，你们现就可以搬进去了。钱红太迫切想要离开，把钥匙递给了月琴。

回到屋里才记起她居然连租金都没谈，坐在床沿上，又想起当年母亲离开时的样子，那种慌乱大概跟她现在一样，像有一匹野马在心里奔跑。

隔壁的房间被打开，听到两个蛇皮袋扔在地上的声音，男人的脚步声很重。女人说话的声音很轻，细细碎碎的，钱红有些后悔没看清那女人的样儿。刘姨在屋外交代了两句就走了，房门被重重地关上。

早上醒来，钱红的两只眼睛有些浮肿。打起精神把头晚换下的衣服洗净晾到屋后的栏杆外。

你昨天太累了吧，走得急，都没来得及付你房租呢。那个叫天明的男人趴在隔壁的栏杆上侧着个头跟钱红说。在梦里漂了一晚的容貌清晰起来，三十出头的样子，单眼皮，高鼻梁，皮肤略黑，唇边的胡须是浓黑整齐的。

钱红还是慌乱，不知道怎样回答，点了点头，把盆端上回了屋。她犹豫着是不是该到隔壁去谈谈租金的事，去看看清远留下的那些物件有没有清除记忆，做好为新一对夫妻记录生活的准备。鸳鸯戏水的瓷盆，艳丽的窗帘，门背后挂着的那把大红雨伞。如果过去，这些还能认出她吗？

正想着，门被推开了，天明走了进来。

先租一年，租金刘姨昨天都跟我们说了，你拿着，这是五百。

把钱接过来时，碰到了他的手，只是一瞬，温暖粗粝。耳边仿佛又响起了马蹄声。

你那边东西都没置办好，中午就过来吃饭吧。话一出口，两人仿佛都靠近了一步。

做饭的时候有点三心二意，但想着还有位女人上桌，也不敢马虎，三菜一汤，品貌俱佳。

月琴是被天明抱着过来的。裤腿翘着，露在外面的腿细得像根木棍。坐在凳子上，还是能感觉到她头重足轻。吃饭的时候，钱红一直暗暗地看着月琴，跟自己同岁的女人，是可以有一番较量的。月琴的皮肤很白，五官标致，短发。再往下看，胸是丰满的，放在桌上的手臂线条柔美。钱红有些心虚，夹菜时碰到月琴的手背，白净净的，更是自惭得很。分明找不出自己的优势，但对方最致命的弱点不过是被桌子挡着，也不用看，想也能想得出肌肉萎缩的双脚和可能满是老茧的臀部，像截枯木。

月琴没吃几口就放下了碗筷，礼貌地跟钱红道谢。天明很自然地走过去把她的衣服整理好，温柔地抱起来。月琴的手臂缠着天明的脖子，脸紧贴过去。整套动作两人是默契的，是旁若无人的。钱红朝洗碗盆里狠狠地倒了两盆水，忽然觉得那截枯木还是月琴的优势，是对天明善良和道德的绑架。夜里的干涸或是像个男佣一样的贴身服侍，谁敢说这个男人不曾想过逃离。

我来洗碗吧。天明从身后扶着钱红的肩，将她整个身子往旁边挪了挪。仿佛早已熟稔。

我们结婚两年她就生病了，到现在快五年了。这些年在外面边打工边带她治病。钱花了不少，还是没好转。天明叹了口气，将洗碗水啪地往屋外泼去。

钱红一言不发，直盯着他看。

她要回来。可她爸妈都过世了，兄弟怕她来争房子，躲都躲不及。她现在只有我了。天明苦笑着，用力在盆里洗净手上的泡沫。钱红递过毛巾来，还没来得及松手，手一并被天明握住，但只是一瞬，两人的手迅速抽离，湿答答的毛巾啪地掉在地上，像落入泥泞的马蹄声。

六

夜里，睡不着。耳朵贴着墙壁，像幼时在录像院里害怕漏掉某个重要的情节，一动也不敢动。艳丽的窗帘好像一直没有合上，双人床也很沉着，甚至连私语也没有，像杯无味的白开水。钱红所熟悉的夜晚是带着酒味的，醉醺醺的父亲贴着墙壁回来，倒床就睡，母亲扔掉手中的书，厌恶地躲到屋外，趴在栏杆上。江面上泊了几只船，水手们都已回家，独留船只陷于对远方的一场相思里。大约，在那时，母亲就开始酝酿背弃和逃离。

清远说夜就是颗酒心巧克力，钱红没吃过。但清远每次都会不厌其烦地告诉她，脆脆的巧克力外壳，轻轻一咬，带着酒香的蜜汁流出，醇香厚道。清远的声音越来越低，手臂缠过来，贪婪地伏下身去，略微的疼痛和兴奋被压抑成喉间曲折的轻吟。钱红整个人彻底瘫软，精明泼辣的外壳被咬碎，被融化，所有的委屈和爱意流出来，不顾一切的，源源不断的，无限缠绵的，像巧克力一样甜蜜，像酒一样地热烈，让人想要疯狂，想要沉醉。

隔壁的夜却静得可怕，也没有酒味。让人怀疑双人床中隔着一条暗河，那截枯木努力地想靠上岸，却没有任何援助。天明背着身，虚张声势的鼾声执意要把暗河变成无际的大海。为什么不这样呢？天明一定也试过，只是那截沉默丑陋的枯木再不能迎风而动、披霞戴露。唯有假装忽略，不去触碰，自欺欺人地去抵制尴尬和由此而来的越来越深的厌恶。一定是这样。钱红有些兴奋，她甚至觉得天明跟母亲当年一样，深恶眼前，想要背弃和逃离的想法顺理成章，日积月累，只需一个诱因来成全，来放下最后的那丝挣扎。

不知道什么时候睡着的，醒来时，太阳已刺辣辣地晒进来了，身子避来让去，还是逃不掉。起床，打一盆凉水放到屋后栏杆上，撩起衣服，迫不及待地将还在滴水的毛巾伸进去。冰凉凉的，顿时，像卸下万斤重担，带着汗液的毛巾重回到盆里，打个滚，又开始新一轮的畅游。这一次，动作慢了些，有些享受，毛巾从肚子向上，到了凸处，变得柔情，回旋着揉搓，再从腋下向后，顺着后腰而下。突然犹豫着，停住了，侧过脸，看到天明靠在栏杆上，眼睛里分明有火焰。刚刚变得清凉的身子像着了火，不知所措地低下头，湿了的衣服紧贴着，钱红羞红了脸，着急地转身进了屋。

还没来得及换衣服，门就响了。声音是急促的。

仿佛奔跑的野马，在进行最后的冲刺。

门一打开，钱红只做了瞬间的挣扎，随即两股力量灼热地、剧烈地、贪婪地，带着野性的霸道、压抑的柔情、疼痛的快感，在对方的身体里肆意涌动。

当天明抽离，两人赤裸裸地相对时，钱红没觉得羞耻，反倒觉得痛快了。终于向之前命运所给予的不公讨伐了，她也是能做到背弃的，也许骨子里早就在渴望和酝酿一场对现有生活的背弃，这种背弃是潜移默化的，是变本加厉的，是顽强执着的。钱红甚至在想，血液里不是流淌着母亲背弃婚姻背弃传统的决绝和狂野吗？成长里不是有父亲背弃责任背弃天伦带着破败的尊严落荒而逃吗？生活里不是有师友亲朋背弃亲情背弃道义的嘲笑轻视吗？人仿佛一旦选择背弃，就挣脱了道德的枷锁，前路别有洞天，豁然开朗。

她觉得跟天明成了同盟，有融入血液之感。她想这世上再没有人如她了解天明了，她像理解母亲一样去理解他，去充当一个诱因，去让他放下最后的挣扎。

再面对月琴时，钱红有些亏欠，一日三餐更为上心，四处寻找治疗偏瘫的良方。她能想到那条原本横在夫妻二人间的暗河变得更加辽阔，但也有一点小小的得意和安慰。碎了的心想要愈合，最好的办法不是去寻找原来的筋络来缝补，而是填充，跟从前毫无关联的填充、占有，把最后残余的毒素挤掉，重新鲜活地跳动起来。

她确定她和天明一样早就渴望着一场解脱。

如果不去赶场，白日里天明总是腻在钱红的屋里，门窗紧闭。陈姑婆耳聪目明，隔着老远看到钱红会朝地上狠狠地吐口水，东一街的女人们又开始兴奋起来。钱红比起她母亲当年可是青出于蓝，目空无人，更加勇敢，更加无耻。

饭桌上，还是三人。月琴脸色惨白，吃得很少，钱红和天明给她夹菜，两双筷子悬在面前，却像是含着刀光剑影，充满着血腥气。

隔壁的声响像亡命徒在不停地追赶，月琴困于一截枯木，无法逃身，连委屈也只得装聋作哑。白日里，她乖巧地让天明把她抱到屋外去晒太阳，跟过路行人微笑。有人不怀好意地说到钱红，她像个好姐妹一样护着，明明就是一场不对等的较量，天明是她的全部，而钱红占领了她的全部，她还拿什么来抗争？

七

去刘姨店里，要的衣服还差好几件，刘姨正在赶制。店里进出人多，好几次刘姨欲言又止。钱红当然懂，一张招租广告和刘姨的热心帮忙成就了这莫名其妙的三角关系，生活由孤零变得混乱。在东一街女人们的眼里刘姨无疑是罪大恶极、助纣为虐。

案头上摆着条大红色的连衣裙。

红啊，还记得当年给你做嫁衣吗？你非要白色，我不想做，那多不吉利，你说婚纱是白色的，可孝衣、孝帕也还是白色的呢，到现在我都悔，那时干吗要答应给你做条白裙子去拜堂呢？刘姨叹了口气，从案头上拿起那条红裙子。

昨天，公安局的老李过来没找着你，他让我给你带个话，让你抽空去趟公安局，可能清远有消息了。真要找到清远了，就穿上这条裙子跟清远重新拜拜堂，冲冲晦气。刘姨绝口不提天明，不提月琴，这是笔糊涂账。

钱红沉默着。

抱着那条红裙子回家，一路上眼泪在打转，步子越迈越大。

回到家把衣柜打开，钱红的手一直在抖，全身都在抖，衣服滚了一地。她想她真是傻得可以，小城里谁会穿白色的裙子去结婚呢，这些年她以为清远负了她，却从没去想过也许这一切就拜这条白裙子所赐。

天明站在旁边有些手足无措。

怎么了，找啥呢？

钱红也不应，从地上捡起那条白色的连衣裙，用力撕扯。

你是怎么了，说话呀。

我不知道，我就是再不想看到这条裙子，不想要它了。钱红努力使自己平静下来。

不要乱想，过去的就过去了，好好过我们的日子就行。天明的话是飘着的。

我们？

这日子明明是借来的，是霸占的。她钱红早就一无所有，她和天明不过是一条战壕的同盟，醉生梦死，得过且过。

一整天，钱红都是焦灼的，这个充满未知和变数的世界，她找不到自己的下一站。天明是止痛药、是镇定剂，可一旦那个叫清远的人又冒出来，还是会剐心地疼，她宁愿清远已不在人世，她的爱情才能像一枚精致的标本得以保存。

晚饭钱红没吃，心里有股刺痛，躺在床上，把身子蜷起来集中力量来对抗。

在刘姨那里定的衣服是天明去拿的。

我都听刘姨说了，我陪你去公安局。

不想去。钱红背对着。

不想要个结果了？

清远，他就是死了，两年前就死了。钱红咬牙切齿。

我哪儿也不去，就在这儿守着你，一直都在这儿。天明伸手把钱红搂住。

嘭，嘭。外面传来声响，急速的，带着怒气的。

钱红和天明从里屋跑出来。

月琴正用头猛烈地撞击门板，见他二人出来，停了下来，很诡异地笑。

八

钱红还是决定一个人去公安局。

出来的时候失魂落魄，她的清远还活着，活得好好的。

公安局的老李说庆云楼那笔工程款被追回来了。审讯的时候，那男人交代，他不叫清远，隐姓埋名不只是为了骗取工程款还有一个叫钱红的女人。二十年前，他的父亲留下了大笔的债务跟着这个女人的母亲私奔，他母亲为此跳楼自杀，那一年他才十二岁。

钱红觉得血管都已凝固，每个字都在加速着让心变冷。

老李送她出门时说：钱红，他说他一辈子都不能忘记母亲跳楼自杀的样子，他记得那个日子——6月6号。你们都是苦命的孩子，谁也不要去怨，都忘了吧，好好生活。

钱红觉得自己可笑得很，结婚那晚清远说：你爸妈都不要你了，苦吧，可有谁知道你的苦呢？她以为是在心疼她，原来他是在心疼自己，结婚就是个祭奠。

回家的路仿佛很远，天色渐暗时，钱红还在街上晃着。她想撕心裂肺地哭一场，但一滴眼泪也没有。她觉得她没有资格去指责任何人，她跟她母亲、跟清远一样也在夺取别人的生活，在背弃中学会背弃，原谅背弃。生活不如此，如何继续？

回到东一街时，天已经完全黑了。天明的房门是微微开着的，门上从前贴“囍”字的位置还有一些纸屑，惨白中微微地剩点红，热闹过后的冷寂最是凄凉。屋里没开灯，路边也不见月琴坐着。钱红有些疑惑，走到门边，把灯打开。

天明好像睡着了，躺在床上没动。月琴坐在床边，上身侧着，微低着头看着天明，笑得很满足。

找到你男人了？声音还是很细，有些虚弱。

找到了，但他不回来了。

我也找到我的男人了，他再也不会走了。月琴还是笑着的，但脸色苍白，那笑也有些森然，钱红全身发紧。

慢慢地走过去。

只见天明和月琴的心窝透红。还握在月琴手中的剪刀像个火把。火焰被点燃，鸳鸯戏水的瓷盆、艳丽的窗帘、门背后那把大红雨伞，通通都在燃烧。火焰里分明看到月琴还在笑，胜利的笑，不屑一顾的笑，苦涩的笑……

裂 纹

在幼儿园接到毛毛时，李丽都不敢看陈老师，同一件事抱歉的话说上三遍就已经毫无意义了，还不如佯装没心没肺的样子，仓皇而快速地离开为妙。抱着毛毛一路小跑，像个小偷，生怕盗取的赃物被失主追回，即使她盗走的是这每日迟到的半小时。只听得身后铁门巨响，李丽都能感觉到陈老师那薄而坚硬的笑容，像枚飞镖穿心而过。

毛毛的身体是缩紧的，眼里有些惊恐，一点不像初来幼儿园时的样子，抱在怀里如泥鳅般扭来扭去，小嘴也说个不停。

回到家，照例是炖个蛋、冲杯牛奶给毛毛先垫个底。再就着冰箱里的存货三下五除二地做了两菜一汤。等到一切就绪，李丽早没了用餐的心情，结婚、生子好像把一切隐藏的问题都暴露了出来，无力提供任何援助的父母，加班成常态、像蜗牛一样往上爬的丈夫，就连她自己在城郊崇德小学的工作也成了绊脚石，即使不候车，不堵车，她依然不能像其他父母一样准时去幼儿园接毛毛。她让陈老师付出了额外的无偿劳动，而条件是她和毛毛都得领受冷落和嘲讽。看着毛毛木然的神情，她觉得很沮丧。志远回来后，大约也嗅到了潜在的火药味，只是他避重就轻，不想扯出他起码在目前无法解决的难题，他用他并不擅长的语调，试图来缓和屋里的气氛。丽，这个周末咱带着毛毛去看看他外公外婆吧。他是想讨好来着，声音提高了好几度。可这个提议一点也不聪明，李丽从内心抗拒，娘家的父母在老家给哥哥、姐姐带俩小孩呢，去干啥？去让毛毛摆出无人看顾的可怜相？你王志远这不是存心要让人难堪吗？她冷笑两声：不如去看看毛毛的爷爷、奶奶，他们可不正等着你送钱去。志远哑然，脸一下子僵住了，头一晚母亲在电话里倒了半天苦水，李丽已然心知肚明。

毛毛也是沉默的，小心翼翼地看着他俩，随即滑下椅子，滴溜溜地从饮水机里接来两杯水。察言观色，这大概是他在陈老师那里被迫学会的吧。李丽心疼，一肚子的委屈化为乌有，埋着头扒拉碗里的饭。她没看志远，心里隐隐有些后悔，这年过三十的男人，事业上没少给人低过头，心里的苦楚可不见得比她少。

到了周末，谁也没提，哪儿也没去。志远一大早跑了趟菜场，做了一桌饭菜，心照不宣地弥补自己的亏欠。这做法毫无新意，可对于贫贱夫妻而言，却又是成本最低、见效最快的方式。李丽倒也不为自己叫屈，她记起母亲有回说笑时，突然说道：真的，如果当年再有第二个人来提亲，我就不会嫁给你父亲了。母亲说得很认真，眉眼里紧锁着忧伤。那时候李丽已经嫁给了志远，相了很多次亲，志远是唯一向她求婚的男人，她清楚，他和她一样被很多人礼貌而高傲地拒绝过，他们有着共同的藏在骨髓里的卑怯和敏感，就算她穿上大牌、化上精致的妆容，他都能轻易地剥开她的表层，自然地去融入、契合。说到底，他们是同类，了解对方如同了解自己。不用去掩饰家境；也不用为每次约会的地点、消费额度而费心琢磨、精打细算；就是提到未来也不用去制造一些根本实现不了的愿景来自欺欺人。彼此坦诚相待，当然这不是因为情投意合，而是门当户对，当你无需踮着脚跟就能与对方平视时，你就压根儿不想再给自己做任何拔高形象的铺垫了。

母亲过了大半生仍会心有不甘，对于没有遇到第二个提亲的男人而耿耿于怀。李丽猜想，母亲质疑的不是父亲，是自己，是自己最好的年纪里，没有吸引到更多异性的关注和喜欢。当然，现在看来，母亲和她一样可笑，竟然不知道在被婚姻慢慢吞噬的过程里，少有女人还能保持个人魅力，又何来的自信和资本去对曾经的选择感到惋惜。

她的注意力重新回到餐桌，这是志远对她唯一的体恤和让步。她如果再延伸头两天不愉快的话题就显得有点无理取闹了，这不是她的作风。但她却真想掀一回桌子，痛快地吵一回架：是，毛毛总不是她一个人就能生出来的吧？是，工作，谁不工作呀？谁就一定该在陈老师面前装得厚颜无耻？谁就一定还得买菜做饭、收拾洗衣？保姆还有工资和假期呢，他这个抠门的穷鬼又给了她啥……心里一下子冒出了好多话，她几欲脱口而出，但看到毛毛像只树袋熊一样缠在志远身上咯咯地笑个不停时，她竟啥也说不出来了。

心里藏着股无名之火，上课的时候，按捺不住，语气不断上扬。她拍了拍离她最近的课桌，厉声喝道：起来，把我刚刚讲的内容复述一遍。她心里几乎是得意的，这个世界总还有一个地儿是她能掌控的，她打算痛痛快快地发泄一回。那学生被猛然叫起，竟半点也不含糊，答得从容自得，条理有序，甚至在她的讲解上还注入了自己的体会和感悟。她一下子便傻了，积压已久的情绪都已站在了百米冲刺线上，突然被人中断、叫停，撤离场外。手机不合时宜地在口袋里抖动起来，她把手伸进衣服袋里狠狠地挂断了电话。教室里响起一片掌声，学生们都在为刚刚回答问题的同学表示着赞许，她却没有一丁点身为人师的成就感。好不容易捱到放学，去接毛毛，毛毛的小脸烫得都能烙饼了。打你电话，没人接。老师兀自解释。

怎么不送去医院看看，或者联系一下他爸。她心疼，忍不住责备。原来毛毛他有爸爸呀，怎么没留电话，也没见他来接过毛毛呀？对了，你刚说送毛毛去医院，我也想啊，可我这一屋子的孩子谁来管？老师很惊讶地看着她。她仿佛被抽了一鞭，原来在旁人看来，毛毛是个没有父亲的孩子，她使劲回忆在给学校留家长电话时，她怎么就忘了志远，怎么就没有指望过他。

三十九度五，来得再晚些，肯定得烧出问题。医生狠狠地瞪了她一眼，她又自责又心疼又委屈，泪珠在心里都滚了上百回。志远赶来，手机一直在响，好像有人不断在催促，他怯怯地看了李丽儿回，她不作回应，不知何时，竟又不见踪影。趁着毛毛睡着，李丽在床尾把作业给批改了，起身时，腰疼得要命，胳膊也好似要断掉，忽才想起，从幼儿园到医院，从排队挂号到病房，她竟抱着毛毛一刻也没放下过。

整整一夜，她几乎都没有睡，隔两个小时给毛毛量体温，楼道不时有人走过，尽管很轻，却也能听出些不安和焦虑来。她靠在床头忍不住胡思乱想，她想，问题总得解决，要不给毛毛换家幼儿园吧？可是换一家，她又得低声下气地跟老师解释、商量，那位老师还未必就能够谅解，她在心里摇了摇头。送到外婆那里去？这个念头也只是一闪而过，让母亲看管三个小孩，这根本不现实嘛。那要是送到志远的老家，让爷爷奶奶带呢？不行，在那以生产石灰为业的小山村，呼吸都是件困难的事。再或者在崇德小学附近找家幼儿园？可整个小镇就只有一家幼儿园，孩子们几乎是在家门口上学，因而幼儿园里不提供午餐，也没有午休的地方，这便意味着她将花更多的时间往返在学校和幼儿园之间，也将会暴露出更多时间上交错的漏洞。她把头埋在双膝之间，像个无助的孩童，事实上，在此之前每一种途径她都想过无数次，她比谁都清楚，只有送毛毛去晚托班才是最好的办法，她之所以下意识地去回避，只因为送去那里，得额外再支付一千块，且不说日常生活费用，就是每月四千的房贷和两千的装修贷款，这一千块就足以让她犹豫和苦恼。李丽对着窗外的黑夜长长地叹了口气，她感觉自己只需推开窗便会立即消失，除了毛毛，没有人会在意。

待到天亮，毛毛的呼吸由短促变得舒缓，体温终于稳定在了三十七度二，李丽松了口气，盯着手机好一会儿，到底还是没拨出去。在卫生间里抹了把脸，对着镜子李丽突然觉得自己一下子变老了，老得跟母亲似的，老得像母亲一样会想到自己的如花年纪，老得都想把母亲说过的话也说上一遍，譬如那从没出现过的第二个求婚者。

约莫八点，志远从门背后走过来，还是头一天穿的那件夹克，一身的烟味。他摸了摸毛毛的额头，又小心地把手上的饭盒放在旁边的小柜上。在门口买的小米粥，毛毛醒来后喂他吃一点。他轻声说，眼睛一刻也没离开过毛毛的脸。走错地方了吧，你应该在办公室加班写材料，或者提着你的小米粥给领导送去呀。李丽仰着下巴，她当然不会忘记第一次见志远给他的领导准备感冒药和早餐时的样子，药装在分格的药盒里，保温饭盒里装着在楼下排了半小时队才买到的鸡汤馄饨，她当时惊得快停止呼吸，果然，不是所有的男人都有骨头，而她恰好就遇见了这样的稀品。唉，你说的是什么哦，这段时间太忙了，昨晚写材料写了一个通宵，等应付完这次考评，每天我去接送毛毛，我来照顾他。说话间，志远羞红了脸，他轻轻拍了拍李丽的肩，表现出适可而止的体贴。当她是傻子吗？结婚五年了，这种近于自我催眠的话还不如不说呢，考评工作一结束，不是还有市里面来检查吗？不是还有各县交流检查吗？处在办事员的位置，你能掌控自己的时间？李丽都懒得拆穿他的谎言，她觉得眼前的这个男人真是既可怜又可笑，画饼如果能充饥，她何不自己动手啊。这种念头不是第一次冒出来了，只是附加了一整夜的焦灼、失望，没有哪一次像现在这样不可阻挡，像这样无路可退，恨不得立即就跟现有的一切鸡零狗碎挥手告别。

趁着周末，跑了趟书店，买了套公务员考试书。把时间当饼来摊，使劲挤压，乘车、午休、上厕所，这些零碎的时间被串了起来，沉甸甸的，似乎能挂得住所有设想的未来。当然她不会跟志远说起这些，画饼和做饼总是有区别的，在事情未办实、办妥之前，说出来毫无意义。再者，这种独自建筑梦想的过程，充满着自豪感、成就感，实难分享。

看书的过程就像是往私藏的小金库里添置银两，每多看几页就多了几分抵抗现实、处理意外的底气。再面对陈老师时也不逃避，送上一罐托人买来的正宗土蜂蜜：辛苦陈老师了，下学期毛毛就不会再给您添麻烦了。她说得很肯定，眼睛没有躲闪。那个年轻的女人坦然地接过蜂蜜，嘴角还是习惯性地浮起一丝不屑。

那种不屑于她就像照镜子，她不得不承认，对这种家庭式幼儿园她内心从来没认可过，对这类考不进公立幼儿园的老师也是压根儿就没瞧上过，说是老师，还不如说是保姆，而且是廉价的保姆，她有一次无意中打听到陈老师的工资不过两千时，着实在心里高兴了好一阵。她都有些谅解、怜恤陈老师了。可一点小惠实在不能弥补被她剥削的劳动力，蜂蜜收效甚微，次日再来，陈老师站在操场，隔着老远，冷漠地看她牵着毛毛离开。她努力让自己走得不那么慌张和狼狈，挎包里一袋子的考试辅导书，很沉，跟毛毛一样，是她的未来，她想，现实的风暴还可以再猛烈点，迎接胜利的意义才显得更加非凡。

八年前她师专毕业，等待分配的日子里，总伴着些让人泄气又无奈的传闻。比如有亲戚会提醒，还是应该去走走，总不能任人摆布，落到最偏远的乡镇。她有些错愕，怎么个走法？想留在城里，得找准人，下对药。亲戚们像掌握了某种神通，一脸神秘而又暧昧的表情。父母一辈子从土里刨食，很难消化这话里的内容，努力聆听，彼此对视，神情依旧茫然。她也是无助的，说这话的亲戚从来绕着村长走，家里没占过丁点便宜、没得过丝毫好处，求人办事，同样是摸黑的瞎子。也许正是因此，才会替她着急，才会把听来的经验当作见识。

八月底的一天，她接到通知，分配到了崇德小学。这结果远远超过了听天由命的预期，大概是从那时起，她都有些相信活着不用太刻意，人生其实只需静待。与其说这是相信自己，不如说是相信命运。

然而，到了眼前，这样的念头虚幻、空洞，有些自欺欺人，不足以让她心安。等待已经成了最窝囊的表现，她只想实实在在地让生活发生质变，哪怕提高得慢一点、时间长一点，总要有所期待才好。

志远压根儿没有发觉她的改变，他少有社交，每天吃完晚饭，会提着垃圾下楼。她在厨房里收拾，从窗户里能看到他拖着拖鞋，慢吞吞地走向垃圾箱，隔着腐臭的垃圾，像投篮一样，把手里的袋子准确地丢进箱里。他不会立即上楼，而是点燃一支烟继续朝前走，沿着小区走。也许，志远也有他自己的打算，也许还与她和毛毛无关，生活从来不放过任何一种可能。李丽在心里自嘲。十五分钟后，她把手洗净，把整洁的厨房送进梦乡，就刚好能听到锁孔扭动的声音，志远一声不吭地窝到沙发里去，把电视的声音开得很大，虚张声势的热闹，让屋子里呈现出一种紧张过后的疲乏。这种潜在的秩序和规律，像一根越勒越紧的绳索，把两人所有的心思都扎紧了，密不透风。

这样也好，谁敢保证一开口就不是一场战争呢。掩上卧室的门，搂着毛毛讲故事，随意翻开一页——小蚂蚁搬家，她轻声念着。毛毛仰着小脸问：蚂蚁为什么要搬家呀？因为下雨，它们要搬到一个安全的地方，避免被雨水给冲走了。她念着，若有所思。故事还未讲完，毛毛就已经睡着了。客厅的电视不知疲惫，那些无趣的综艺节目，就像是居委会里喋喋不休的大妈，不断在重复和验证显而易见的常识。扭开书桌上的台灯，李丽像个小蚂蚁一样，将书本上的一字一句不断地搬运到自己的脑子里。

志远是什么时候进的卧室，什么时候上的床，她也没听见。等到眼皮重得抬不起来时，钻进被窝，一股尿臊味窜了出来，四下里一摸，床单和被子全被毛毛尿湿了。她着急忙慌地把毛毛抱到客卧，里里外外换了个干净，小人儿睡得很香，任其摆布。等收拾停当，睡意全无，她又重新坐到书桌旁，拧开台灯。在她身后，志远仍躺在尿湿的被窝里，像一个完全熟睡的人。但她知道，就算他此刻正冥思苦想如何取悦领导，他的身体也不会突然醒过来，他看上去更像是个可怜的、无辜的被拖累者，她和毛毛，似乎正在以他不可思议的方式和速度将他拽入可怕的深渊。

网上已经发布了公务员招考的通知。课间，听得办公室里的几位同事在相互议论，嗨，不要去跟毕业生抢饭碗，人家一直处在学习备考的状态，我们这又是工作又是孩子的，没戏。对，对对，真要考，还不如考城里的几所学校呢。考学校？她心里紧了一下，低着头，把耳朵探出去。嗯，今年县城里中小学招考老师的方案都出来了，考学校，我们才有经验优势，更现实一些。她若有所悟，原来没有谁在含糊着对付日子，她内心的彷徨、她企图开展的自救，同事们一样也在经历。

县直有两所学校招考小学语文老师，共三个名额，其中一所是特殊教育学校，李丽不假思索地选择了特殊教育学校，两个名额，机会多了百分之五十呢。那“特殊”二字她也一点不担心，不就是指那些有缺陷的孩子，她以前在学校辅修过手语，能够胜任。

交了报名表，确定了目标，心里仿佛一下子就有了支撑。走起路来，脚步轻快，脸上不自觉地就会洋溢出微笑。李丽在心里默念，再努力两个月吧，她一定能证明自己，有足够的能力去给予毛毛更多的关爱。

学校的月度例会，往常她是会找各种借口逃脱的，但现在忽然觉得应该珍惜。她庄重地坐在会议室里。同事们说笑着相继而来，领导们陆续落座主席台，她心里竟隐隐有些难受。她想起第一天来学校报到时，她走的每一步都是靠近，每一步又都是回归，她满怀感恩，把校园里的一草一木都视作亲人。她的思绪开始游离，忽然想到，几个月以后，要是通过了考试，有机会在月度例会上发言的话，她会说点什么？她皱了皱眉头，打下腹稿，她想她一定会深情地说：我很感谢十年前崇德小学接受了我，我一直把每一个学生都当作自己的孩子，我爱他们，尽心竭力地去传授知识，如果不是因为我的儿子需要照顾，我从来没想过要离开。她在心里默念着，眼睛竟有些湿润。校长跟往常一样，把月考的情况进行了通报分析，对毕业班的班主任又格外关心了一回，末了，清了清嗓子说：最后我宣布个事，因为快到期末了，让大家提前有个思想准备，下学期，我们学校将迁至新校区，出了校门向南走一公里即到。会议室里一下子就炸开了锅，这事虽然早有耳闻，可毕竟从没有得到过官方的证实，大家交头接耳，议论纷纷，从客运站走到新校区得半小时呢，每天还不得六点就起床。请大家认真抓好期末的教学工作，同时，也让我们一起期待下学期的新环境新面貌吧，散会。领导起身，头也没回。为啥搬过去，之前不是说那边修的是商住楼吗？我们搬走了，这里又留来干吗？大伙儿还在抱怨。坐在身旁的同事无比担忧地看着她：你以后可怎么接送孩子？她摇了摇头，啥也没说，刚打下的腹稿被按下了删除键，她庆幸她已经有了离开的准备。

志远如果稍稍细心一点是会发现她的转变的，除了把时间管理得更加有序，还有她自身的精神面貌，从容舒展、充满自信。只是，在她还没成为一个成功的励志的案例前，不足以启发和改变志远对自身发展的谋划，但这一天已经不远了，她想。他依旧每天早出晚归，工作之余小心周到地给他的领导提供私人服务。好几次，领导出差，到达了目的地才想起忘带了某件重要的物品，于是，他像是得到了重托，独自坐着通宵的火车专程送达。她完全想象得出他拿着东西守在酒店大厅的样子，本就有些虚胖，坐了一夜的火车，皮肉更加松弛，眼睛也是浮肿的。领导终于出现后，他理了理衣角，几大步走过去，把手中的物品送上，领导都有些惊着了，一脸恍惚，看了看手机，自言自语：没有时间了，我得开会去。一边说着，一边往外走，那千里迢迢送来的物品被顺手丢给了前台。这些想象不是没有依据，因为志远每次完成这种额外的无聊的工作后，回到家，都会变得更加沉闷。洗碗的时候，她透过窗户，只见志远拎着袋垃圾，耷拉着头，隔着不到一米远的距离，朝垃圾箱一扔，鼓囊囊的垃圾袋立在边缘，左摇右晃，空了的酱油壶、烟盒、皱巴巴的菜叶子一股脑儿地滚落在地，他杵在那里，好一会儿过去，突然伸出脚把酱油壶踩在脚下，接着又狠狠地跺了两脚，他看上去很蠢，像个挨训后的小孩，满腹的委屈却又不肯示弱。等到她收拾完厨房，许久，才听见钥匙扭动的声音。

但是，不用担心，只需过几天，那个对领导唯唯诺诺、无所不从的志远便又回来了，他总能搬出无数赶不回家吃饭的理由，开会、下乡回来的途中、加班赶材料等等。每一次都无可奈何，每一次都紧急万分，每一次也都不由分说。李丽在厨房里洗碗时，脖子都懒得往外伸，少了灌篮高手，楼下的垃圾桶也很寂寞。手机响了两声，毛毛从客厅送过来，她擦了擦手，点开，是条短信，银行卡里的那点余额越发可怜。卡是两年前买房后志远交给她的，一开始她没接，早看破这张卡不会改变她拮据的生活。志远当时相当有男子气概地将卡强塞进她包里，单位里发的绩效就够自己用了，这张卡每月还了房贷还有剩的呢，他说的时候声音都是骄傲的。那卡放在钱包里，一次也没使用过。她的手机号是志远曾用过的，志远迷信数字，幻想换了吉利的号码就能青云直上。上个月跟英子无意中提到这张卡，英子立马陪她到银行办了短信提醒业务，顺道也打印了近两年的交易记录，于是便知道了这张卡还连着存折，知道了每月都会有这一笔钱从这里消失，这钱，从来都不会走错路，不会走到她父母的手里，只会出现在她婆婆的存折上。这钱也不多不少，刚好一千元，刚好是送毛毛去晚托班所需要增加的费用。她不能不去想这一千元，也不能不去恼怒志远，却更不能的是把这事摊在桌上跟志远掰理，死缠烂打地去要回这一千元。因为在经济上他们分得很清楚，一个还买房的贷款，一个还装修的贷款，各自剩下大概两千元的工资，一个负责毛毛的学费，一个负责家里日常开销。他们知己知彼，都穷惯了，生怕占到对方一丁点的便宜，成为对方的口实。

她时刻提醒自己不要去想那一千元，然而一开口却直奔主题，我去看了晚托班，每月多花一千元就可以等到晚上七点钟再去接孩子。她的语气硬生生的，带着寒气。志远愣了一下，皱着眉：一日三餐都在幼儿园里，我怕毛毛的营养跟不上，过了这段时间，我来接送毛毛吧。志远似乎才找到了问题的核心，不是时间，也不是那一千元，而是毛毛的身体发育，她始料未及，莫名其妙就成了一个斤斤计较、自私自利的母亲。之后，她和志远的对话尽量只停留在买菜上，头一晚在餐桌上她就把所需的菜罗列出来，要志远下班时顺道买回，志远一般只回答哦、嗯、好，但是不用怀疑，第二天，他如果按时回来，要买的菜就一样不少。有一次她试着掩藏起内心的鄙夷和恼怒，故意问起他的工作，考评结束了吗？市里边什么时候来检查？志远看着她，露出奇怪的笑容，随即扭过头去专注地看着电视屏幕，好像什么也没有发生。既不团结协作，也不对立为敌，在两个人共同生活的空间，你永远不知道他在想什么。李丽细想起来，她和志远竟然没有一次真正意义上的吵架，明明已是怒气冲天，心里边把所有新账老账都翻了个遍，打了不下于十页纸的腹稿，然而，志远他只需一个眼神、一个关门的动作，就能让吵架顿时失去所有的意义。无架可吵的李丽，沉积的时间和精力唯有通向书本，才能对未来更坚定。

等到面试结束，走出考场那一刻，李丽觉得眼前的一切都是美好的，天气是明媚的，路边的花草是美的，街角的果皮箱都是可爱的，就算是见到了陈老师，她想她也会是愉悦的。朝着幼儿园走，一路上都在盘算如何犒劳自己，提前祝贺胜利的到来，买一条漂亮的裙子？买双高跟鞋？或者带着毛毛叫上英子去吃顿大餐？当然，也还可以对自己再好一点，把单选题变成多选题，全部打钩，逐一落实。她继续往前走，这条路她太熟悉了，往前走二百米是商场，再往前五百米就是毛毛的幼儿园，再往前呢？她皱了皱眉头，想起来了，再往前不到一百米就是特殊教育学校，心里怦的一下，一个念头升起。多选题重又变成单选题，跳过所有的选项，直接去特殊教育学校，没有比这更有仪式感、更有意义的选择了，她一刻也不想犹豫，快步向前。

特殊教育学校的位置有点特别，准确地说是整个小城的地势都很特别。它被乌江一剖两开，河东两岸的街道呈阶梯状，而特殊教育学校就位于西二街的下一个阶梯。从马路边上的一条小道往下走，就能见着校门口了，大门紧闭着，保安是个五十出头的男子，正坐在值班室的门口晒太阳，看见她有些意外：来看孩子的？哦，她含混地应着。哪个班的？叫什么名字？你是他什么人？保安站了起来，带着职业的敏感。还在上课吧，要不，我等等。她干脆侧身进了值班室，一屁股坐下。大哥，这学校里有多少老师？多少学生呀？她一边问一边四处打量。保安迟疑了一下，给她倒了杯水：你是来慰问的？她笑了笑，又继续问：这些孩子都听话吗？学习吃力吗？保安一副见多识广的样子：你不像是政府的，你是企业的吧，再过两周就是六一儿童节了，你一定是来商量开展慰问活动的。她一愣，这个理由还真是不错。等她回过神来时，里侧的门已经打开了，保安一脸自信，请吧，王校长在对面的三〇一办公室。她忍住笑，往里走。操场边上的槐树已经缀满了洁白，校园里一片寂静、芳香。她做深呼吸，穿过篮球场，走过跑道，想象某一天也能从容地在这校园里散步，想象那些身体里藏着秘密的孩子会簇拥过来，会仰着小脸朝她微笑。她下意识地四处看了一下，生怕把心里的秘密给弄丢了。走到教学楼旁的宣传栏前，她停了下来，玻璃窗里大红的底子上贴着所有教职员工的照片，五寸的彩色正规照，都穿着深色西装、白衬衣，打着斜纹的蓝色领带。她一下子就找到了保安所言的王校长，薄嘴唇、大眼睛、短头发，一看就是个聪明利落的人。她挨个挨个地看，琢磨他们的脸形、五官、气质，记下了几张觉得有些投缘的面孔，她在心里跟自己打赌，她会成为他们很好的朋友。她往后退了两步，数了一下照片，三排，前两排八张，最后一排七张，空了一位置，显得有些不太协调。她歪着头，暗自嘀咕，是得找个时间，修一下头发，化个淡妆，去影楼拍一张了。

铛铛铛，下课钟声把她惊醒。她仰头看了一下，快速地贴着墙根往外走，她低着头，走得很急，那灰色的水泥地，让人眼晕，在走到操场的位置时，她觉得身子好像有点倾斜，地上仿佛都是裂纹，侧过头去看了看用石块堆砌的墙，凹凸不平的石块，像是要掉下来。她愣了一下，随即摇了摇头，暗笑自己太过慌张，匆匆地跟保安打过招呼，急切地走上东一街。

倚在马路边的电线杆旁，她长长地吐了一口气，像是制造了一起恶作剧，充满了冒险的快感。她想那个眼拙的保安说不定正在跟王校长请功，他是那样自信，怎么能接受表扬变批评？她想几个月后大家一起共事，那保安是否还能认出她来？想着想着又觉得自己可笑，真的就胸有成竹、胜券在握？她都不忍心去怀疑自己，不敢去想倘若考试失败，下学期她将如何安排时间来接送毛毛？天空好像一下子暗了下来，有风拂过，眼角有泪珠，怎么也收不回去。

好在学期很快结束，她和毛毛都可以享受一段轻松自由的时光。幼儿园散学典礼那天去接毛毛。来，请拿到奖状的小朋友上台合影。陈老师站在讲台上，拍着手，温柔极了，也陌生极了。她躲在窗户外，屏住呼吸，仔细辨认台上一张张小脸。一阵掌声过后，陈老师说请拿到小红花的小朋友上台合影。她心里一阵发紧，盯着讲台，从左到右，从右到左，反复看了好几回，也没发现毛毛。讲台下已经乱成了一锅粥，大红的奖状、镶着绿叶的小红花把教室里映衬得喜气洋洋，孩子们满足、骄傲，相互展示、炫耀，欢笑声四处奔跑、流动。哇，哇，有个声音从靠墙的角落里冒出来，她看见那张熟悉的小脸挂满了泪水，她顾不得，立马推开教室门。毛毛委屈极了，张开双臂，趴到她的肩头，周围的小朋友们都很聪明，蹦到陈老师跟前，奶声奶气地说，毛毛没得奖状，也没得小红花，就哭了。她抱着毛毛往外走，跟陈老师短兵相接，就那么一瞬，轻蔑、得意的眼神都落入了眼帘。她逃似的往外走，恨不能把怀里的毛毛重新放回肚里去，这样，就不会被陈老师迁怒，不会当了自己的替罪羔羊。

放假后，日子一下子松弛下来，她每天不断地做着同一件事，刷新人事系统的网页查找录取信息。撕掉七月份最后一张日历后，她开始紧张，整晚整晚睡不好，好几次半夜惊醒，盯着毛毛的小脸一直到天亮。这些，志远不会知道，这个家庭他承担了一半，还额外交给了她一张卡，尽管只如滴水式的润泽，但他肯定以为他就不用知道了。

在网页上看到了让她解脱困境的最好的消息时，她眼里含着泪，一把搂过还在睡梦中的毛毛，觉得幸福从来没有离开过。

过了公示期，她接到了教育局打来的电话，接着填各种表，提供各种复印件。她跑了好多回，每跑一次，崇德小学就在她生活里后退一次，直到有工作人员拿着张表过来，指着工作经历那一栏，要她在最后再添上特殊教育学校时，她一下子变得很郑重，仿佛之前的学习、考试、面试都统统作废，只有她自己落上这一行字后，她才真正地、彻底地告别了崇德小学。

终于跟志远交了底，他难得出现在餐桌上，一听，整个人就蒙了。她说：我不用再幻想你写完材料、出完差、考评结束后，去照顾毛毛了，我一个人也能行。她说的时候头也不抬，心里真是痛快。志远皱着眉头：你说你考的是哪个学校？男人嘛，自尊永远排在第一，她有些不屑，盛了碗汤，慢条斯理地说：特殊教育学校。你知道那个学校的情况吗？你什么时候考的，怎么不商量一下？志远急切地问，脸变得通红。我当然知道，那里的学生都有生理缺陷，聋的、哑的、瞎的，还有智障的，那又如何，这世上四肢健全的也难免还会缺心眼、少根筋，没有谁是完美的。再说，学生是谁也不重要，我只知道这个学校，能让我按时接送我的毛毛，能让我和毛毛不用再看老师的脸色。她原本想装得若无其事，轻描淡写地将志远羞辱一番，可志远一句“怎么不商量一下”，把她全然激怒了，她从包里掏出那张银行卡，甩在志远面前，这两年我一分没花，你自己收好，好好孝敬你爸妈。志远根本没看她，埋着头着急地划着手机，她的手机响了两声。转了条新闻给你，你自己看看吧。志远长叹了口气，一脸的肉往下掉，嘴角都拉不住。她怔了怔，拿起手机，只看了标题，全身都僵住……

八月底，热过了头，接连下了几场暴雨，冷热交替，她有些虚脱，躺在床上不吃不喝。志远每日鞍前马后，周到得很。到了开学的那天，志远拎着行李袋陪着她去学校。我申请换了一个科室，再不用加班写材料，以后我每天可以接送毛毛了。志远扮出轻松愉悦的样子。她仿佛没有听见，木然地往前走，校园里一片寂静，她朝教学楼前的宣传栏走去，玻璃窗里的那几排照片她都还记得。听说这学期调来几位老师，你是其中之一吧？她回头，是那个保安。志远碰了一下她的肩，她咧了咧嘴角。你运气真不错，才考过来，我们学校就搬到了这里，你不知道我们以前每天上班时都提心吊胆。那保安，指了指地上，咧着嘴，夸张地说，到处都是裂纹，操场角都已经倾斜，那围墙还不时落下石块。她直盯着地上，仿佛真的已长出些裂纹。那些裂纹从四面八方，张牙舞爪地扑过来。她在中间，无处可逃。她的沉默令那位才拉开话题的保安兴趣索然，他跟她挥了挥手，朝宿舍里去，才走了几步，又回过头来。对了，你知道这里以前叫什么吗？她抬起头，那些裂纹似已爬满她的身体，像带着毒液的藤蔓将她紧紧缠绕。我来的时候他们正在换牌，这里以前叫崇德小学。保安兀自说道。

爱是没法忘记

一

如梨低着头，眼睛落在如飞的脚上，崭新的白边黑面布鞋，鞋面很薄，能看到脚板的轮廓，五个脚指头第一次紧密相依，轻易地、体面地就将原本与之亲密的泥土踩在了塑胶底下。如飞往后退了退，想要甩掉如梨黏在脚上的目光，那双鞋是头一晚狠心买下的，他有自己的打算，哪怕不吃不喝，他总得要有双鞋穿着去踏进梦寐的大学。

问题就出在这双鞋上。如梨想如飞他干吗不到了学校才穿它，或者上了车再穿也行，总之不要出现在她眼前就好。那些钱可都是她讨来的，在三亲六戚面前她的骨头都磨掉了几寸。她从此得仰着头来讨好，让人暂时忘却或迁就她为他欠下的烂债。她依旧不看如飞，有些赌气的样子。

我走喽哦，你自己要好好的。如飞很小心地往外走，灰白的棉絮趴在背上，看上去像个甲壳虫。

安心读你的书，钱我会去找那个人要的。如梨心里有点发酸，她还是听出了如飞心里那一小丁点的得意和优越。她甚至觉得如飞要穿着那双鞋迈过家门槛都是故意的，他是要跟她完成出娘胎后的又一次剥离，企图用一双鞋来表明他和她从此本质的区别。

如梨的目光往回收，她不想看如飞，她盯着自己的脚，粗大、笨拙，像两块刚扒出地的红苕。院坝里晾着她从伯娘家捡来的洗得发白的解放鞋，鞋面已经很薄了，如飞经过它时，她都能感觉到它的惊慌和羞怯。

好一阵子，她就这样低着头，心里盘算着时间。揣着大学通知书、穿上鞋的如飞下了向阳坡，穿过东一街，过大桥，到车站。这一路可不得要遭遇多少艳羡的目光。只说东一街，也能想象出那些女人热情洋溢、眉飞色舞、心领神会的样子，这是她不愿送如飞去车站的原因。她可以接受自己落榜，但犯不着去自取其辱般让那些女人清晰而理所当然地看到她和如飞的差距。

这种差距是从他们出生那一刻就注定的，或许更早，藏在一桩被东一街女人们嫉妒和愤慨的婚姻里，被预言，被不断打量、判断和印证。她想起母亲第一次带着她和如飞去学校报名时的情形。母亲一定为此踌躇了很久，从藏在床下的泥罐里掏出钱币，一脸的骄傲和自豪。天气是初秋里惯常的和暖，母亲穿着件蓝色的对襟衬衣，灰白的裤子，两条枯瘦的小辫搭在肩头，像孩子般兴高采烈地牵着她和如飞走下向阳坡，转进东一街。二完小就在街头的拐弯处，土改前是一户地主家的大宅子，内里有一大一小的两个院，三四栋两层的木楼做成了教室。院里到处都是人，混乱、嘈杂，母亲有些不安、慌张。见其他牵着小孩的女人守在教室门口排队，她学着也站进了队伍。队伍的尽头有一位穿着整齐、讲究的女老师坐在课桌后。桌上的钢笔、印章、单据、算盘，像一道城墙，高深莫测，令拖着孩子前来报名的妇女们变得局促，小声地苛责着正四处张望、不安分守己的孩子。有些难为情地从口袋里掏出零钞，带着汗液、油污、粉尘的钞票疲软、残破。女老师轻易地就掌握了每个家庭的生活信息，跷着兰花指，一脸的冷漠。母亲也排队走到了跟前。名字？女老师头也没抬。覃香玉。母亲牵着她的手抖了一下。多大了？三十岁。母亲小心翼翼地回答。笑话，是你要读书吗？你现在还能读书吗？是问你的孩子，孩子，拿户口来。女老师笔一丢，抬起头来狠狠地瞪了他们两眼，目光在母亲的辫子上稍作停留后落到了三双赤脚上，眼里更是轻蔑。没户口，这是对双胞胎，哥哥陈如飞，妹妹陈如梨，今年七岁了。母亲尽量保持镇定，看起来状态不算糟糕。有七岁吗？来，用你们的右手从头顶过去摸摸自己的左耳朵，摸不到明年再来。女老师边说边做了示范。如飞四肢修长，轻易就摸到了耳朵，她不行，怎么也摸不到。母亲着急了，摸耳朵算哪门事嘛，他们的老子是陈清远，大学生呢，他们读书肯定得行的。女老师定了定神，忍不住笑出声来：哦，还真跟他们说的一样哦，难怪你儿子长得精神，这姑娘可真像你。女老师几乎是突然变得很愉悦，也没再检验摸耳朵的事情，爽快地办好了报名手续。

她大约就是从那时明白了自己和如飞虽一母同胞，却也只是领取了各自所属的部分，那个人对母亲从来泾渭分明，尤其骨血，更是如此。如飞身材修长、五官俊秀，和他如出一辙，而她跟母亲一样皮肤黝黑，身材矮小，骨骼粗壮，五官没一样长得认真。这是外形，再往深究，更令人不堪，从小学到高三，他俩一直同班，如飞从未滑出过前三，她却从未超越过后三。不容争辩的事实，她仿佛是母亲从那个人身上偷来的骨血，看不到那个人一丁点共同制造的意愿，对那个人而言，她这个赃物，也许就是这桩荒唐的婚姻里所给予的清晰可见的耻辱。

二

如飞一走，家就更不像家了。

如梨第一次觉得自己应该学会独立，从看到如飞的那双鞋开始，她就知道相依为命的日子已经过去。先是那个人，然后是母亲，再是如飞，与她生生相关的人都在不容商量地离去。

她收拾了一下，带了瓶水和仅有的几张零钞。锁上门，朝坡下走。

下了向阳坡就是东一街。其实也就是一条二十来户人家的小街巷。狭窄、陈旧。中午十一二点的时辰，各家各户都敞着门，但如梨想像一条鱼一样不声不响地游过东一街。走过大伯家时，暗自祈祷，千万不要有任何人发现她的存在。如梨。怎奈头顶上像突然扣下一张渔网，鱼被迫进入交错的空间，她有些慌乱。你这是要去哪里呀？从家门口过也不打算打个招呼？大伯娘靠在门口，一脸的笑，气定神闲的样儿，仿佛早就拿着渔网等候多时。伯娘，我要去趟龙门乡找那个人，如飞这四年大学读出来要花好多钱的。她尽量把背挺直，把话说得不卑不亢，她还没到走投无路、山穷水尽的时候呢。人穷志短，找他干吗，他要是有点良心，你兄妹俩也不会今天这个样儿了。我那天跟你说的还不清楚吗？把你那房子折给我，自己家里的人不会亏了价钱，这如飞上大学的钱就有了，再说，女大不中留，过两年你谈个好家世的人家，还怕没地儿住。大伯娘拉着渔网急着往里收，一副济世的菩萨样。房子要卖，肯定卖给伯娘你，我现先赶车去了哦。如梨挣扎着从渔网里往外钻，边说边往前走。死脑筋，傻不拉叽的样儿，跟你妈有啥区别。眼见鱼儿溜了，大伯娘索性连菩萨也懒得装了。如梨当然听见了，没有吭声，她提醒自己头两天才跟大伯写了借条，低着头继续向前走，走在初秋的风里，像片落叶。

去龙门的车是农马车，货厢改成了两条长凳，敞开着。爬进厢里，长凳上已坐满了人，整个车厢拥挤不堪，不管是人还是货物都在见缝插针，如梨夹紧挎包，双手使劲拉着车厢边上加铸的把手，她怀疑如是她提起一只脚来，瞬间就再找不到落脚的地方。车子老弱病残的样儿，勉为其难地启动后，在山路间一路颠簸、摇晃，泥尘像在熟睡中被人惊醒，怒发冲冠，气势汹汹，掩住口鼻，还是一个劲地直往人肺里钻。待下车时，站了三个多小时的如梨双腿僵硬，全身都是黄泥沙，连头发、眉毛里也是。她也懒得去整理，最好不过就是这副样子去见那个人，她是他在这个世上的耻辱，就得要有让人觉得耻辱的样子。一路上，跟人打听：陈清远的家在哪里？她问的语气活脱就是个讨债的，让人怀疑她身后还带着后援，有不达目的誓不罢休的决然。有热心人给她领路，一路上问东问西，仿佛要给她扒下一层皮来。她保持默然，心里打着鼓，不知道面对面时该如何开口。

房子是龙门中学的教师宿舍，热心人说：你直接上去吧，陈清远就住这二楼的第二间。如梨扶着楼梯，一步步往上走，脚下是虚的，她从没想过她还可以以这种方式来和他见面。最初，她以为她和她母亲都应该以拥有和成为他的血脉而感到骄傲，在小城里他太出众了，中学老师，高大挺拔、长相清俊，衣着永远一尘不染。她喜欢看他穿白衬衣的样子，喜欢他衬衣口袋里插着钢笔，喜欢听东一街的女人们说起他时脸上不由自主洋溢的快乐。然而这些跟血脉没有丝毫关系，从记事起，他住在学校的宿舍，很少出现在家里，冷漠、淡然，她甚至都没见他笑过。对他的知晓是来自东一街的女人，她们说重点大学的高材生还真是不一样，瞧那陈清远，字写得好看、画画也好，就连唱歌都跟那电视里的人似的。可这些她一次也没见过。她开始嫉妒、沮丧，发现那个人除了给了她骨血啥也没有，她只能躲在某个墙角暗自听取东一街的女人们站在街头分享着陈清远的逸闻轶事，且还得在恰当的时候转身离开，年龄越大越难以承受女人们惯有的结束语：可惜便宜了那傻女人覃香玉，也算报应，生个女儿一样傻不拉叽的。她母亲听到这话肯定会发疯似的找那些女人拼命，她做不到，她甚至为此默认，觉得不配成为他的血脉而感到羞耻。那些年，她就是这样过的，像壁虎，在潮湿、阴暗的墙角东躲西藏，害怕被人逮住而一次次咬断自己的尾巴忍痛而逃。

十二步台阶，她在心里计数，新伤旧痛仿佛全都唤醒了，全身的汗毛都立了起来，像只红了眼的斗鸡。她提醒自己，他欠下的该还了。

走道很窄，房门是敞着的，门口有堆择下来的烂菜叶子和中药渣，旁边躺着的脱了漆的煤油炉，身下一片油渍，像是秋梦未醒淌下的梦口水。她站在门口探视了一下，屋子里拉着窗帘，光线较暗，像那还未开启幕布的舞台。她做深呼吸，用力拍了两下门。里屋里传来声响，有个人影开门出来，窗帘"唰"的一下拉开，那个人影像从暗房里刚洗出的照片，带着药味、湿漉漉的。幕布已然开启，唯有她知道剧本的主题，她开门见山：如飞考上大学了。那个人看清了她的脸，出奇地平静，给她搬了把椅子坐下，他自己也坐到了对面。那股子药味更猛烈了，他的脸看上去有些浮肿。报名费，我妈以前攒了些，还差的能借的亲戚都借了。她咬了咬嘴唇，忽然觉得很艰难。那个人没说话，像在沉思，身子靠在藤椅上，头仰着，不看如梨，仿佛所有的话都卡在喉结处，欲说还休的样子。她努力在他身上、在整个屋子里搜寻着他生活现状的线索，一张桌，四把椅，靠里面有个斜了只脚的碗柜正一丝不苟地扶着墙站着。墙角里堆了一窝洋芋和一溜酒瓶。他仍旧穿着白衬衫，旧得发黄，口袋里没了钢笔，窗外透进来的光线刚好落在他的手上，传说中会写字、会画画的手粗糙、油腻，指甲缝里有看得见的污垢。她在心里难过，抛妻弃子的生活也不过如此，她其实宁愿他过得很好，好到能让她说服自己他的选择并没有错，好到让那个叫覃香玉的傻女人独自领着儿女赤着脚，在白眼下苟活也算值得。

还要逼他到什么时候，真是阴魂不散，你也还真是那傻女人亲生的，他重点大学毕业，从省城到县城到龙门乡，现在他再没有退路了。你马上走，别说报名费，一分钱也没有。声音从里屋气急败坏地奔出来，那张脸如梨见过，几年前在婆的葬礼上。那个时候陈清远和覃香玉刚刚在小城给离婚开了先例，人们的思想还未转变，男人永远拿着婚姻的主动权，离婚无异于从前的休妻。那时全城轰动，人们议论纷纷，年过四十，土都埋过了半截身子，俩孩子都快长大成人，还有什么不能过的？覃香玉不识字，被连哄带骗地办了离婚手续后终于被众人告知，她那名存实亡的婚姻已经到头了，那个叫陈清远的男人甚至为了避免与她有任何联系，主动申请调到了龙门乡中学。可覃香玉不信，在婆的葬礼上，仍以媳妇自居，披麻戴孝、痛哭流涕，陈清远带着这女人赶到后，一个为了名分，一个为了解夺夫之恨，两个女人立马扭打成了一团。那一战是对母亲覃香玉致命的打击，众目睽睽之下，陈清远护着那女人，狠狠地扇了她两耳光，连带着还踢了几脚。她躺在地上时，那女人正伏在陈清远怀里撒娇般抽泣，旁人都当作看笑话来解闷，觉得那个年轻、娇媚的女人似乎更适合被原谅。而如梨就躲在角落，她没有勇气伸手去将母亲扶起，她一直都是心虚的，她身体里淌着母亲的血，谁都有理由怀疑和嘲笑她，甚至那一刻她是憎恨覃香玉的，愚笨下贱的女人你有什么资格去得到疼爱？她扭过头去，眼里一直含着眼泪。两个月后，母亲覃香玉下葬，东一街的女人们说，这傻女人，最后总算是活明白了。

如梨坐直了身子，两眼直看着那一脸怒气的女人。她打算撕破脸皮，傻女人生的孩子就没有谁给过她好脸。我可不是来找你要钱的，你给我我还不愿要。这钱是他欠的，他该拿。她用余光扫了他一眼。他怔了怔，显然没想到这刚走出校园的小丫头有几分厉害。然而只是一瞬间他就回到了几年前的样子，起身揽住那女人的肩头，在耳边低语，安抚着把她带进里屋。那女人挣扎着，最后带着恨意狠狠地丢了她一句：就是你们把他这一生都毁了。如利器般刺进如梨的胸口，心跳仿佛停止，血液都已凝固，她的身体从未如此沉重，藏着与母亲和如飞相依为命的艰辛和委屈，她有无数个理由向他问责，却没有丝毫准备来沦为被告。

我谁也不欠，你走吧，以后也不要来了。他站在门口冷冷地说，像个陌生人。

如梨忍住眼泪，起身离开，在门口与他擦肩而过时，她悲哀地觉得这将是这一生与他最近的距离。

三

如梨在屋里躺了两天，枕头下的小本上记着欠债，每一笔都是软磨硬泡得来的。她跟人说如飞上的是重点大学，学航空，造飞机呢，造一架飞机可不是得挣很多钱。她说以后如飞还会请大伙儿去坐飞机呢，多好，伸手就可以摸到白云，眨眼就能飞到北京。如梨说这些的时候从不会让如飞在场，她一个人去，挨家挨户地借，如飞可是大学生，她不许他做这种轻贱的事。

但现在，她必须去挣钱，就算她给大伙儿画了一个大饼，可如飞来年的学费呢？每月的生活费呢？已经是一穷二白了，她必须得找一个不用本钱的营生。

冥思苦想，只有去码头扛包了，除此之外还有什么能空凭白手立地生财。

东一街往下走，转石梯而下就是码头。小城主要靠的是航运，货船每天都有，从各地拉来粮食、水泥、农药，等等。一般是下午五六点钟，还隔着两三里的距离，就能听到汽笛声。船还未靠岸，“扛包”的就已伸长了脖子，目测货物的大小、重量，估算着卸货的距离和跟货主开出的单价。他们多是些男人，如是夏季，赤裸着上半身，能看到一身的腱子肉，肩头处搭一块耐磨的粗麻布，两手叉腰，屈腿弓背，像个等待上场的运行员。当然也有女的，极少，长得粗壮有力，能忽略自己的性别，在男人堆里开得起玩笑。姑娘家是没人去“扛包”的，力气小，也不雅观。但这是能拿到现钱的，流汗总比流泪好，身体上吃苦是能转移和缓解心里的苦，疼痛有时也会给人带来快感。

看到如梨肩上搭着块粗麻布朝码头走，东一街的人们就知道她是要去“扛包”了。没人阻拦和劝解，这是个好路子，借出去的钱至少能看到往回走的路了。大伯也看见了，叹了口气啥也没说，大伯娘倚在门边，出了半天神，眼里竟有些潮湿。

“扛包”的不是游兵散将，也是有组织有纪律的，他们按货船分成了好几组，井然有序。但对如梨，大伙儿默许了，她是自由的，任一艘货船她都可以挑拣，选择轻省的货物来扛。

一开始，摇摇晃晃地从窄窄的跳板上往下走，水面上漾着浅浅的波纹，有些眼晕，她立住脚，闭了会儿眼睛，才胆战心惊地走下来。有个“扛包”的小伙儿把她拉到一旁：你的眼神要集中，只看跳板。喏，记得把这个也戴上。末了，小伙儿塞给她一副棉线手套。

她心里一热，第一次来自异性的关照使她有些受宠若惊，再看小伙儿，觉得也挺好看的，个儿不高，黑沉、壮实，不同于那个人，也不同于如飞，他身上没有一丁点附着的东西，清澈、自然。大伙儿对她的特殊照顾让她觉得她就应该属于这个集体，都是走投无路出卖劳力之人，谁也没资格嘲笑她的赤脚，取笑她流着傻女人的血液，那些货物扛在肩上，不过是把原本就一无所有的自己暴露得更加彻底。而这种暴露在同阶级的人面前，不会让人有丝毫负担。

第二天，小伙儿又递了块新的粗麻布给如梨，如梨发现麻布下面很细致地缝了一层棉垫，软软的，不磨肩。仿佛，又亲近了几分。

扛完货物，结完账，黄昏时分从岸边往回走时，是如梨一天最幸福、丰足的时光。那小伙儿紧跟着，他小名叫黑牛，是远乡的，没念过书。他像个保护神一样跟在如梨身后，等她从大伯家取信出来，然后护送她回家，看她急不可耐地坐在灯下热情洋溢地念着如飞在信纸上的诉说，那些好看的方块字瞬间擦亮了她的眼睛，安抚了她劳累一天的身子，声音变得柔和甜美。信里，如飞用对未来不着边际的承诺美化着伸手要钱的动机，投其所好般，加大了如梨自我牺牲的成就感。每一次，把信收好后，如梨就会长长地吐出一口气，跟黑牛说：我就辛苦几年，等如飞毕业，一切都好了。她是带着点骄傲的，有意识地要跟“扛包”划清一点距离，像捂着张数额模糊的定期存单，提前给自己预支收获的喜悦。黑牛被如梨的乐观给感染了，这种感染在陪同如梨一次次去邮局寄钱中得到巩固、加强。他觉得信纸上那些遥远的、美好的事物令这个不怎么好看的姑娘变得神圣、温情起来，人就算处在人生最低劣的位置，但能靠血汗供养别人，并且能因此清晰地看到对方未来散发着光芒，这似乎就超越了生存，创造出了人生的价值，这样想让他全身充满了力量。黑牛握住如梨的手说：让我和你一起送如飞上学吧。在贫苦的日子面前这就是最好的表白，但如梨没有过这种经验，双手在黑牛的手掌里颤抖，男人不都是势利眼吗？他们的眼睛对女人的姿色具有天生的识别、过滤本领，唯有漂亮的女人才可享受到他们的殷勤和爱护。就像那个人就算被迫娶了母亲，不也一样对她视若无睹，年过不惑也势必要跟她一刀两断。黑牛的手像火焰，温暖却又恐被灼伤，如梨羞涩地想要把手抽回来，黑牛趁势一把搂住她：我要和你一起挣钱送如飞上学。声音在耳边轻绕，如梨的心里又一阵紧缩，她其实有心仪的对象，是她的同学，跟如飞一样考上了大学，她从未和他说过一句话，不敢，她怕重蹈母亲的覆辙，现在，她更加坚信她是对的，与她相配的就应是眼前这样的男子，出身卑微、善良纯朴、无知无识。在黑牛的怀里她变得软弱，她觉得自己像一块浮萍终于找到了归宿，尽管这个归宿不尽如人意，但财富和学识就是男人的一对翅膀，有了翅膀的男人只会飞得离你越来越远。她长长地叹了口气，闭上眼睛，最后一次去记忆里触摸那个已经飞远的人儿，像在阳光下戳破一个五彩的肥皂泡。

婚礼很简陋也很热闹，东一街的女人们默契地从自家里拿来各种蔬菜、豆类和猪肉七拼八凑地做了几桌酒席，大伯家也来了，大伯娘围上围腰，站在灶台前当主厨。人们习惯了门当户对，这样的婚姻是被祝福的。女人们说：如梨，你比你妈活得明白，好日子会来的。如梨心里一阵难过，忽然觉得母亲也像一个肥皂泡，在东一街很顽强地飘了很多年，现在终于魂飞魄散，无数个细小的分子像场隐形的细雨洒落于地，归于泥土，化为尘埃。

那个人没有来。大伯不可能没跟他说，但还是没来。如梨想，也许那个女人说得是对的，是这个家毁了他一生。

酒席吃完，大伙儿坐在院坝里，如梨从枕头下拿出账本，当着东一街所有人的面，用和黑牛几年来共同的积蓄结清了所有债务。月光像银水一样漫进了整个院子，野花的香味悄然袭来，大伙儿拿着终于归来的钞票在夜色中各自满意地散去，而如梨只想要在一个平贱的怀抱里，安然地做个平贱的女人。

日子就这样流淌着，如梨接二连三地生下了两女一男，黑牛的担子更加沉重。如飞一次也没回来过，算起来他应该毕业有几年了，但这几年里，如梨每次去大伯家拿信都空手而归。黑牛的脸色越来越沉，每个傍晚“扛包”回来，开始喝酒，喝一路，醉一路，有时他也会坐在院里对着天边叹气，他发现他的血汗没有创造出丝毫的价值，他仍然处在人生最低劣的位置，伸手看不见光。如梨像个诈骗者，小心翼翼地把日子揉皱了再过，生怕留有一丁点的锋利彻底割破营造多年的谎言。她现在怀疑如飞了，事实上多年前她就怀疑，从如飞穿上新鞋出门的那天开始就怀疑，他早就料到他可能飞黄腾达，不打算要这个家了，人一旦有了华丽的面子，就生怕去掀开看到那卑微、贫贱的里子。

偶尔她也还会去岸边“扛包”，把三个小孩临时交给大伯娘，搭上那块粗麻布，拖着密集生育后提早衰退的身子，在岸边见到黑牛时，她一脸讨好的笑，努力去用瘦弱的肩膀顶住两个时辰，换取微薄的报酬，来平衡暗潮涌动的生活。

大伯娘说：如梨，听如飞的同学回来说如飞他早就上班了，跟你从前说的一样，在造飞机呢。如梨把最小的孩子放进背篼里，俯身亲吻着那小脸蛋，假装没听见。男人们的心都不安分，靠不住，心一飞远，就找不到回来的路了。如梨没应，孩子们也都不哭闹，静静地看着这个精明的、会算计的女人道出世情的无奈。好一阵子后，如梨问：当初我妈是怎样嫁给那个人的？这个疑虑有多年了，从前也直接问过覃香玉，她糊涂的时候说不好，清醒的时候不愿说。她还问过婆，那个文气、好看的老太太叹了口气，只道，这就是孽缘。大伯娘拂了拂额上的头发，叹了口气说：你妈呀，是大富人家的独苗千金，大门不出，二门不迈，没人晓得她头脑不清醒。也不晓得她是什么时候看到了陈清远，欢喜得很，非得让家里人来提亲，陈家三代贫农，口袋比脸还干净，高高兴兴地就答应了这门亲事。陈清远读大学花了覃家不少钱，毕业后留在了省城，被你婆死活去求领导调回来跟覃香玉成了亲。当年你妈出嫁的时候，可风光了，嫁妆从街头摆到了街尾，也亏得是那些嫁妆，陈清远一个人躲在学校，你们娘儿仨也没被饿死。造孽的是，在土改的时候，你外公家被打成了地主，老两口活活给批斗死了……屋外天色渐暗，那些如梨不曾知晓的散落在东一街的女人们七嘴八舌里的往事，终于在这个安静的黄昏被大伯娘聚集缝合成了整体，透明、纤弱，像颗泪珠。如梨背上背兜，一手牵一个孩子，慢慢地往街背后的向阳坡上走，坡上她所住的那两间土坯房曾是一个傻女人的世外桃源。那个傻女人从小娇生惯养，不曾吃过苦，心里纯净、胆怯，在失去家人的庇护后，羞于爱人的嫌弃，逃避着流言和嘲笑，就在这土坯房里守着两个孩子走过了凄凉的一生。

对于过去，其实每一次回忆都无疑是又打上了一层包浆，像琥珀，在时间的抚摸下变得温润、柔和。偶尔再想起那个人时，如梨是平静的，逼着他一退再退的不是命运，可能就是覃香玉那生来就找不到归宿的爱情。一个女人没有了爱情，就像是一朵没了香味的花朵，可以是美的，却美得没有一点精气神。如梨原以为只要活下来就好，没香气也行，不开花也行，甚至像草一样也行，而就算是作为草，黑牛却连给她那一丁点的养分也开始吝啬了。家里越来越沉默，夜里躺在床上，黑牛背对着，如梨紧贴着他的后背，小心地把脚跨上他的腰，忽的一下被掀了下来。试着再用手去抚摸，黑牛干脆光着身子去了隔壁。她拉过被子捂住嘴，以为就可以捂住孤独、无声的黑夜。

四

如飞要回来的消息是两年后才蹒跚而到的，承诺并没有落空，让人疑心是因为路途遥远而迷了路。

整个东一街沸腾了，女人们猜测，如飞应该比当年的陈清远还强，高大、俊朗，写得手好字，也画得好画，唱歌比电视里的人还要好听。人们说这孩子没有忘恩负义，如梨总算是盼到头了。

对于大伙儿的猜测如梨一笑而过。她把衣柜里的被子抱到院里晾晒，一股子樟脑味绕过来，她屏住气，忍不住，丢出一串笑声。最小的孩子果儿闻声过来抱住她的腿，她俯下身去用力亲了一下小脸蛋。果儿莫名其妙地看着母亲，也跟着咯咯地笑个不停。

某个黄昏，消息再次传来，如飞已经上了车，第二天就能到达。如梨一夜无眠，睡在隔壁的黑牛平素鼾声如雷，突然也辗转反侧，像断了电的收音机，反复扭动开关，却毫无声响。

第二天一早，如梨就开始去菜场大采购，她见人就招呼：晚上来家里吃饭，我家如飞今天回来呢。大伯娘就在一旁笑她傻：谁晓得人家是带着啥心回来的，你就高兴，这么些年了，人家要回来也没见提前给你写个信。如梨也不恼，把菜都交给大伯娘，自己跑到了商店。她在男士皮鞋的专柜里看了又看，狠下心买了双最贵的，造飞机的如飞可不能像当年那样有双布鞋就让她嫉妒，他得穿双好皮鞋。

中午，东一街的女人们都来了，像如梨结婚那天一样，大伙儿从家里带来了各种食材，分工明确地操办酒席。她们要为如飞接风，要亲眼看看这个流着陈清远血液的男人，是如何来报答如梨的。女人们爽朗、泼辣，像往常一样一边麻利地做事一边虚张声势、夸大其词地说着一些鸡零狗碎，院里灌满了欢声笑语。世俗的热闹，让如梨忽然觉得日子若是不这样过该多么无趣呀，那些曾经憎恶的蜚语其实就是这样带着一种无心破坏的初心蛮横而温暖地流过。

院子里桌子已经摆好，给如飞准备的屋子也收拾得干干净净，如梨又把床上给换了个新，带着阳光味儿的被子里无数个冬日的记忆在慢慢复原。那些个冬天啊，真是冷，同学们都穿上了暖和的棉鞋，她和如飞仍然赤脚上学，有调皮的男同学在课间起哄，叫她赤脚大仙，但有如飞在，她从来不怕被人笑话。

大伯娘急火火地进屋叫如梨：快出来看，如飞回来啦。如梨起身顺势看了一眼挂在墙上的圆镜，额前那几根刚拔了没多久的白发又固执地冒了出来，遮都遮不住。她叹了口气，急急地往外走，到了门口又有些犹豫了。

院子里大伙儿忽然安静下来，所有的目光都聚集在一起，四周变成了一片模糊。如梨的眼睛只看见如飞，真好看，比当年那个人还好看，高大、壮实，五官更加棱角分明，他穿着笔挺的西装，随身的皮包看上去很高级，他手里拿着一沓红包，正挨个儿挨个儿地发。大伙儿拿着红包没缓过神，有些尴尬，这一出谁也没料到，他们是站在道德、良知的高度上，是有评判和舆论权的。这算什么？衣锦还乡的炫耀，还是对于曾经相助的报答？就算是报答，也太没有小城人讲究的人情味了，怎能面对面地就用金钱作直接的了断？大伯娘走过去扯了扯如飞的衣角，递了个眼色：你妹来了。瞬间，大伙儿又重新进入状态，对，这才是他们想关注的。如飞对着如梨，上上下下地打量，三个小孩不知什么时候也全都围在了如梨身旁，好奇、胆怯地看着如飞。这都是你的孩子？如飞很惊讶地张大了嘴。

有旁人教孩子叫舅舅，如飞摇了摇头，难以置信的样子。这时，黑牛也提早收工回来了，衣服拿在手上，赤裸的上身搭着那粗麻布，一身的酒气。有人提醒黑牛，这就是如飞呢。黑牛闷声闷气地走过去，跟如飞点了点头。这，是你妹夫。大伯以家长的姿态站了出来。如飞皱着眉头，死死地盯着黑牛一直没开口，黑牛的脸涨得通红。大伯娘赶紧打圆场：家里的事有的是时间说，来，大伙儿都累一天了，先吃饭再说。她招呼着，大伙儿却都不怎么响应，他们看出来了，如飞此行其实不只是来跟他们做了断的，还有如梨，还有东一街，还有整个落后贫穷的小城，大伙儿懒洋洋的、冷冰冰的，把红包原封不动地留在桌上，陆续地悄然离开。到最后，大伯一家也跟着走了。如梨没有挽留，她觉得心里很乱，那个穿着鞋离开的如飞现在很陌生。一起赤脚走过的路，也许只有她还在怀念。黑牛呢，终于见到了他所创造的价值了，的确没有辜负，衣着举止比想象中还要风光，只是现实的距离比曾经憧憬的距离更远、更曲折，曲折到他只能接受怀疑、轻视，甚至充满恨意的目光。

这一晚，向阳坡上两间小屋里的三人注定是个不眠之夜。三个小孩已经睡了，如飞、如梨、黑牛坐在院子里，初秋的夜开始转凉，空气中有草木沉睡前散发出的最后的遗香，清冽、冷寂。四周静得可怕，如飞划破沉默：如梨，我单独跟你说几句话吧。他边说边往里屋走，如梨也跟着起身，顺道看了看黑牛，那张脸黑漆漆的，像凝固了般。

如飞把门关上，脸上又找回了白天里惊讶、痛心的表情：如梨，你怎么能够嫁给这种“扛包”的男人，怎么能够还要生养三个小孩，你还年轻，这一生就打算这样过吗？他努力控制自己的情绪，尽量压低声音。如梨也被惊着了，被如飞说得那样不堪的真是自己吗？这些年，仿佛从来没有时间来审视自己，从来没有，父亲走的时候，她想只要还有母亲、有如飞就好；母亲走后，她想不是还有如飞吗，她只有如飞了，她愿意把一切都给他，哪怕给他最终炼成翅膀，远走高飞。如飞说：给你两个选择，要不，我给他一笔钱，你把孩子留在这里跟我出去重新开始生活。要不，我给你们一笔钱自己在这儿学着做点生意，但从此我们不能再有任何往来。如梨摇了摇头啥也没说，她把床上的被子铺开，拍了拍如飞：坐了两天车，早点休息吧。

第二天一早，如飞试图问问如梨的答复，还未开口，如梨微笑着，很坚决地摇了摇头。吃过早饭，如飞要走了，拿了张存折给如梨，她没要。站在向阳坡上，看着如飞渐行渐远的身影，如梨满眼泪花，她突然无比眷恋，觉得对如飞她其实还有好多事没来得及做，没来得及把那双新鞋给他，没来得及跟他一个拥抱，没来得及告诉他她那三个孩子的名字，没来得及让孩子们叫他一声舅舅……

五

如飞走后，东一街里没有人再提起他，仿佛他从未回来过，他仍活在传说里的某个大城市，仍在造那庞大的此生也许都不会跟他们有关联的大飞机。黑牛是在那天晚上就失踪了，也许他偷听到了如飞给如梨的两个选择，也许他无论如何也接受不了，他和如梨在他们创造出的价值面前没有丝毫价值。

三个孩子成了如梨的全部，幸好还有这三个孩子，人活着总得为点什么吧。如梨又像从前一样，恨不得把自己活成根甘蔗，绞尽身体里最后一滴蜜水，她两手空空，义无反顾地又回到了岸边“扛包”。

此时，如梨已人到中年。她的身体大不如从前，长期“扛包”，她的腰是弯的，肩是斜的，而这种营生在公路运输的快速发展下也逐渐被流动的“背篼”所代替，东一街的女人们暗自叹气，开始张罗着帮她相亲。有几个实诚的男人不在乎如梨外表的老相，但在打听到她还有三个孩子后都打了退堂鼓。那时她就会想起黑牛，人到一无所有时，真是敢拿善良冒险，可跟她过了那么多年的苦日子，眼见着要柳暗花明了，怎么能就突然了无踪迹？

大伯娘偶尔跟如梨坐着闲聊，会有意无意地透露那个人的状况。他老毛病加重了，卧床不起了，他身边没一个贴心的人，他那女人比他年轻十多岁，早耐不住服侍了。她只是说，从没劝过如梨去看他，她太清楚如梨所遭的委屈了。如梨也听着，不应，也不打断。

有一天，大伯娘跟如梨说，那女人拍电报过来了，说陈清远不行了。如梨正淘米煮饭，一失手，满地都是晶莹。

她把三个孩子交代了一下，收拾行装，急火火地往车站赶。去龙门乡的车已换成了中巴车，是正午，车上没几个人，司机正候着打瞌睡，她急了，扯着个大嗓门：师傅，快起来，开车走啊。司机抬起头来，翻了个白眼：开什么车，你没见着还没坐满吗？我现在开车走，一家老小喝西北风啊。如梨急啊，跑到路边，上蹿下跳的，好不容易拦下辆的士，顾不得讨价还价，直奔龙门乡。一路上，她恨自己的着急，她想她不是一直都恨他吗，恨他像贫苦的家里唯一的奢侈品，引人羡慕，却又不曾给过一点实际的温暖，她想这恨现在都跑哪儿去了，她又干吗要去听关于他的消息，干吗要害怕，要害怕来不及去见他最后一面……

那个人躺在床上，半睁着眼睛，嘴皮干裂，嘴角还有饭粒，整个身躯只剩皮骨。女人给如梨搬了条凳来，也没拿正眼看，冷冷地说：他立过遗嘱，你和如飞一分也没有。如梨活在自己的世界里，把所有的一切都屏蔽了，她从包里掏出纸巾温柔地给他擦去嘴角的饭粒，用桌上的棉签蘸水轻轻地润湿他的双唇，她专注地做着这些。那个人闭上眼睛，眼角渗出泪来。枯瘦如柴的手慢慢搜寻过来，把她握住……

陈清远走得很安详。

回到向阳坡的时候是晚上，孩子们都睡了，如梨一个人坐在院子里，放眼就能看见东一街的灯火，那些灯像极了心里头明明灭灭的希望。心原本也是有根的，被血缘繁衍，牵藤延蔓，相互供养，所憎恶的会是所依赖的，所遗忘的会是所铭记的，最后所拥抱的是永不能忘记的。夜色里，如梨安静平和，仿佛听到头上有远远的轰鸣，像有飞机经过，对面的街灯下有人影闪烁，如梨疑心，也许此刻有个熟悉的人影正沿着东一街走向向阳坡……

老陈的暮年

一

日子在深夜里进行着交替，这是一个公开的密谋，有了黑夜的掩护，回忆像一匹兽伏在不眠的人心上撕咬，人到了暮年才知道一天的时间其实是从这里开始的。

庆芳走了快一年，再过一周就整一年了。老陈在床上细数着日子，农历的六月初十，如果不提醒，他不知道儿女们是否还有人记得。此刻，小儿子陈祝的鼾声如雷，从隔壁传来，那声音仿佛是藏在一面鼓里，沉闷、悠长。睡不着，老陈把身子侧向右边，伸手，空的，那不过两尺的地方记录着庆芳从温香软玉走到一把瘦骨再走到最后的虚无，他习惯侧向右边，习惯看着庆芳在回顾完白日里的功劳后志得意满地沉入梦乡，然后放心地把藏在鼓里的鼾声敲打出来。

但是，现在庆芳走了，把老陈的睡眠也带走了，不容商量的，确凿肯定的，当然这也是对等的。就好像若是老陈愿意，不可抗拒的生离死别在婚姻面前其实是束手无策的，庆芳即使去了天堂，在人间，她依然得顶着老陈妻子的名号，直到老陈离世，直到被后人淡忘。

时间在夜里走得有些拖沓，但终于还是捱过来了。天空睁开了眼睛，估摸着陈祝两口子穿戴整齐、洗漱完毕、双双出门了，老陈也起床下地了。

儿女成家早，庆芳走之前，老陈和她一直住在老屋，老陈笑称又回到了二人世界，当然这跟年轻时哪能一样，那时是藤缠蔓绕、烈日焰火、急风骤雨，老来相伴是润物无声、相安静好、和风细雨。当老陈还是小陈那会儿，三个小孩把家里搅成了幼儿园，庆芳除了埋在家务活里，一张口就是：不准、不许、不要。她努力维持家里的秩序，规范孩子们的行为，声音是尖厉的、突兀的，像把铁锯，一来一回，这说教的惯性无疑传递给了小陈。小陈作长期坚苦的斗争，他害怕沦为庆芳统治下的另一个孩子，害怕被规范、被修整，害怕面目全非。

庆芳走了，七十五岁的老陈再不能单独住在老屋了，这个决定是陈庆、陈祝、陈贺三兄妹背地里议定的，次子陈祝接老陈过去同住，当然也就他有这个条件，孩子进了大学，有闲心照顾，再说陈庆在省城，房子金贵，三代同堂，转个身都困难，陈贺是女儿，就算陈贺愿意，只怕两个哥哥还觉得丢人，养儿防老，养儿送终，到了节骨眼儿，谁愿意毁了英名？没有商量，三兄妹只作告知，老陈是茫然的，在与庆芳长期的斗争里他发现他其实早已被规范、被修整，早已面目全非，在任何没有庆芳的地方他都是茫然的。

整个屋子里现在只剩下老陈了，他把被子叠好，把门窗打开，走进卫生间，用热水擦了擦身子，换了件贴身的内衣。刷牙的时候，把身子尽量放得低一些，怕泡沫四溅弄脏了洗脸池。他努力避免自己在这个屋檐下制造出不和谐的节奏，努力使自己看上去是个干净、温和的老头，他乖巧地、顺从地，甚至有些卑微地与儿子儿媳共处，与没有了庆芳的自己共处。

二

六月初九，饭桌上陈祝没有提母亲的忌日，一整天陈庆也没来过电话，老陈数着饭粒往肚里吞。

明天六月初十了，你妈的忌日。老陈放下碗筷时，丢了一句给陈祝，起身往沙发边走。他不想忍受肯定会有的几秒的沉默，那沉默的间歇太容易让人心里发毛。

爸，那你把陈庆、陈贺叫来呀，谁也不能撇得太干净了，明天咱一起去给我妈烧几炷香、磕几个头。媳妇小婉慢悠悠地扔了一句过来。从面子上看，这没问题，但傻子也能听出其中的不满，这不满的源头就是老陈，陈贺也就罢了，可陈庆是长子，怎能把老陈撇在陈祝家，他不明道义也就算了，你老陈在这里真就住得心安理得？陈祝是沉默的，家庭矛盾的走向大都取决于家里女人的态度。老陈不想替陈庆、陈贺申辩，他也知道小婉的话不敢再往下说透，她还惦记那套老房子呢，老了老了，总得学会装聋作哑。

敲门声适时地响起。是小女儿陈贺。

陈贺是中学老师，课紧，两年前离了婚，家里的女儿又正上初三。只有周末才能抽空来看老陈。

陈贺边换鞋边嚷着：养个孩子不容易呀，我现跟个保姆没啥区别。明天是我妈的忌日，前两天就惦记着过来商量一下，可家里哪里放得下？

如果说刚刚小婉放了几支冷箭过来，那么不巧，陈贺便是那狭路相逢、技高一筹的侠女，三言两语把箭挡了回去。老陈直了直腰板，面带感激地看着陈贺。

大哥离得远，有心无力，反正爸也在，二哥、二嫂，你们看看明天咋安排？陈贺说话滴水不漏，既表明了自己的孝心，又替大哥说了困难，还把问题的关键交给了二哥二嫂。按小城的规矩，老人走的头一年，得备好香、纸、烛、炮仗，把走得近的表亲、堂亲们请来一起去给老人拜祭，当然吃餐饭也总是要的，这没有千儿八百花不下来。

大哥大嫂离得远，还真好，省事了。小婉心里发狠，嘴上的话冷得掉冰碴儿。

要不，爸，您看，明天请哪些亲戚过来，我们通知一下。陈祝再装糊涂，脸面就不好搁了。

小婉瞪了陈祝一眼。

要我说，谁也不请，请一个不请一个还得罪人。小婉向来不是省油的灯，心里琢磨着，这话也没一句，就请，费用谁出？钱虽然不算多，但出力又花钱，总觉得有点窝囊。

怎能一个都不请，难道连大姨和小舅也不请了，这说出去不是让人笑话吗？陈贺也急了。

陈庆一个电话也没来，这多少让老陈在小婉面前有些气短。

还是都请吧，钱我出。老陈这句话一出口仿佛是从鼓胀的轮胎上拔掉了气门芯，原本有些紧张的气氛一下子溃散了、松弛了，所有人都解脱了。

三

六月初十，不是周末，能一同去拜祭的就只有庆芳的姐姐燕红和弟弟燕国，天气闷热，墓园里的台阶都好像冒着热气，偶有阵风，更如热浪袭来。

这天也太热了。燕红跟老陈同龄，走得很吃力，停下来抹了抹汗。

这人口密集，哪能不热，从前土葬，讲究的碑要三碑四柱，要砌庭院，立石狮，摆棋盘，算是个别墅，现在，寸土寸金，阴宅也成了电梯楼、鸟笼子。老陈紧跟在后，不住地感慨。

哎呀，这王姐啥时走的呀，前段时间看着精神不是很好吗？燕国立住了脚，一声惊呼，燕红和老陈凑了过去。

王大妈都快八十了，福享够了，自然要走。小婉把后半句咽了咽，嘴上留了德，没说王大妈该走了。老陈一听，有些心虚，同龄的人一个个奔阎王爷了，自己仍苟延残喘地拖累儿女，有点不安、有点羞愧，甚至还有点害怕了。

喏，看这一路的墓碑，年纪在四十多岁的男女，若死的是男人，墓碑多是合墓，若死的是女人，墓碑一定是独墓，四十多岁的女人多不肯给自己后路，不会再嫁，但男人别说四十，就是到了七十、八十也还是不能忍受孤枕独眠。小婉指着眼前一块合墓愤愤地说。陈贺定了定神没有接话，四十多岁的离婚女人讨论这个话题有点荒谬。燕红和燕国也没吱声，不约而同地回头看了看老陈，眼神有些奇怪，他们是不担心墓碑的事，这把年纪了，另一半仍然健在，还能相伴亦然是福了。倒是老陈被小婉的后一句话给惊着了，跟庆芳同床共枕了五十年，可她走了这一年里，伤心难过真的就那么几天，他怀疑他现在所抵抗的是一个叫作“习惯”的东西，而非爱情。爱情是啥？对于七十五岁的老陈，它应该就是蜜水嚼尽，吐出来的一堆甘蔗渣末。

从墓地回来，三个老人显然有点体力不支，在饭店里吃饭，也有点敷衍。席间无话，能听到吞咽声，像投向深渊里的小石块，寂静中传来沉闷的回响。大约只有到了暮年，只有离墓地寸步之遥时，才会心惊到不敢声张，掩耳盗铃般得过且过。

晚上，陈庆打来电话，是陈祝接的，老陈把耳朵竖着，他能猜到电话的内容，也能想到是陈贺暗地里的提醒。小婉嗑着瓜子，脸色阴冷。

电话传到老陈手里，陈庆的声音是单薄无力的。在省城的日子未必比小城好过。从前这个留在省城的儿子满足了老陈和庆芳一段时间的虚荣，但正如布料一般，做面子的绸缎是无法给予贴身的安慰。

爸，过两年，我这小孙子上了幼儿园，我就回来服侍您。陈庆的声音还是没着地，过两年，四年前他也说过过两年给儿子买套房子，接老陈夫妇到省城安度晚年，两年前他又说过房价太高，不买了，过两年直接回小城来陪二老。但谁能等得到这过两年呢，庆芳没等到，老陈还敢巴望吗?

老陈啥也不想说，把所剩无几的日子铺到绸缎上，那寒凉想也能想到。

挂断电话，一扭头恰好看到小婉的目光，那目光是含着剑的，直抵心窝，被岁月穷追不舍，能藏身之处，心必得被戳上几个洞。

四

居委会的老年活动中心建在街对面的广场，有棋牌室、健身房，但这些老陈不感兴趣，黄昏时，街对面跳起的广场舞，让老陈有些心痒。但一把年纪了，庆芳也才走了一年，在众目睽睽之下，他过早地结束悲伤，搂着个老太太跳舞，会惹非议的。吃过晚饭，老陈站在阳台上，眼睛看着街对面，自言自语，这老头老太太们天天都在跳，还跳得挺精神。当然他说话的声音哪里会小，他希望陈祝和小婉听到，希望得到鼓励，希望能加入其中。可陈祝照例拿了张报纸挡住脸，小婉呢，拎着包正赶着出门打牌。老陈无趣地回到沙发，他觉得他不光是跟小婉、陈祝，甚至跟整个世界都仿佛有了一层隔膜，他成了只需吃饭、睡觉的怪物，跟快报废的机械一样，失去了生产力，就该加速报废的进程，功德圆满地隐身而退。

周末，陈贺来看老陈时，老陈正站在阳台朝街对面看。陈贺心灵，故意扯着嗓子说给在厨房里洗碗的小婉听：要我说跳舞就是最好的健身，爸，您也别老在这屋里闷着，到对面去跳上两曲。小婉阴着脸出来，没着声。陈祝埋在报纸里也没啥反应。老陈有些无助地看着陈贺，梯子是架好了，可怎么下却成了问题。

走，二嫂，咱也去看看，我刚过来时还看见好多咱从前的邻居。陈贺边说边挽着老陈往外走，眼睛是看着小婉的，老陈也有些不自然，一大把年纪了去跳舞，活怕成为儿媳眼里的笑话。

老陈不会跳舞，年轻时也没敢去学，那个年代男女搂抱在一起，难免会被居心叵测之人夸大其词，遗留下作风问题。庆芳也不会跳舞，关键是没那闲工夫，三个孩子几乎占据了她所有的时光，她喜欢听别人对她相夫教子的称赞，喜欢老陈和三个孩子对她言听计从，喜欢在家里颐指气使、稳坐江山。

音乐是几年前流行起来的《凤凰传奇》，旋律是激荡的、热烈的，整个广场好像都在跟着摇摆，陈贺领着一个穿着藕粉色套裙的老太太走过来。

哟，老陈，出山了，庆芳没在了，是不是连门也不敢出了，好久都没见你了。是老陈几十年的老邻居燕蓉。

燕蓉，你也不叫上我一起跳舞，是不是怕老黄在下边还吃醋？老陈是腼腆的，但对燕蓉不一样，远亲不如近邻。

陈贺不仅架好了梯子，领了老陈下来，还给搭了个好的同伴。

眼见着老陈还能说俏皮话了，陈贺觉得很满意，悄悄地转身离去，脚步是轻快的，她知道同龄、同境的人给予的体恤才能深入骨髓，她愿意看父亲笑，愿意父亲在没有了母亲庆芳的统治下，活得更畅然。

想学不，我教你。燕蓉大方地把手搭在老陈的肩上。

老陈朝四周看了看，心虚，怕两个鳏寡孤独被人揭了老底，怕心底的庆芳跳出来。还好，没人留意，庆芳也成了一团模糊，小心地、笨拙地把手放在燕蓉的腰间，心里却如春雷炸响，雨滴噼里啪啦地往下掉。

走的时候，燕蓉问：明天还来不？

来。老陈有些惊慌，都没敢看燕蓉，像揣了一件宝贝，急着回家独自欣赏。

五

晚上，辗转难眠。耳朵里一直都是凤凰传奇，心里踩着节奏，手掌也还留有记忆。庆芳没有来扰，她是家常女子，被音乐、舞步包裹的老陈像穿了钢盔铠甲，无法近身。燕蓉才知道他的软肋，莲步轻移、软言细语，没有一招是虚晃的，轻易就占据了老陈的梦乡。

梦里的燕蓉是三十多年前的模样，身材匀称，眉目清秀，温柔娴静。她就住在老陈的隔壁，在粮油厂做会计，丈夫老黄也在粮油厂，五大三粗的，穿连体的橡胶裤拿着铁铲站在粮仓里像现在的奥特曼。女人的美有时是非得对比才能突显的，庆芳的美是勤劳质朴的美，她不擦脂抹粉，不穿奇装异服，干净利落。燕蓉的美是独具匠心的美，是别出心裁的美，是心灵手巧的美，她会穿高跟鞋，能将一块布料、一坨毛线剪裁、编织成小城里独一无二的时装。必须得承认，80 年代在小城，燕蓉就是一道不可不看的风景。常有人拿老黄开涮，说这鲜花都插在牛粪里了，老黄没有小城男人都会的自嘲，更不会反唇相讥，倒像被蜂子蜇了一下，难以掩饰的气愤挂在脸上，闷声闷气地一阵怒吼，转身拂袖而去。老黄是个公认的醋坛子，自己给自己添堵，日子哪能过得顺畅，好酒贪杯，不到五十就见了阎王。

下半夜，退了凉，梦也变得有了耐心，更加地细腻敏感。老陈对一墙之隔的孤儿寡母有着隐秘的牵挂，他熟知他们的生活，因而更加觉得燕蓉太需要一个肩膀了，确切地说是一个汉子，能扛事、能干事的汉子。老黄不是，他老陈也不是，这一点庆芳可以证明，但老陈他是愿意做个汉子的，愿意包揽所有，然后换得在人前人后虚张声势地对着温柔的媳妇几句疼爱的怒吼。这在庆芳身上很难实现，三个小孩早已将她磨练得刀枪不入。但燕蓉不一样，除了穿衣打扮她啥也不懂，她甚至连家务都不会做，女人示起弱来，最是惹人怜爱，再弱的男人都能变得强大。

天快亮时，老陈的梦还没醒，《凤凰传奇》还在，跳舞的节奏还在，燕蓉也还在。他又真切地听到燕蓉在问：明天还来吗？声音是弱弱的。来，肯定来，老陈一下子从梦里冲了出来。

六

终于决定走在一起是四个月以后。

四个月对于生命进入倒计时的老陈来说成本已经够高的了。

决意要相伴余生了，老陈是愿意有担当的，而且大半辈子都在渴望这份担当，都在想证明这份担当。他想要给燕蓉一个家，他清楚自己与儿女的隔膜，就自然懂得燕蓉在儿子儿媳面前的处境。

在心里酝酿了许久，周末趁着陈贺也在，老陈很严肃地说：我准备带燕蓉住回老房子。脸是绷着的，脑子里其实有瞬间是空白的，他暗想庆芳当年也是这样的，冷不丁地跟大家说一个决定，像颁布一项纪律一样名正言顺、不可违抗。他等待着大家平静地接受，然后微笑应允，各自散去，留他一个人独自偷乐。但从未颁布过纪律的人，不具备威望，是容易受人质疑的。小婉一下子站起来，两眼圆瞪：爸，你是要干吗，准备和她结婚吗？陈祝也被惊着了，把眼前的报纸一下子撕成两半。陈贺心里开始犯怵，这样的结果不是她想要的，她把梯子搭好，不是想让两人乐而忘返，把梯子拆了，丢掉回头之路。

要去办结婚证的，住一起，不能让人议论。老陈尽量说得理直气壮。

办了证就没人议论了？小婉撇了撇嘴，有些不屑。

我妈才走一年呢，你都七十五了。陈祝显然被激怒了，母亲才是家里的顶梁柱，父亲从来对家里的大小事袖手旁观，但顶梁柱倒了，他倒好，想着要给人当汉子了。还怕人委屈，连母亲在人间的名分也不肯再给了。

陈贺永远不会忘记作为女儿，要在各种家庭矛盾中起到润滑作用，把摩擦降到最低。

其实人不都有老的这一天吗，孝父母不如顺父母，只要爸高兴，我们做儿女的也不要反对。陈贺尽量把话说得很轻，尽量模糊话里的分量和可能加剧陈祝愤怒的效果。

小婉也懂得刚柔并济。爸，要我说，你们住在一起，互相能说说话，挺好的。但办证又何必呢？这是有前车之鉴的，现在好多老年人找老伴儿就是图个伴儿，不办证的，等哪天撒手西去，才不会给儿女添麻烦。小婉在最后生怕说得不透，点明了重点。对，这才是重点嘛，你老陈爱跟谁过跟谁过去，还省得人服侍。但有一点，陈家的家产，那套老房子绝不能让旁人心生企图、存非分之想。

老陈一下子蔫了，他觉得他自己很可笑，在房子面前，他那汉子的心愿不值一提，不是庆芳得顶着老陈妻子的名号陪老陈度过余生，而是他老陈必须得守住庆芳丈夫的名号，为房子站岗防守、死而后已。

七

吃过晚饭，老陈急着去广场见燕蓉，心想，燕蓉那边肯定也不会太平。

燕蓉依旧是认真打扮过的，紫色的套裙，白皮鞋，披肩的卷发两侧夹着亮晶晶的发卡。见到老陈也不着急打听事态的发展，微笑着继续跳舞。

我今天跟孩子们说了。老陈沉不住气，把燕蓉拉到一旁。

燕蓉没吭声，眼睛也不看老陈。

过两天我把老房子收拾好了，来接你。老陈说的时候，也没敢看燕蓉，他心里没底，不知道对于七十岁的老太太，结婚证到底意味着啥？是对从前婚姻的推翻还是对现在关系的一种必需的认可？老陈已经开始动摇，小婉说的未必没有道理，他和燕蓉还能相伴几时，燕蓉走在前面还无话可说，如是他先走了，燕蓉咋办？小婉能让她继续住在老房子里？或者灰头土脸地再搬回儿子那里，儿媳又该如何看待她呀。

老陈越想越泄气，越想对燕蓉的怜惜越深，越不知如何是好。

好像除了沉默就只能沉默了。广场当然还是热闹的，人到黄昏更害怕孤单，更害怕被当作毫无生命价值等待死亡的生物，那音乐、那舞步，每一句每一步都仿佛是绝响，热烈的、悲戚的、绝望的、不甘的。

燕蓉的眼里分明含着泪珠，她也许早就推算出各种可能，知道这些可能无一不把她推上绝路，但还是不想退缩。开在悬崖上的花格外美丽芬芳，视死如归地去采摘，甚而抱着花一同坠入谷底，都会是人生一场极致的浪漫。

听你的。燕蓉终于开口，两眼直视老陈。

再一次和陈祝、小婉交战是在一周以后，陈贺也来了，老陈盘算着还能借点力。

我把遗嘱写好了，老房子归陈庆、陈祝两兄弟继承，这一点，陈贺你没意见吧。老陈回头看了看陈贺。

没意见。陈贺答应得爽快。

我和燕蓉要搬过去，证就不办了，但有一点，我如果走在前面，燕蓉以后仍住在那里，你们不许撵人走，有空去看看她更好，不去也行。老陈说完，如释重负。

小婉还没回过神，那套房子凭什么有陈庆的份儿？远水解不了近渴，陈庆为老两口做了些啥？倒是当年陈庆在省城买房子，把老两口的血汗钱都掏了个精光。小婉越想越气，这家里怎么能跟单位一个样，做与不做都拿一样的奖金，如何让人平衡。

爸，你和燕蓉姨年纪都大了，住在一起，有个三毛五病还得有人照应，要不让大哥大嫂回来也尽尽孝？小婉不指望陈祝能替她说话，男人们哪里懂得女人一日三餐、缝补浆洗的付出，再说庆芳的女权主义，早已让这两代男人学会了逆来顺受、保持沉默。

明知不可能让陈庆抛下孙子回到小城，老陈被小婉步步相逼，无助地看着陈贺。

陈贺觉得胸闷得慌。她替母亲难过，替父亲羞耻，几十年里只见过母亲操不完的心，但现在父亲也开始操心了，却是为另一个女人，挖井的人终是喝不到甘甜的井水，她怀疑她之前对父亲的种种理解是对母亲庆芳的背叛，她再不愿站在父亲的立场做润滑剂了。

八

老陈不再去广场跳舞了，也不再提燕蓉。偶尔站在阳台看着对面的广场，觉得无聊得很，明明孤单寂寞的人非得耀武扬威、夸大其词地展现自己早已被时间掠夺的活力。更多的时候他躺在床上，也不言语，他其实不是不想理人，而是不想理自己，一个长久躲在暗角、懦弱卑微的人突然跃上舞台，只会更像个小丑，被尖厉的倒彩声刺痛，仓皇而逃。

陈祝和小婉像什么事也没发生过，绝口不提房子和燕蓉，倒是细心照顾起老陈来。

不几日，陈庆两口子在一个深夜也赶了回来。

已经是中秋了，夜里很凉，老陈觉得浑身瘫软，没有力气起身出去见五年未见的大儿子。他把耳朵竖起来，认真辨听他的声音。

大哥，咱爸这身体弱，一日三餐、煨煮汤药真是一步也不能离人。我和你兄弟整天围着他一个人转。是小婉的声音。

爸也到了这把年纪，让哥嫂回来看看也好，老人总是要有些交代的，谁对他好他清楚得很呢。还是小婉，她对独占房子从来就没死过心。

老陈转了个身，把眼闭上，把整个心门关上，他用力抵抗屋外传来的每一个字，长夜漫漫，但一天的日子才刚刚开始……

0.7 米

是一场无聊的饭局。他被一起从老家出来的发小建国生拉硬拽来，无从拒绝，联络感情事小，关键是建国时来运转舍不得放过任何一张酒桌来抒发革命史，作为同乡和发小无论是基于衣锦还乡的相互掩护还是在异地连根的帮衬，都有责任在恰当的时候给予确凿肯定的附和以提升这段革命史的可信度。人到中年，其实更脆弱，越更会喜欢牛皮哄哄地把自己描述成自己喜欢的模样。

做东的是家刚开业名叫“明辉”的广告公司，奔着建国手上数额可观的广告宣传费而来。桌上坐了七个人，三四开，这边的四，都是四十岁上下的男人。对方的三，分别是广告公司的老板、一个小伙和一个姑娘。老板是个尖嘴猴腮的中年男人，衣服穿得不够周正，还一脸破釜沉舟的苦相，很容易让人联想到创业无果、血本无归、东拼西凑、东山再起这些词语。老板紧挨着的是那小伙，刚出校门的样，白白净净的书生相，说是司机，滴酒不能沾。那个姑娘坐他旁边，稍稍侧目便可一览无余，二十出头的样子，姿色平平，但端了酒杯，就像穿上了战袍，算不得骁勇善战，没有伶牙俐齿、没有柔媚的身段、没有荡着水波的眼神，完全是赤手空拳，一副英雄就义、视死如归的样子。

他就想笑，他以为来扛大旗的是那小伙，竟然是个姑娘。当然，他其实也没打算小瞧她，机关里，小姑娘们都有招有式特会来事，年过三十的女人更是巧舌如簧，游刃有余，不端杯也能把你灌得服服帖帖。可她啥也不会，酒斟上，话也没说两句，仰脖就干，几杯酒一敬，桌面上就不那么尴尬和势利了。这一边四个男人也纷纷回敬，她哪里知道还有这一出，还以为拼了命敬完各位的酒，这任务就完成了。遂有些犹豫，无助地看着她老板，老板手一扬，快喝呀。仿佛刀已问颈，却等不来“刀下留人”的那道圣谕，她把眼一闭，只求手起刀落早早了断，仍然是如英雄就义一般，将酒一饮而尽，面色艳如桃花。众人鼓掌、哄笑。一场饭局达到高潮，气氛空前地好，老板小心翼翼地提起了广告的事，建国顾左右而言他，自动开启忆苦思甜模式，畅诉他惊天地泣鬼神的奋斗历程。那装腔作势的样，愈演愈烈。隔着一张桌子，他忍不住生疑，那人是自己从小认识的吗？会不会自己也曾不自觉地有过这副志得意满的臭德行？这样一想，像衣背里突然掉进一根芒刺，意兴阑珊，懒于再作附和。

那姑娘坐在他身旁，也压根儿没听建国的演说，正独自与体内的酒精抗衡，去了两趟卫生间，起身的时候高跟鞋不听使唤，差点摔跤。分明就是一傻妞，他有些心疼，暗自跟服务员要了壶矿泉水，悄然换掉她杯里的酒。

她从卫生间出来时，老板头一抬，仿佛再度发现了攻克堡垒的催化剂。小赵，来，再敬几位大哥一杯，今天这酒可得喝高兴了。她怔了怔，站在椅子旁，抹了一下还在滴水的下巴，面色由之前的桃红变成了粉白。大伙都附和起来：这美女的酒哪能拒绝，恭敬不如从命，喝吧。骑虎难下，眼眶变红，有些屈辱。老板不断地催促，这酒已满好，就挨个儿敬一杯吧。他也说：喝吧，慢慢来，这酒桌上的时间是最慢的。她一听，没有犹豫了，再一次英雄就义般端起杯来一饮而尽。

酒杯放下时，转头看了看他。

下半场偷梁换柱，但她仍然是醉了。

临走时，她又进了卫生间，除了他没人留意。大伙儿从包房里出来，各自挥手，分道扬镳。他当然清楚，酒是暖场的，唯有下了酒桌，配角离场，主角们才可能开诚布公地、坦率地，以维护各自利益最大化为前提进行协商，达成共识。

她摇晃着走出来。叔，人呢，都散了啊。

她叫他叔，明摆着要把距离拉开。

都走了，你还好吧？

叔，谢谢刚刚在桌上英雄救美，大家都散了，就散了吧。她边说边往外走，人当然是晃着的，扎着的马尾也有些乱，额前还带有水珠，白色的圆领衬衫，胸前湿了一片。

他皱了皱眉，说隔壁有家咖啡店，坐坐再走。

叔，你刚是在这儿等我吧，我干吗要跟你去咖啡店，我要回去。她故意把“叔”字咬得很重，声音里是有一丝不快的，还有点骄傲。这点骄傲他懂，一个正经的年轻的姑娘应该有的骄傲。

他暗自觉得好笑，对着旁边的玻璃门略为审视一番，一米七五的个头，没有肚腩，身材健挺，看上去还算年轻，这点他是自信的。可别以小人之心度君子之腹，就你这样，你老板和同事都丢下你不管了，我不过是不忍心见你宿醉街头。他故意上下打量了她一番，露出不屑的眼神。对付个小姑娘，他有办法。

她有些不安，头晕得厉害，低头检查了一遍，衣服湿了一片，裙子也因为久坐皱巴巴的，长袜上还有水斑，像白癜风患者的皮肤。她泄气又沮丧。

走就走，可叔你也别指望我会跟你聊什么，别问我的名字、我的电话，最多一小时，然后我们就是再不会见面的陌生人。她妥协了，却还努力地想挽回点什么。

叫作“爱丽克”的咖啡店里，灯光幽微，音乐也若有若无，混沌，暧昧，四周坐着的也多是些情侣。他倒有些不安了。他惯常会去的咖啡店是明亮的，立着大书架，流动的钢琴曲，植物的涩香，洁净，温和。

跟一个年轻姑娘到这种地方他是第一次。

走吧，坐边上去，没人能看到你。她是鄙夷的，仿佛早就看出他的心虚。

临窗的位置，躲在屏风后，像一截被砍断的故事，带着隐秘的召唤，迎接任何一种续写。窗户上垂着红色的线帘，沙发是浓稠的墨绿，化不开，又松软得厉害，太容易削弱人的意志，让人妥协和放任了，她坐下去后就开始努力调整坐姿，令所有骨头延伸、对接，确定没有一丝间隙和一根软肋。

点单的服务员过来，嗲声嗲气，看了看他俩，笑得也有点意味深长。他没点咖啡，觉得气氛不对，要了杯果酒。

她当然是不悦的，说：我就要瓶矿泉水。跟一个中年陌生男人坐在这儿本就荒唐，喝啥聊啥都不合适，还是矿泉水最好，醒酒，让人买单时也不觉得亏欠。

狭小的空间里她自觉地竖起一道透明的屏风，这种经验他有，不只在生活中，还有工作里，也不只是他，身边所有人，而且因为年龄的关系，防御入侵，会做得更巧妙、更柔和。

再给她倒两杯白开水，加点醋。他跟服务员说，说完兀自拿出手机玩游戏。他可以不带任何攻击性，但倘若有人要检验他的战斗力，那可得另当别论。对着一屏幕的彩色方块，他寻找各种可能，一一消减，直到最后一个方块化于无形，他觉得痛快极了。

醋水端上来。

赶紧喝吧，酒醒了，好早点散哦。他也不看她，那道屏风他得让她自己拆掉。

年轻姑娘的那点骄傲再无处落脚，这下全收住了。温顺地埋下头去，杯子里的热气被她慢慢吹散，一点一点地穿破那道透明的屏风。

好一阵子，大家都没说话。

那个，叔，你今天也喝了不少酒，要不你也喝杯醒醒。她推了杯醋水过来，低眉顺目的样儿，有点示好的意思。

这丫头总算明白了，萍水相逢，英雄救美，怎么能再兵戎相见呢。他在心里一阵暗笑，要拆掉那扇屏风，他还得给她再加点力。

我给你无私贡献个距离法则吧。他咽了口醋水，胜券在握的样子。

我从前做电力安全管理工作的。不同电压的输电线跟人与物至少得保持一个安全距离，否则就存在隐患，就可能酿成事故。这就像人与人之间的相处，拿我俩打比方吧：你一个醉酒姑娘跟一个陌生的中年男人单独相处，你在心里对我的人品是不是得有个粗略的评估，这就如同确定了电压等级。那么对号入座，伺机待发的色狼是 220 千伏的电压，得保持 3 米以上的距离，目不斜视，飞速离开；有贼心无贼胆的是 110 千伏的电压，一米五以上的距离，可言笑不可玩笑；无贼心也无贼胆的是 35 千伏的电压，1 米以上的距离，革命同志的纯洁友情；能让人去信赖，有安全感的是 10 千伏的电压，可以挑战 0.7 米的距离。他说到最后敲了敲横在两人中间的木桌。

那道屏风已经拆掉半扇，剩下的形同虚设，瞬间瓦解。

那个，叔，难道就没有比 10 千伏更低的电压？

有啊，400 伏、220 伏、36 伏，多着呢，可电压越低，生活里使用频率越高，故障率也就越高，那个更得讲究距离了。距离法则不过是为获取信任信口开河，他其实觉得电网跟人际真没有可比性，电网内各级电压坦诚相告、明确标示，潜在的风险是可以准确判断的。可人与人呢，就那么回事，跟阵风似的，没法去较真。

你测过你的电压没，有多高啊？她揶揄道，看他时是笑着的，双颊绯红，眼神有些迷离，略为平常的五官倒衬出些妩媚来。

他其实也喝了不少，有点微醺。饶有兴趣地看着她，皮肤细嫩，大眼睛，有点卡通味的圆头鼻子，嘴唇略为厚实，不算漂亮，但这不算漂亮恰恰平衡了她的年轻所带给他的压迫。

你说得还有点意思，继续呀，我听着呢。她整个人懈下来，声音里翘着条尾巴，有点撒娇的味道。

那条尾巴毛茸茸的，柔若无骨。他想起有次一帮朋友约着见面，是在一个 KTV 里，认识的不认识的一大溜。长年的安全工作令他变得严谨，不唱歌也不跳舞，独坐在角落里一言不发。朋友们拿他开涮，世事无常，需及时行乐啊。坐旁边的一位长得像小猫一样的姑娘一脸认真、发自肺腑地取笑他：大哥，人生无趣，总得找点乐子，你就不会跟陌生女人搭搭讪，在网上逮个姑娘发发情？另一位穿超短裙的姑娘更是推心置腹，摇了摇手机说：哥，就你这年龄和身份，搭讪这路子不适合你，你摇摇手机呀，近的远的一网打尽。大伙儿狂笑，姑娘们在小男人面前像圣女一般不容冒犯，在一帮熟男面前是会放肆，是会顶着青春犯点横的。

说呀，你的电压是多高？我好做出正确反应。尾巴又翘了翘，仗着年轻都有点挑衅的意思了。

他觉得好像有什么发生了变化，像是进入了一场球赛的下半场，双方交换场地，对方已摸清他球路，连连发起进攻。这丫头，难道不知道男人都是好胜的动物？过分的防备和挑衅都是危险的。

你口音不是本地的，一个人在外日子会很难哦，以后陪你老板出来喝酒小心点，别醉了找不回去。他找捷径，从她的话边上绕过去，绕过0.7米，像长辈，像闺蜜。

这是他试图做出的一次小小的反击，貌似关心，却已暗藏锋芒，对于年轻他也不是无计可施。她立刻变得有些黯然又有些羞怯的样子。

桌上，手机铃声适时响起，刚好代替了她似乎很为难的回答。

屏幕上闪现两个白光的字——“老婆”。这个亲密的、唯一性的字眼像一块无形的石头压在了天平的这一头，他的眉头皱了皱。

喂，嗯，跟朋友吃饭呢，一会儿就回去。

回吧，晚了怕是要被罚的哟。她仿佛被人逼到角落又突然天赐良机，峰回路转的样子。他听出她声音里的愉悦，带点嘲笑，隐约又还有点醋意，小女人的那点骄傲和自尊被用得淋漓尽致。

你还真是善解人意让人喜欢哦。他直盯着她的眼睛，仿佛就着那尾巴猛地将小兽调转头来，扰人半天了，横竖也要看个究竟。像受惊的小鹿般，她大眼睛里掠过一丝惊慌。

叔，现都几点了。她回过神来，声音像根煮熟的面条，懒洋洋的。

喏，时间真是不早了，走吧。他暗笑，球赛还未结束，胜负未定，但若再不走，只怕真的就有点“为老不尊”的意思了。

他走在她后面。她的背影看上去很娇小，挎包拎在手里，两臂略为张开，走得很认真很小心的样子，像只企鹅。

街头上仍然很热闹，在夜色的遮掩下，所有神通变化的白骨精们在五颜六色的霓虹灯下现出原形。那些面孔若是对着镜子也会觉得陌生，而他轻易地就能从行人中找出同类，疲惫，仓皇，又像被打了强心针一般倔强。

她站在公交车站台，探出去半个身子，张望着。向外的身段柔韧美好，像这个旁枝逸出的温柔之夜，让人心生出一些温柔的想法。

我送你。

她回头：不用。

留个电话，我有责任确认你安全到家。他板着张叔叔的面孔，作了退步。

公交车喘着粗气到站，她恶作剧般快速地说出一串号码，然后得意地奔上车，隔着车窗跟他扮了个鬼脸。

回到家，燕红躺在床上，看不到表情。

在卫生间里洗漱时，他忍不住拿出手机看了看，他觉得她那点柔嫩笨拙，佯装的老练其实也是粗暴的，仿佛一下子将他好不容易修炼得细密周全的心思打乱，突然让人觉得四平八稳又危机四伏的中年生活里有了一点生机。这当然算不得艳遇，但算什么呢？他捂着急速跳动的心口告诉自己，这应该就是一场与青春的不期而遇吧。他想半小时过去了，她到了吗？她的口音明显不是本地的，是跟人合租房吗？大概还得穿过一条黑巷或是一片工地。他当年就是这样，大学毕业，想扎根城市，可这城市铜墙铁壁，高贵繁华，就连那还未来得及武装的远郊也半端着架子，像是对半夜借宿的路人，隔着窗户远远打量，然后冷冷地指了指角落里堆满杂物的屋子。那些工地和黑巷深处的民房里，借宿人悬在梦中，在还未看到黎明曙光之前，日子真的就只能这样对付。作为城市最后的一道防守，黑巷或是工地都极易滋生细菌，偶尔还会制造点痛感，来强调这段距离的不可逾越。她独身一人，还带着一身酒味，能安全吗？他对着镜子问自己。水龙头的声音充斥着耳膜，水花溅到脸上，温柔的力量一点点柔和了他惯有的冷峻，他发现镜子里的那个男人突然变得很陌生。

当然，记住那串号码对于工科男一点也不难。电话拨过去，又有些忐忑，他在心里酝酿了各种外交辞令。

喂。

他的心猛地抖了一下，把耳朵使劲贴在话筒上。

我已经到了，晚安吧。电话那头语气平和温柔，像相交多年的朋友。

一阵忙音后，他才缓过神来，电话里她对他竟然没有称谓，也没有等他回话，一副心知肚明的样儿。他喜欢这种掐头去尾的方式，那种熟稔，像是有了共通，有了密谋。保存号码时，在姓名栏里，稍稍犹豫了一下，他输入“0.7 米”，手机那头仿佛有条看不见的绳索正将他温柔地捆绑，这条绳索可以是束缚，也更可能作为短暂的依靠。

他死死地拽着那条绳索轻轻走进卧室，像是走在悬崖，小心地坐到床沿，更像是到了绝壁，侧身慢慢地在床上把身子放平。他尽量缩小自己的占地面积，不敢去惊扰，一石一沙都可能让他坠入崖底。一股子中药味早已恭候多时，不由分说地扑过来。他皱了皱眉，侧过头去。那药味铺天盖地般笼罩过来，把眼闭上，能感觉到整个身子在往下沉，呼吸变得困难。燕红亲吻着他的耳垂，有些虚胖的身子像个圆球在他身上进行碾压，气息急促，还带着浓烈的苦涩。

你又煨中药吃了？他的头躲避着，用手拍了拍燕红的后背。

女人没有停下来，继续碾压，她慢慢往下滑，把他的衣服往上撩，亲吻着他的肚脐。

他翻了个身，借着手中绳索的力量，把她掀下来。

女人没有善罢甘休。随即，像头发情的狮子，再度扑过来，他用力把她四肢箍紧，女人被牢牢地锁在他怀里动弹不得，挣扎了好一会儿，终于放弃。黑暗中，大家沉默不语，像是同时掉进悬崖，劫后余生般仰面叹息。然后，默契地转过身去，背靠着背，像进入另一个时空，整个世界只有自己，再没有别人。这种感觉妙极了，他突然觉得半小时前在咖啡馆里他的距离法则其实不是为获取人信任的信口开河，它是可以延伸的，不只对于陌生的男女，对于任何一种关系都是能融会贯通的，谁都需要一段安全距离，来妥善安放身心。

早上醒来时，燕红已经做好了早餐。

坐到餐桌对面暗暗看了看她，眼睛充血，脸有些浮肿。

剥了个鸡蛋一口一口小心地往下咽。

都结婚十五年了，我就想要个自己的孩子，这过分吗？她一字一句，委屈的泪水滴到桌沿，再滑到地板。

他知道她接下来的话。我连工作都舍弃了，身材也不顾了，我吃了那么多药，我都要成药渣子了，怎么就怀不上个孩子。他怕听到这些话，他得捂住了，他想像往常一样起身把她搂在怀中，抚抚她的额头，最好还应该有个亲吻，但蛋黄哽在喉中，噎得他眼睛冒泪花。他忽然啥也不想做了，简直是有些厌恶地看了看燕红，起身把门甩在身后。

上班的路上，他一直在想燕红的话。十五年，结婚竟然都十五年了。十五年，他可以细数他工作上的业绩，职位升迁的过程，但婚姻，却不过是成了计数器，成了一座空白的坐标，他难以找到任何一个年份所对应的值得记忆的内容。如果有，那么是孩子、是问号、是不甘、是无休止的检查和治疗，这些东西顽固地横亘在每个夜里，直到把最后一丝甜蜜变成疲惫、绝望和屈辱。

他有时候怀疑自己躺在床上的样子跟一头被强行借种的动物差不多。有一次出差住宾馆，房间设计得很奇异、香艳，天花板是块镜子，一整面，纤毫毕见，就像电视里在直播实况。他突然觉得被嘲弄了，原来所有夜晚的屈辱都可能被记录，她拼命获取他体液后满意地倒立在床头，他无可奈何。强打精神的样子天花板都尽收眼底，他原来一直就活在无声的嘲笑和可怜中。他平躺着，慢慢伸开四肢，肤色苍白。他眼睁睁地看着天花板镜子里的自己，被忧伤逐渐占据……

现在，他怀疑在她心里他是任何一个可以提供精液的男人都能代替的，他可以不去在乎有没有孩子。对于借宿之人，燕红和她的家人代表城市已经给了他宽容，他也可以作出牺牲，甚至包括老家父母双亲的颜面，包括丢弃自己的回乡之路。这些他真的可以不去计较，但是他却突然很在乎自己是个男人还是头被借种的动物，突然对这周而复始、过成老茧的生活深感无力。

他拿起手机给旅行社打了电话，给燕红订的是她念叨很久的日韩十日游，由北京转乘，北京也是她向往的地方，回来时还可做几日停留。好多年没有出远门旅行了，燕红曾计划过很多次，可是临了，他总是因工作一推再推，如果说日子被冲成了白水，他也不是没有责任。晚上躺在床上跟燕红轻描淡写地说：实在抽不出时间来陪你，医生不说了吗，你可能就是因为太过紧张才怀不上孩子，出去玩高兴了，回来可能就成了。燕红转过背去，把身子弯成一把镰刀，刀锋向里，心跳得很小心，生怕被刀刃割成碎片。

出发那天，燕红一大早就起来，对着穿衣镜试了几套衣服，最终穿了件白色印花T恤和牛仔裙，脚上是特意买的一双崭新的白色休闲鞋，看上去肤色很好，显年轻。他躺在床上，守着彼此早已习惯的沉默，平静地看着燕红收拾好行装，把家里所有的中药果断地扔进垃圾桶里，最后漠然地走出家门。屋子里有一股寒气，像战后的模样，萧瑟、悲凉，他心里有些难受，但瞬间又觉得也许这是个不错的开始，无论以任何名义，谁都没理由将别人捆绑，再亲密的关系也需要呼吸。

整个屋子现在只有他一个人，整个世界就是这个屋子。他竟然第一次有如释重负之感。由此，得寸进尺，想做得更加彻底些，索性打了电话给单位请假，领导在说到某个重要会议不能缺席时，他干脆关掉电话，不做任何解释。屋子里静得能听到自己的心跳，时间好像是患了重病，有气无力，不肯再疲于奔命地往前奔跑。这样真好，任凭那阳光暖暖地照进来，四周平和宁静，他想起曾有个狂妄、洒脱的少年被他囚禁在心中，四肢禁锢，还判了无期徒刑，偶尔在深夜打量，像隔了一个世纪的距离，但是现在他想做自己的君王，大赦天下。

打电话时他分明是看见了那个号码“0.7 米”，忽然意识到一夜骤变的决心都是缘于年轻的锯齿已拉过他老化的根茎，疼痛中又催生着新生的力量。那个电话从她出口那一刻就烙在了他心里，他疑心他之所以会去挂念，不只是因为春意盎然的年纪惹人停留，更是缘于他作为借宿人走过的那段距离她正在经历，他们之间会有一些彼此明白的暗语，他甚至可以借此与十多年前的那个自己对话。但是不敢去联系，会觉得羞耻，生怕头一晚英雄救美真成了别有用心。

大概是燕红走的第二天，建国打来电话，说是聚聚，电话里有点吵，他也没细问。赶到时，明辉广告的老板意气风发地出来相迎。就座后，发现仍然是三四开，双方人马未变，座序未变，他稍一侧目仍可见的是那张脸庞，好像除了那张脸桌上每个人都面露喜色，表明的庆功宴。

酒是自然少不了的，全然不见最初的投石问路、步步为营，也无需她来再做调剂，利益的纽带比什么都快速。男人们很快就喝出了豪情壮志，喝出了两肋插刀，喝出了深情厚谊。他就是个局外人，胡乱地应付着，看一桌繁华守满腹心事。她也是，食不知味，公司业务的开拓只会让老板加强对她的劳动力的剥削，拿着微薄的薪酬，干吗还要莫名其妙地赔着笑脸。在同一个空间里，他们思想游离，像两个迷路的孩子，从共有的记忆出发，一路寻找，结为同伴，相互体恤，在四周推杯换盏间暗度陈仓，把阵营由三四变成了二五。她吃着他转到跟前的菜，他喝着她偷换成水的酒。四目相视，有默契的隐秘的快感彼此传递、分享。

喝了多少，谁也记不清。男人们的尾巴是在醉酒后才露出来的，好像都成了造梦者，说着些心比天高的话。

酒酣耳热之际，建国端着圆腰肥肚摇晃着走过来拍了拍他的肩，一阵耳语：兄弟，说句埋了多年的话，你啥都比我强，但只一件你没法和我比，你侄子今年都上高一了。奉劝兄弟一句掏心窝子的话，树挪死，人挪活，你得挪个地儿呀。建国说得掏心掏肺，连那份炫耀都无比诚恳。他一肚子的火往上冒，全身的骨头都嚓嚓作响，拳头紧握着最后又艰难地松开。建国仍然是一脸同乡和发小该有的关切与真诚，末了，又把他身子扳过来狠狠地抱了一下。他被迫转过头来，刚好看见她的眼睛，疑惑、关切，又有点想打抱不平欲言又止的样子，让人羞惭。

曲终人散，各自告别时，夹在人群里他和她只是礼貌性地微微笑、挥挥手，一转身，各自就回到了自己的归途。街头仍然是纷乱的，擦肩而过的行人明明只隔了一个肩膀的距离，却无人了解他内心暗潮汹涌。他突然挺想跟她说会儿话，说啥都行，被建国点到了痛穴，他心里难过得要命，越是亲密长久的关系是不是更应该心领神会，把握距离。她是他一厢情愿找到的同盟者，她可以不去理解他，她可能也无法理解他，但若是坐一会儿，听他说说话该多好。他会跟她说他是如何穿过那段从乡村到城市的距离，穿过爱情到婚姻的距离，穿过温饱到理想的距离。还有，还有这段他年华渐逝，逐渐远离自己的距离。眼眶有点发热，他像孩子般有些依恋地回头看了看她，仍然是把挎包拎在手里，双手微微张开，在人群里她就像只天真笨拙的小企鹅。

他对着那背影拨号，耳朵贴着话筒。

喂。是电话那头的声音，他没说话，盯着那背影。

那个背影有些狐疑地转过头来，眼睛在四处搜索。

他有些欣喜又有些慌乱。

你没事吧？小企鹅已走到了跟前，一脸的担忧。

能有啥事。

喝酒够拼的哟。

你上次也好不了多少。

……

站在街头，人群川流不息，咫尺的距离，像哥儿们一般的调侃，酒桌上两个迷途的孩子彼此默契、信赖，仿佛齐心协力地营造了个秘密暗室，共同安放各自的情绪。有一瞬间他情不自禁地伸手捋了捋她被风吹乱的头发。她看着他微笑着，没有避让。

回到家，就收到她的短信：多喝水，早早睡哦。他果真就乖乖地站到饮水机旁倒了杯水，看着短信有些回味地慢慢喝下。

白天里，坐在办公室他给她发了个短信：吃了吗？都吃的啥？我现正饿着呢，你说去吃只企鹅如何？她那边是惊异的，企鹅？这想法挺酷哦。他就在这边乐得哈哈大笑，有下属进来，被吓得一身汗，没见过他脸上除了冷峻以外的第二种表情。

比起短信，电话更直接、清晰，能从水里捞起月、镜里摘下花。终于，他还是忍不住把电话拨了过去。临近下班，天色昏黄，像是雷雨的前夕，站在办公室的窗边，看着四周水泥的丛林，说一些淡淡的话语，想象瘦小的她扎着马尾坐在格子间，小心而愉快地在电脑屏幕后低声诉说的样子，内心坚硬的东西逐渐被软化。他喜欢听她的声音，干净、柔和，又夹着一丝明亮，像株悄然生长的植物，如果再确切一些就是那金边兰吧。

到了周末，她主动发短信过来：一个人，无处可去，求收留。像是年终时突然收获的一笔福利，他心里泛起一阵涟漪，心旌荡漾，左右脑并使，一边字斟句酌温情脉脉地写短信，一边快速地思量如何安排这大好时光。有一刹那他甚至在想可能他之前对她的判断根本就是个错误，也许那条绳索就是条充满诱惑的美女蛇，也许那雅洁的金边兰其实就是株会放蛊的罂粟花。或者，连他自己也不知道，他其实一直都是这么祈盼的。他在短信里写道：一个人，随处可去，求陪伴。短信还没来得及发送，手机嘟的一声，把他拉回现实：那个，叔，短信我发错人了哈。他打了个寒战，失望透顶，随即又哑然失笑，将还未发送的短信清除，暗自庆幸自己还未将老脸丢尽。她身边当然会有年轻小伙，意气风发，高大俊朗，说不定还有八块腹肌和晒成古铜色的皮肤，小姑娘喜欢的不就是这样吗。他心生妒意，把手机丢置一边，不想再作理会。

可到底还是贪恋那点青春路过的气息，对那条绳索不忍松手。才过半日，又有些慌张，怯怯地在短信里问：是否已被收留？或者，不如一起流浪。短信如千斤巨石，对方似无力回复，等到午夜，已如石沉大海。

隔日，她像什么事也没发生过，发个小游戏过来让他安装。安装好后，一试，吓坏了，杀人游戏。他问：这啥呀？杀人呗，那一头还连着一串笑声。老板有时很找抽哦，但能动手吗？不能，只能意淫，这个游戏就是让人发泄的。每次见你那脸丧的，说不定你的下属都在游戏中用各种手段杀你百回了。她在电话那端笑得花枝乱颤。

他心里一下子又敞亮了，就是个调皮的小姑娘嘛，路过花园，能闻着花香就好，何必想着采花插瓶呢。他便顺着试探，你那老板一看也不是什么好人，想过换个工作没？萍水相逢的忘年交、同为城市的借宿人，他其实真打算为她做点啥，他有这个能力。

我不是骑驴找马吗？放心，我还没打算在这儿安营扎寨呢。

不知不觉地，那种亲昵劲儿，让他恍惚嗅到了校园里清新、明媚的味道。这种年纪的姑娘有这种魔力，仿佛一剂回春丹药，能让人暮气全消。但也仅此，不能再进一步了，他比谁都清楚，她只需一声叔就能噎死人。像他这帮半老头子里流行着一行为准则，对付的就是这类姑娘，绝对的金玉良言，说是就着半炉子的火，你不能水还未烧开就把炉火燃尽，你得半温不火的，吊着耗着，那水才可能心花怒放煮到鼎沸。当然这准则其实也不太适于他们，她只是他的同盟者，是他枯闷生活里的一点小点缀，然而这份交情确实又是他身边同龄异性无法给予的，有新鲜感，有速度感，有难以启齿的期待感。你能感觉到这一刻跟上一刻的不同。你会有期待，又会有莫名的失落和伤感。一天里总会拨个电话或发两条短信的，不算多，但也绝不少了。这分寸大家心知肚明，这个频率也足够支撑他在一天里处理各种纷杂的工作。

燕红一直没有来过电话和短信，在这场婚姻里大家都显得疲软，他也不是没想过，像建国说的那样挪个窝试试，娶个新妻，中年得子，锦上添花。可是，他会觉得不安，只是想想也觉得是种背叛，不是背叛情感，而是背叛道义。他很难为人老珠黄、跟社会脱节多年的燕红想出再婚的前途，他不放心，婚姻说白了就是情感的忠贞与人性的本色之间一场漫长的对决。

打开 QQ、微信，试图去找到燕红的踪迹，果然看到了她的笑脸，各种夸张的摆拍，阳光灿烂、心里无尘的样子。他突然觉得他所谓的距离法则，其实只能停留在理论上，事实上所有现代人最信赖的还是与网络的距离。人在网络里，在 QQ、微信里，在各种点赞和评论中才能找到存在感，就如同建国喜欢在酒桌上抒发他的革命史，人们都喜欢被自己美化，被自己感动。然而你发条微信或说说可能会获得无数点赞，现实里又有谁真愿意花时间与你相对而坐、促膝长谈，去面对面地称赞你的见解？有些东西是在不知不觉中就被忽略就被改变了。对着手机，他想了想，给燕红发了条短信。按行程计划她应该离开了韩国。

十分钟后，短信完成了问答。

玩得还好？

挺好，刚到北京，两日后归家。

言简意赅，无半点拖沓。好像女人到了中年体力衰减，生怕承受多余的负担。然而再细细玩味，他又觉出了燕红语气里有一种新的东西，不是她惯有的委屈、自怜、自弃、自怨。这些都蒸发了，好像异国之行因为路途遥远，这一路都在不断地扔弃、精简，只留得最后的轻便。

他还在神游，手机就响了，一看是她。

我在你单位楼下呢，你在几楼？

顶楼。

放下手机，他把桌上整理了一下，拿出杯子丢进茶叶，把水烧上，想想，又把桌上的绿萝摆到了茶几上。沙发是干净的，报刊夹也是整齐的。他满意地审视了一圈。

我还怕你没在单位呢。声音是悬在钢丝上的。她穿着白T恤、牛仔裤、白球鞋，脸发红，额上有汗珠。

约会不都是兴晚上吗？“90后”都改大白天了。他在她面前放了盒纸巾，故意开了个玩笑。

这个是我托人从老家刚找来的，你能用上。她也不申辩，落座沙发，从包里掏出张纸条递给他。

拿过纸条一看是串电话号码，他愣了。

陈医生很有名的，有家传秘方，约个时间过去把把脉，确定好了，我让我妈去车站接你们，让她带着去。声音抖了几下。

他就傻了，脸像块烙铁。

那个，上次吃饭的时候，我不小心听到的，你不介意吧。她说得很小心，但声音还是从钢丝绳上跌落下来，摔得遍体鳞伤、血肉模糊。

那个时候，他很难表述自己的心情，他其实不介意在她面前赤身裸体般暴露自己生活的私密和隐痛，他一点都不在乎，哪怕这让他们之间的差距更加清晰可见。他就像一本旧书，无论内容多么吸引人，也只适合摆在那旧书摊，可他又觉得慰藉，因为竟然有本新书愿意对他存在的谬错进行更正和注解。

蹲在桌旁的水壶嗞嗞冒着白气，他手忙脚乱地拔下电源。

我，我走了哦，你还上着班呢。她像个犯了错的小孩，声音也连滚带爬地从地上站起来。

那一瞬间，他没有犹豫，一下子把她抱住，下巴抵在她的头顶，发丝有淡淡的花香，她的身体抖了一下，然后温顺地靠过来，柔软的手臂缠上他腰间，头埋着，白色的T恤扎进他怀里，她就像是从他身体里长出的一树李花。但只是几秒钟，她就挣扎着仓皇而逃，李花散落、一地芬芳……

两日后，燕红回来。整个人瘦了一圈，但精神明显好转。去健身馆报了瑜伽班，还在招聘网上投递了自己的工作简历，有种脱胎换骨的陌生感。他都看在眼里，晚上躺在床上他装作不经意的样子，从包里拿出那张纸条，哦，有个朋友介绍了个中医，说得神乎其神的。纸条被他满不在乎地丢在床头柜上。燕红没应，伸手把那纸条放进抽屉里。

连续几天都没收到她的短信，他也没主动联系。心里有些忐忑，不知道该如何才能让那个横生出来的拥抱表明它本有的清白和暖意。那算是对她身体一个小小的侵犯吗？会不会让她生出厌恶？或者她并不反感，也是愿意让他抱着，愿意像母亲抚慰一个受委屈的孩子一样抱着他的？

手机拿在手里，不时看着，被捂得像炉膛里的一块黑炭，你看不到火焰，却能感受到它在燃烧。

大约是在半月后，是个下午，坐在办公室里突然收到她的短信：准备打道回府了，什么时候去看陈医生，我全程陪驾。

办公室里那绿萝仍在茶几上，水壶也还在原地蹲着，那盒纸巾也不曾移开半步，空气里似乎还有她的气息，甚至那个拥抱也余温犹存，一切都定格在那个下午……

他凝了凝神，回短信：晚上一起吃个饭吧。所有事情都需要一个完结，哪怕只是与青春的一场重逢。

吃饭的地点是她定的。

她先到，仍然是白T恤、牛仔裤，一束马尾。清澈、阳光。

桌子是小的长方桌，相对而坐，摆上三菜一汤，一壶小酒，刚好。

灯光和暖，菜品俱佳，音乐清淡，一切都是刚刚好的样子。

怎么要回去呢？他问得不浓不淡，也没有称谓，下意识地一点一点搜索记忆，他发现他们其实从未问过对方的姓名。

然后听她说：我实在不喜欢这里，忙碌、无聊，我要回老家，回去当农民也行，再找个人嫁了，生一个胖娃娃。

他苦笑：我也实在不喜欢中年，好像一切都已成了定局，有力也使不上，可是我还得工作，还得陪着我娶的那个人生个胖娃娃。

她说：我明天终于可以炒我老板的鱿鱼了，来，喝一口。

他说：我还想明天就辞职，不再做只整天旋转的陀螺。来，干一杯。

她又有些同情地说：其实我老板也挺不容易的。

他也黯然道：我老婆她就是个可怜的女人。

……

他们自斟自饮，各说各的，叹息、大笑、怒骂，然后把酒杯举过头顶，两颗头碰在一起，四目相撞，全是眷恋。都知道以后大概再不可能这样面对面坐着吃饭、聊天、喝酒了，有个人坐在对面听你倾诉原来真他妈是件奢侈、痛快的事啊。

下次跟人说你的距离法则，记得不要说得那么专业，别拿那些莫名其妙的电压来糊弄人了，你说的那 0.7 米不就是这张桌的距离吗？准备离开时，她说。她的头是垂着的，眼里泛着光。

他也是醉了的，伸开手掌量了量那桌子：哦，这还真是 0.7 米呢……

你不知道的事

一

脚下踩着云彩，四周是空茫的，宛茹揪着颗心四处张望，恍惚间似有个人影从远处走来，她来不及仔细辨认，几乎是眼睁睁地看那人影目不斜视地像阵风一样呼啸而过。她又惊又悔，一下子从云彩上重重地跌落下来，全身汗湿，心口还有隐约的疼痛。

午夜的双人床其实已经力不从心了，清平的鼾声把一床的冷寂述说得惊心动魄。宛茹起身靠在床头，汗湿的衣服被冷空气带走了热气，在这初秋的夜里，只剩下嵌进骨头里的冰凉。她在心里默算，这已是本月里第六次做这个梦了，跟过去十年相比这频率明显呈上升趋势。刚结婚那会儿，她以为婚姻就是药引，清平就是良药，这张婚床就能碾平她那些莫名其妙疯长的念头。然而，琐碎、具体、矛盾重重的生活却为那些野火烧不尽的念头提供了蓬勃生长的养料。她想，梦里的不速之客，这十年里不断造访，如果真是相见了，让她好奇和期待的肯定不是他的态度，而是她攒足了十年的劲，她跟他、跟她自己会有怎样一个了断。

手机的闹钟把宛茹从残余的梦里唤醒。她手忙脚乱地换了身衣服，叫醒清平和茹意，转到厨房煎了两只鸡蛋，盛两碗头一晚预约熬煮的稀粥。这是她每天的早间课。父女二人埋着头，像进入一场竞技比赛，双方势均力敌，吞咽声前呼后应，没人理她。她的存在只是完成了这场竞赛的开幕式，双方的追逐、争夺，以及最后成败的揭晓，都与她无关。清平自然是快一些，嘴一抹，把脚伸进鞋里，就没了人影。茹意不甘落后，含了最后一口粥，拖着书包，也出了门。屋子里只剩下宛茹，她还有一小半意识留在了梦里，无意去计较清平和茹意对她惯有的冷淡。

那个人影是如何躲过了日常生活的琐碎，长年执守于梦中，她在心里问自己，是因为还爱着他吗？这个念头确实疯狂，她曾斩钉截铁地否定过不止上万次。怎么可能还爱着他，一个背信弃义者，想想还觉得耻辱。这些年，他不做任何商量，擅自在她心里砌了间房，一副安居乐业的样子。想要驱除出境，她真的无计可施？事实她一直在逃避，逃避回忆，逃避关于他的一切消息，以为这样，他就无路可追，他就彻底沉入记忆的深海。如今看来，他根本就是吃定了她，就像是长期寄宿的客人，反客为主，她竟无处安身。她想她不能再坐以待毙了，她得像梦里一样，走到距离他一尺的地方，跟从前所有的爱恨情仇决一死战。

这样一想，全身所有细胞都开始摇旗呐喊，她确定这个看似再普通不过的清晨，她已做好了迎接一场恶战的准备。把手机的通信录翻了个遍，挨个挨个地斟酌、筛选，她要寻一条走近他最近的途径。眼睛落在“丽晴”上，心里就开始翻腾。高中时丽晴和她是同桌，还给那人当过信使。那时候那个人用现在的话算是校草，风云人物，他有个好听的名字——君木。宛茹那会儿就是个爱做梦的傻姑娘，迷汪国真、迷琼瑶，随口就能背《旅行》——凡是遥远的地方对我们都有一种诱惑，不是诱惑于美丽，就是诱惑于传说……这些句子，刻在心里的皱褶处，像根救命稻草一样，支撑着她贫瘠单薄的青春。多年以后，她才明白，远方的诱惑只是源于对现实的失望和无力。一无所有时，唯有天真才能武装自己去完成虚构和眺望。

君木跟她同级，隔了两间教室，五官坚毅、身材挺拔，他喜欢穿牛仔衣和黑衬衫，喜欢独来独往，要酷摆谱，唇边的胡须茁壮、茂盛，已经透出男人味了。

有一日，课间时，丽晴突然递了封信过来。使了什么招？君木居然会给你写信？语气里夹带了疑惑和愤慨。她像拿了头彩，不敢声张，也不敢炫耀，一夜暴富，让习惯节俭和贫穷的人变得克制和心虚。她啥也没说，把信收到书包里，魂不守舍地在教室里坐了一下午。

回到家，仍是不敢看，生怕被姐姐宛平发现，说到底连自己也怀疑，其貌不扬，成绩平平，君木怎么就会惦记呢？

信在书包里躺了几天，原封未动。

丽晴是好奇的，放学时挽着她咬耳根。宛茹，拿来看看，君木都写了啥？瞧他一脸傲的，能写出啥甜言蜜语？

她只笑，也不应。

还装，人家让我问你呢，信看了，总得回个话吧，你还没过河呢！就不想要我这桥了。丽晴一脸坏笑。

夜里，确定宛平已睡着，宛茹从书包里掏出那封信来，打着手电在被窝里看。

黄宛茹：周五和我一起看电影，你敢吗？

哦，这就应该是他的腔调，霸道、强硬，还夹带着挑衅和不屑。尽管如此，宛茹还觉得挺受用的，这至少能让她在面对父母时没有犯罪感，她可不是要去跟男孩约会，她只是去应战而已。

到了周五，宛茹觉得全身哪儿都不对，把衣柜翻了个底朝天，也没找到一件让自己踏实的衣服。

你是要去选美呀？穿啥不是一个样。宛平没好气地说。她也没应，心里不甘得很，从小一直捡着宛平的衣服穿，她能选择的并不多，有些沮丧地把那件灰白的T恤套在身上，裤子是深蓝的休闲裤。镜子里的女孩看上去普通极了，略胖，圆脸，短发，搁在人群里，怕是孙悟空的火眼金睛也挑不出来。她突然怀疑，想要退缩：好吧，君木，我黄宛茹根本就不配跟你看电影，约我看电影这大概是你无聊时拿我寻乐吧，你是不是还让你一帮兄弟在电影院门口等着看我笑话？她心里一阵冷笑，抓起书包往外走。“还以为你能穿出朵花来。”宛平站在门口，身材修长，整整高出宛茹一个头，声音是从鼻孔里冒出来的。搁在平时，宛茹也就悄没声息地离开了，可这会儿，她再不能忍受，这腔调简直跟君木一模一样。就你是朵花，这世界最美的花。她狠狠地丢了一句，几大步奔到大街上。

去学校的路上，她心里还是恨得牙痒，她知道她恨自己，也恨宛平。宛平年长她三岁，可早出落成个大姑娘样儿了，高鼻大眼，皮肤吹弹即破，而且她再不用受十年寒窗之苦，顶替了父亲在船上售票的工作，在小城里，她的追求者都排成连了。她恨宛平，占尽了天时、地利，压根儿就没给过她一条活路。她最恨的是在外人面前，宛平永远都是一副温顺、乖巧的懂事样儿，把手搭在她身上做亲昵状，跟人笑言：这是我妹妹呢，我们俩像吧！怎么可能是姐妹呢，她要矮你一个头呢，而且五官长得也不像啊！人当然是惊讶的，这种惊讶过于夸张，有讨好的成分，让宛平享受，而宛茹一秒钟都不愿待下去，她觉得难堪极了，明明被人莫名其妙地羞辱了一番，倒好像她占了宛平什么便宜似的。但她嘴拙，每一次都无力去辩驳，还得忍受宛平一副同情安慰的样子：哎呀，真是我妹呢，她其实也不算矮了，只是不能跟我站在一起。那点优越和骄傲原形毕露，也逼得宛茹自卑得像只蒸熟的虾子，周身通红，低头哈腰。

二

在出门的第一个路口，君木早在那儿候着了。走过去，装作视若无睹，但宛茹心里边的鼓点却已乱成了一阵暴雨。肩上的书包被君木一把拉到手里，他显然有些怒了，怎么能无视他的存在呢?

黄宛茹，看电影呢，你是忘了还是不敢?那张脸像块黑铁。

暴雨过后，宛茹整个人像块吸湿的海绵，稍一用力，便出卖了自己的软弱，一言不发地低着头。

走吧，我们慢慢走过去，有时间呢!君木的声音突然变得很温柔。

君木走在前面，宛茹跟在两三米后，想想，又上前去扯自己的书包。君木回头，用力护着。我给你提着，怎么了?怕人看见吗?我就要让人看见，我就乐意为你提书包了。君木有些气恼的样子，几大步把宛茹甩在了身后。

到电影院时，电影已经开演了。检票口站着两个男的，四十来岁，目光如炬，像两只猎犬，直看得宛茹心里发颤。

走错路了吧，提着书包该去学校呀!

宛茹恨不得找个地洞往里钻。

你先进去等我。君木推了宛茹一把。

几乎是逃，一下子冲进黑布里。除了屏幕，四周是黑暗的，宛茹靠在墙上，心里边的那点屈辱隐退，突然如释重负，竟有种前所未有的快感，她想宛平无论如何不会想到她会逃课，无论如何也不会想到她还跟又酷又帅的君木来看电影。她个矮，她五官长得不负责任，她傻里傻气，她只适合穿破旧的衣服，可这只是在她宛平眼里。她的好，谁说没人能看到呢！

没吓着你吧！君木进来了，很自然地摸了摸她的头。她闻到他身上那种蓬勃的气味，像竹子，不顾一切地把身子往上拔，但却是孤傲的，是单薄的。

落座后，心里边又敲起鼓来。她其实挺害怕的，她没有跟异性单独相处的经验。身体是紧张的，陷在木椅上一动不敢动。电影的片名没看到，银幕上演的也不知所以，她用余光偷偷看了一下君木，双手把书包抱在胸前，手指不停地在书包带子里绕，他那紧张羞怯的样子跟她一样没出息。她在心里暗笑，有一瞬间她甚至在想，把头靠过去，靠在他肩上，他会怎样呢？但只是想，身体还是一动不动。等到电影放完，起身时，关节处都有些酸痛。

这些其实更适合留在夜里去回忆。宛茹摇了摇头，不想再去纠缠，她现在只想打个电话给丽晴，从前是她搭的桥，现在，她有义务、有责任来帮她把这座年久失修的、危机四伏的险桥彻底拆掉。

电话拨过去，又有点心虚，虽同在小城，毕竟很少联系，人到中年再聊从前的糊涂事，恐被人笑话。

丽晴，我是宛茹。声音是犹豫的。

宛茹，桂美和英子回来了，正愁联系不上你呢！周末咱一起聚聚。丽晴的声音，是人到中年的温度，刚刚好，不算冷漠，也不够热烈，没有欣喜，也不会让人尴尬。宛茹心里有些忐忑，她拿不准现在的丽晴，长期停置的机器，总得要预热后才可能判断能否恢复正常运行。

到了周末，宛茹跟清平说起同学聚会时，清平一脸愕然：你要去跟你同学聚会？他的声音里是副难以置信的表情，他当然有理由置疑，结婚十年来，宛茹就没有来往密切的同学，也从未提起过她学生时代的趣事，她的活动范围只在娘家、菜场和超市。还聚会呢，谁跟你呀？在什么地儿呀？随即，清平忍不住笑出声来，像对一个犯错的孩子，旁敲侧击，巧言诱供，宛茹被他的惊讶和嘲笑激怒了，她怎么就不能有同学了，怎么就不能有同学聚会了，她干吗就只能是个一日三餐围着灶台转的厨娘。我回来得可能晚，晚饭自己解决吧！她尽量把话说得不带一点色彩，穿着桃红色的呢料连衣裙，走到门口，想了想，又翻出双压箱底的高跟鞋。这身行头她只穿过一次，三年前清平给他妹子办婚礼时穿的。到了中年，是非得穿得艳点才能提亮一下肤色，才能压一压那已经由内而外的疲惫和仓皇。然而这身行头太贴身了，不适合穿着去菜场，更不适合穿着做家务，它就像君木，只能保留那一抹拥有过后的安慰，以及年久后相遇的黯然。

三

到了约定的地点。江边上的一艘大木船，朱红翠绿，雕梁画栋，船顶上立着两个蓝色的大字“盈月”。甲板上有位白衣长发女子正弹着古筝，琴声悠扬，如诉如泣，宛茹一下子愣住了，她其实每日买菜都要从这河岸边经过，只是从未留意到这艘船，更没想到这是吃饭的地儿。宛茹有点惶恐，忍不住低头看了一下自己，桃红的裙子在衣柜里坐了三年牢狱，有点不谙世事的胆怯，脚上那白色的高跟鞋成了乳黄色，也露出被时间遗弃的怨恨来。

船上只有三间房，洞箫、琵琶、二胡。她记得在电话里丽晴说过在“洞箫”。站在门口时，又有些犹豫，她知道，门一推，她就将进入一场女人们心照不宣的相互检阅，她那枯败的日子不知要如何藏匿，才不至于成为别人生活的安慰。下意识地收了下脚，用手捋了捋额前的头发，整理了一下裙角，想想又抿了抿嘴唇，明知势力悬殊，她也还是不忍看到自己在别人眼里的不堪。几乎是抱着必死无疑的壮烈，用尽全力推开门。

灯光是温和的，但宛茹还是感觉到一阵灼热，几张不再新鲜、饱满的面孔被彼此的视线连在一起。

宛茹，快来坐下，都好些年没见呢！说话的是桂美，从前班里的学习委员，班里唯一的海归，一条藕色的连体裤，外搭了件米色开衫，看上去跟挂在墙上的那支洞箫一样修长。旁边的是英子，矮了半个头，穿着粉紫色的T恤和运动鞋，刚从户外回来的样子。

其实，咫尺也是天涯，我和宛茹都在这城里，也同样几年都难见一面哟！丽晴穿着奶白色的连衣裙，声音是抒情的，也是低温的，对着宛茹又隐约有几分俯看的味道。

船形的长方桌，宛茹挨着丽晴坐下。这是她的阵营，小城的市井人情、鸡毛蒜皮，丽晴哪怕比她多一份公职，又能逃得了多远？

桂美坐在对面，歪着头，看着她俩满眼含笑：我现在跟你们可是天涯变咫尺，这次回来我就扎根了。

亲爱的同学们，我呢，仍在天涯，但信息时代，动动手指，也只有这屏幕的距离。英子摇了摇手机。

人到中年，久别重逢，暖场的话最适合这七分热，少一分显尴尬，多一分又觉生硬、做作。桌上四盏茶，干枯的茉莉正努力在沸水的热情里找回青春，端起来，得体地掩去内心的慌乱，这慌乱是因为透过对方看到了岁月的无情，四个女人是机警的，运筹帷幄，宛茹环视了一周，突然觉得有些燥热，整个屋子里是清淡、柔和的颜色，她那桃红的裙子显得突兀、不可调和，仿佛将她一下子暴露在聚光灯下，蓄意掩盖的枯败变得软弱无力，她担心光鲜已成了俗艳。她努力在脸上挂着微笑，做出良家女子的贤惠样，大家交换眼神，彼此会心一笑，像是已达成共识，对她的俗气没品表示谅解和迁就。

她在心里也是认同的，她活得就是糙，那个能背《旅行》的少女其实就没走出过这小城，远方是诱惑，而君木已消失在远方。她在心里提醒自己，对于回忆，以前是防守，现在是反攻。哪怕交出自己的底牌，她也要解开自己的心结。

桌上的菜已上齐。话梅煮的河虾，炭火炉上的河水煮活鱼，码成支玉箫一样的蓑衣黄瓜，烤得香脆的苹果片，还有撒满芝麻的椒香肉丝。有观赏性，但不及家常菜招人亲近。好在有白酒，它是最好的桥梁，无论是盘中餐，还是眼前人，又或是往年事，三两杯下肚，都能亲近。

酒过三巡。

英子说：我过两天就继续流浪去了，桂美才被人从婚姻的船上丢下，她是回来疗伤的，你俩得扶她上岸，最好再助她上条新船。

这话我不爱听，我就不能和你一样有个自由身？桂美仰脖喝了一杯，杯子狠狠地往桌上一搁，一声脆响。

丽晴撇了撇嘴：这还算个事吗？这把年纪，谁没有过婚姻危机都不足以谈人生了。

宛茹懒得去看人家华美裙袍里爬着的蚤子，大家都在向前走，她还在惦记上一个路口。

管它什么船不船的，能聚在一起，就说点高兴的，说说咱从前。宛茹也举杯，她酒量浅，但有酒壮胆，那压箱底的话才好意思抖出来。

算了，宛茹，从前，从前你眼里可只有君木，哪有我们啊！英子的声音不算低，但话一出口没人再往下接。这不是宛茹想要的，她想争辩一下，至少把这个话题延续下去，但张了张口，到底啥也没说出来。

仿佛录音带卡住了，又好像一团毛线突然打结了，好一会儿，桂美接过话头小心地往下理：宛茹，我们都曾以为你和君木会一直好下去。宛茹苦笑了一下，自己倒了一杯酒，一饮而尽。

桂美，你以为这世上什么能永恒？爱情吗？我告诉你爱情只是一场旅行，而且年龄越大，体力越差，旅途越短。以你三十多岁的体力去讨论十八岁的旅行，这就是个笑话。英子说话的样子还是一贯地洒脱，她才是《旅行》的践行者，资深摄影师，从未在一个城市待足半年。

那个君木，哎，咱不说他了，来，喝一个，为桂美重回单身干杯，也为英子永远的单身干杯。丽晴很果断地把打了结的毛线剪断。一团乱麻，丢就丢呗，宛茹哪好意思再捡起来。举杯欢庆时，宛茹又细细回味了一遍丽晴的话，那声叹息里仿佛已表明了她对君木现状的知晓。

酒一喝开，走得再远的情谊就都找回来了。下船时，四个女人互相搀着，头挨着头。宛茹靠着丽晴，借着酒意，俯到耳边轻语：我去找过，君木家早搬了，他去了哪里啊？她单刀直入，把逃避多年的自己彻底暴露。

君木，他早去了江城，天晓得他干吗会去那鬼地方，没一个亲戚朋友，一工业城市，全是烟囱。

江城？

对，江城，他现在大概跟你每天见到的所有中年男子一样，已结婚生子、成家立业了。傻样儿，还在想啥呢？丽晴拍了拍宛茹的肩，很夸张地大笑起来。

那笑声既熟悉又陌生，让宛茹觉得身边的这个女人其实一直都没正眼看过她，从前替君木送信时是如此，现在还是如此。她甚至怀疑，在丽晴眼里她就是个心存非分之想，理应被人丢弃的傻样儿，对，就是个傻样儿。她也忍不住笑了，更傻的样子，还有眼泪在往外掉。

“傻样儿”，是在说我吗？是笑我又落单了吧！我告诉你们，别以为你们有多聪明，多幸福，以为你们的婚姻就牢不可破，就无懈可击，就完美无缺。我只是比你们更清醒、更勇敢、更尊重爱情。桂美突然歇斯底里般大吼起来。

几个女人一下子被震住了。生活原来是有惯性的，无论哪一种生活，一旦开始，你永远无需怀疑自己的适应能力。直到某些人的相遇，某些事态的发展，才会逼迫你停下来，往回看。四个女人各怀心事，陷入沉默。

宛茹把步子慢了下来，一个人走在最后，她想女人要怎样过才算幸福？是像英子那样四海为家、无牵无挂，还是像桂美那样独立自主、能力超群，或者是像丽晴那样，把凡事都俗化，能轻易就看透和接受人事变迁的自然规律。这世上谁有答案呢？一千个人能有一千种活法吧！

四

已经是临近午夜了，月色昏暗，江边上拴着的几只小渔船都已沉睡，只有河风不甘寂寞，甚至裹挟着一股凉意不断袭来。发丝被吹得一头凌乱，恍惚间，宛茹觉得又看到了从前的自己。

她从河堤上往下走，穿一条深蓝色的中裤和白T恤，君木正站在小木船上等她。

是七月吧，一定是七月。高考成绩刚刚公布，她和君木都落榜了。

她走得很小心，河沙调皮而固执地钻进她的凉鞋里，河风也是，不断地扬起她的短发，遮住她的双眼，君木就站在小船上，她能看到。她还能看得更远一些，人潮退去，终于变得安静的码头，码头上售票的小木棚。半小时前，宛平就坐在木棚里，被热气蒸得双颊绯红，她的十指是细长、粉白的，用来撕五分一张的船票有点暴殄天物。但还好，晚饭时，宛茹亲耳听到母亲说宛平就要调去五金公司了。她这些年一直在跑调动，她是去坐办公室呢，母亲是骄傲的，冲着宛茹，那骄傲又带着股火药味。她佯装没听见，漠不关心的样子。母亲的脸色变得很难看，铁锅被她一下子从灶上掀下来：榆木脑壳，书读得再多，也还是烧火煮饭的货……

她继续装作没心没肺的样儿，全神贯注地把碗里的饭吃得一干二净，末了，还盛了碗汤，端起来，喝得有滋有味。

现在，她觉得难受了。母亲的话还梗在肚里，像坨铁，越来越沉，没法消化。

临到船了，君木伸手要牵她上船。她觉得那坨铁令她整个人在往下坠，手伸到半空又退回来了。

君木，你会游泳吗？

不会。

我会的，我想在水上躺会儿。她真是觉得身体太沉了。

把鞋脱了，径直往河里走，走出去两三米。她慢慢地躺下去，手脚并拢，眼睛微微地张开，整个人轻得像片树叶。

君木趴在船尾，一动不动地看着她，她都能感觉到他的心跳。

宛茹，你会去补习吗？反正，你走哪儿我都跟着。

君木，你说，没有以后，只有现在该多好啊！今天以外的事情都不去考虑，多好。她对着天空长长地叹了口气，没有宛平高，没有宛平好看，她也不想有宛平规划未来的想法和能力。

上了河堤，四个女人各自告别，宛茹再回头时，年轻的君木和宛茹已不知去向。

她的记忆被酒精麻醉了，忽然怀疑那一晚也许只是一场幻象。

回到家时，没见到清平，茹意在里屋做作业。宛平坐在客厅，她一愣，酒醒了一半。你和清平咋了？丢下茹意一个人在家，还算茹意不傻，知道去外婆家吃饭。宛平是责备的语气。

手机掏出来一看，调到了静音位置，果真有五个未接电话，全是茹意打的。她也没敢争辩。

裙子穿得真够艳，还喝了酒，宛茹，你可是手心向上的人，得顾家呢！宛平提着包走到宛茹身旁，加上高跟鞋，足足高出去一个半的头，说的话也在俯身间省去了小半截，不屑、嘲弄被姐姐的身份掩饰得足够体面。出门离开时，也依然是宛平式的善解人意：宛茹，爸妈那里，有姐呢，你不用操心，这些年清平的汽修厂也没少挣钱吧，你可得把钱给抓牢了，男人就算要跑，你也还不至于落得一无所有。

宛茹唇边浮起一丝苦笑，有时候伤口之所以无法愈合，不是无药可治，而是老有人在伤口上撒盐。她当然明白在宛平眼里她就是没心没肺，手心向上，伸手要钱的主儿。从前靠父母，现在靠男人。她生活的所有意义仿佛也只能是防患于未然，筹备和等待自己被男人抛弃以后的生活。

宛平的高跟鞋在楼道里每一步都走得扎实、稳健，直到脚步声远去、消失，融进黑夜，也不会让人怀疑它会减弱丝毫的骄傲。

她呆坐在沙发上，觉得自己失败极了，而这一切糟糕透顶的生活都是源自君木的临阵脱逃。那年高考落榜后，她不愿去补习。待在小城里，早已厌倦。她跟君木约好出去，坐任何一班长途客车都行。

即使远方的风景并不尽如人意
我们也无需在乎
因为这实在是一个迷人的错。

五

她愿意在年轻的时候，在感情最炽烈的时候，有一场像诗里写的那样哪怕是错误的旅行。

他们约好清晨五点在车站集合，坐最早一班的长途车。

宛茹一夜无眠，好容易捱到四点，她摸黑穿上鞋，悄悄地打开房门。提行李时，看了一下宛平，头朝里，睡得很熟。

街上一个人也没有，但她一点也不害怕。走到车站时，不到五点，她安静地坐到角落里，不想去打听最早一班的长途车是几点出发，又或是开往哪里。这个谜需得跟君木一起揭晓。可时间真是个折磨人的东西，三个小时耗尽了所有等待的热情和全部信任，她不敢移动，害怕遇到熟人。七点半时，红日升起，有客车已经客满，开始鸣笛，并在送行的目光中缓缓驶出车站。她看见车窗里那些脸庞写满了憧憬和向往，眼睛里盛满了黎明到来时崭新的美好，那一双双眼睛不无炫耀地从她身上经过，她左躲右闪，索性把头埋到双膝间，像失物招领处无人认领的可疑之物，落寞、凄惶。

后来，恍惚间她听到父母在哭喊，也有宛平的声音，她悄悄地张望，还看到了君木的父母。于是，本能地往外跑，不顾一切地、机械地向前跑，可她的双腿和脖子都是僵硬的，难以正确地掌控，踉踉跄跄的，才跑到车站门一下子撞在电杆上，藏在心里的那支想要逃离之箭终于离弦，绷紧的弓猛地松弛下来，身体成了坨棉花，耳朵里有无数的小虫在鸣叫。等她清醒时已躺在了床上，母亲、宛平围坐在床边，她知道出逃的行径败露，把头侧向里边，一言不发。母亲叹了口气，没打算责备。

她心生疑惑，想知道自己是怎么从车站回来的，但不敢问。

父亲从外面回来，铁着脸，把母亲拉进了里屋，房门被重重地关上。

她的心悬着，翻了个身，伸了伸腿，做好暴风雨来临前的准备。

真不知你脑子里都在想啥，琼瑶剧看多了吧，打算跟人去哪儿？被人卖了怕还会帮人数钱喽，黄家的脸都被你丢尽了。宛平的声音像把铁锯，无数的锯齿如一把把匕首朝她心窝猛地刺进去，无论声音多么抑扬顿挫，都无法掩盖那血肉飞溅的事实。她没吭声，但一直盯着宛平，这是她所习惯的宛平，仿佛有种与生俱来的气场，轻易地就能让人败退。大概最早发现她出逃的就是宛平吧，她能想象自己在车站里可怜巴巴的样子，也能想到从车站往外跑时，人们的围观和议论。这些宛平大概都看到了，听到了，是的，她小小年纪就知道谋划私奔了，也许从那时起，在宛平心中，她除了是拿来衬托自己的垫脚石，更是辱没门风的耻辱。

她转过身去，心里对君木充满了恨意。不管事情是怎样发展的，她八点还在车站苦等，此时她仍在家里，就说明了君木是个逃跑者，她不想为他找任何理由。

那一天，彻底改变了她生活的重心和轨迹。

她窝在家里，跟所有同学断了联系。汪国真的诗集被她撕烂了丢进灶孔里，那首《旅行》掉了半页在地上，她捡起来，点上火，火焰一下子蹿起来，眼睛赶紧闭上，压抑多日的眼泪趁机流下来，浇在火焰上，成了一片黑灰。

之后，她一直在家里，赎罪般，洗衣、做饭。如果就此终老，她想她也不会畏惧……

清平是半夜回来的，带着一股子酒味和着汽油味，如年久失修的机器，好不容易挪到床边，像坨废铁，轰然倒下。

等到清晨醒来。她扭头推了推清平：昨天怎么把茹意一个人丢在家里？我出去你是知道的呀。

我去厂里修车呢，能带茹意去吗？你以为我像你，啥事也不用做。清平被打扰了清梦，气呼呼地背过身去。宛平提醒得一点都没错，她是手心向上的人，要在婚姻里索取物质和尊重，就得付以温和、贤惠和耐心。

你要出去，把茹意送去外婆家，或者是宛平那里也好啊！她的声音缓慢、抒情，企图唤醒清平疏于表露的亲情。

然而这句话像支脱靶的箭，奔着那颗红心而去，最后却只能尴尬、无声地躺在地上。清平的后背像堵坚不可摧的墙，让宛茹觉得那靶心离得太远、太模糊，她已没了再去射击的愿望。

买菜时，顺道回了趟娘家。这是不自觉的，仿佛是受了黄家家教的召唤，头一晚把茹意丢在家里，现在她得去领受母亲的责骂。

院子里满目缤纷，两张竹篾上晾晒着略有些皱皮的洋芋片和红苕条，粉白和蛋黄色间又夹杂着深紫色。角落的水桶上还搁了两大簸箕火热的红辣椒，地上的水迹在快速变化，能感到空气中无数微小的分子在雀跃，在用生命勾画蒸蒸日上、热气腾腾的生活。

然而画面也有不和谐的地方，时间是好色之徒，门口那油亮的藤椅上的父亲分明已经掉色，眉毛由浓黑褪成了浅棕，头发也由黑转白，皮肤的皱褶处颜色更是复杂和暗淡，惨白、青白、微绿、褐紫。父亲就像是一堆簇新的衣服中被遗忘的一件旧布衫。眼睛是微闭的，身子好像又缩了几分，其实十多年前他就不再伟岸，仿佛一夜之间，突然就矮人一截，就学会装聋作哑、忍气吞声。她也是慢慢才明白小城里的闲嘴碎舌，是把锋刃，能把人一刀刀地削进骨里。她也是逐渐才发现至那次出逃以后父亲便羞于去谈论她的一切，尤其是后来的婚姻。

迟迟无人上门提亲，宛平按母亲的授意，四处替她物色合适人选，清平第一次应邀来家里，父亲阴沉的脸开始变得紧张。事实上准备工作他已经做得很好了，头发是新染的，胡须也才刚剃过，衣服是压箱底的中山装，熨得笔挺挺的。但是哪里还没有顾全周到呢？在等待清平的时间里，他一个人关上门站在穿衣镜前，扮各种表情，但眉毛打成了死结，什么表情都显得别扭。在宛平那里他是有经验做准岳父的，可这次显然不同，他不想过于严肃、傲慢。人家可是愿意接纳他傻不拉叽的小女儿，他可不能把人吓走了。吃饭的时候，他给清平斟了回酒，夹了鱼头，虽然表情还是难看，清平却已受宠若惊，涨红了脸。我能吃苦，不出五年，我肯定能有自己的修车厂，我能把日子过好的。清平都有点士为知己者而死的意思了，暗自看了宛茹两眼，也是满含愿倾尽所有的给予。夜里，一家四口开家庭会，母亲说：你也别太计较，你姐打听了，他家境还算不错，看上去也还老实，就是没个体面工作，得靠劳力吃饭。话里除了怜惜又还藏着几分恨意。宛平笑着把话接过去：宛茹名声大了去了，就这，我也还是费了老力，要找个不知情的、踏实的外乡人，还得有一技之长，能养家糊口，这难死我了。母亲叹了口气，背过身去，父亲的身子不由自主地往下塌陷，中山装的四个口袋都挤到了一起，他或许也是痛心的，视若珍宝的东西被他亲手贱送出去，他已开始计较不值了。她尴尬地坐在那里，想不明白她怎么就把自己变成了个臭名昭著、让人退避三舍的坏女孩，她就像个变质腐坏的待售品，除了降低身价，还得依靠旁人伪装、掩饰来得以逃脱孤单和被丢弃的命运。

在这个家里，她是有前科的，像是监外执行的犯人，不允许一点点的风吹草动，她习惯了定时回来作思想汇报，接受父母的教育和改造。态度是真诚的，不能有丝毫偏移。哪天她要是说话的声音大些，她想她自己也会唾弃。

爸。

嗯。

褪了色的父亲仍半眯着眼睛，像入定一般，脸上看不到任何表情。

走到厨房，母亲正屈着身子择豇豆。宛茹顺手拿了条小凳，坐下，跟着择起豇豆来。

把茹意管好了，才是本分。

嗯。

宛平现在是科级干部了，才提拔的。谁能想到呢，从前觉得能卖船票就不错了。现在多好，工作干得好，家里、孩子也照看得好。女人一辈子图的就是这些实实在在的东西，虚头巴脑的不能拿来过日子。母亲头也不抬，厌弃地把有虫眼的豇豆掐断，扔进垃圾桶里。

宛茹面带微笑地点了点头，这是她的经验，母亲所有以宛平开始的句式，想要发表任何言论都难做到恰当，说到底，她根本就不具备这样的资格，她只需默认和反思就好。

你要记得，你也没啥可求的，把家顾好，把茹意照看好了，比什么都强。宛茹愣了愣，求？这些年她求什么了？从前，她跟君木的约定，也没有天长地久的承诺，只是一场旅行，她求的只是对现实无望的反叛和出逃。现在，她求的只是心安，数年前那场失败的出逃成了一记暗伤，梦里梦外，还有隐痛。母亲把豇豆冲洗干净，丢进锅里，水汽被热油逼得哧啦啦地叫，豇豆痛并快乐着、嘶喊着、蹦跳着，不顾一切地投进在这世间最后的一场狂欢里。母亲朝锅里撒盐、翻炒，一瓢水倒进去，全世界又都安静了。火煎炭烤带来的所有炙痛都成了前世今生，她靠在门框上，觉得像在看一场仪式，心里宁静、肃然。与其就这样不咸不淡地过着，还不如肆意一场，再彻底死寂。这样的心境跟十年前酝酿一场旅行时竟如出一辙。

只是过了一小会儿，锅里的豇豆线条就不再硬朗，颜色不再是生绿，行为也不再抗拒，软绵绵的，彻底顺服。“将将就就地过吧！”母亲的语气异常温柔，让宛茹怀疑这些年母亲未必不懂她内心的动荡，也未必没有为她感到惋惜。她其实怨恨过母亲，像怨恨宛平一样，当然归根结底她是在怨恨自己，她就是个彻头彻尾的失败者，对于命运既无力抗争，又做不到真正地顺服。

六

将将就就地过吧，只要死心塌地的，这日子总能变好。母亲把炒好的豇豆倒进小盆里，作了最后的总结。可惜宛平不在，要不母亲说话的内容应该会更有层次。做了一辈子的家庭妇女，母亲对从未能踏进的职场尤其地好奇和关注，她喜欢问宛平工作上的事，事无巨细地问，会很由衷地赞美宛平工作上取得的成绩，但到最后，她会对宛茹说：旱涝保收、坐吃皇粮，只是可惜你这死脑筋，家里书读得最多的，却成了最无用的。母亲一点也不掩饰对宛茹的失望。但现在，多少年了，她终于连失望也懒得再呈现了，终归是像接受自己的平庸一样原谅了宛茹的平庸。

夜里。躺在床上，有些惶恐，害怕入梦。宛茹也不确定，她要如何跟梦里的君木告别，但她知道，是时候了，如母亲所言，唯有死心塌地，这日子才能过好。要不要去一趟江城啊？当然，也许面对面，他们根本就无话可说，所有的爱恨情仇其实在十年前就已了结。那么，也许她最应该的是去独自完成那场旅行，彻底告别十年前的自己。她转身，紧紧地抱住清平，艰难地陈述：很多年前，我就想有一场旅行，哪怕是一个人，我就想出去看看，我喜欢一切不可能的可能，喜欢一切永远的遥远。我说的，你能懂吗？清平慢慢地转过身来，伸手搂住宛茹，那手臂因为长期的劳作，精干有力，还残留的那抹机油味又添了几分雄壮。如果死心塌地过日子，这样的怀抱其实也足够温暖。宛茹紧紧地贴过去，眼里分明有泪水流出。

出发那天，她没要清平送。还是像十年前一样，天不亮就出了门，她要坐最早的班车。去车站也还是步行，她尽量还原当初的样子，包括一路上心里都装着的君木，这是她最后一次去怀念她此生可能唯一遭遇过的爱情了，君木永远不会知道这十年，她身在曹营心在汉，从未停止过对他的想念。但只此一次了，她要坐那最早的班车，也但愿这十年里它没有改变，无论抵达的是哪座城市，她都会在那里静静地待上两日，然后挥手告别，不再挂念。

车站早已换了新颜，售票窗口上方的屏幕滚动着车辆的动态信息。她仰看着，红色的字体一直在闪动，始发的班车，清晨七点，开往江城。她心里有些颤抖，“江城”，那两个跳动的字，像两块从心里吐出的血迹，鲜艳夺目。她拖着行李，跑过所有的售票窗口，找到年纪最大的售票员，很急切地问道：你知道十年前最早的班车是开往哪里吗？十年前。我们的时间表从未改变过，始发的班车一直是开往江城，因为那里最远，所以走得最早。售票员细致耐心地解释，但她也无心听了，她满脑子都是丽晴的笑声：天晓得，他干吗会去江城，没有一个亲戚、朋友，他干吗要去呢！是啊，他干吗要去呢，傻样儿！

少年已远去

在小城，没有人会不知道陈勤，即便不认识，但至少听说过。

我和他也算不得相识，在过去和未来都绝不可能成为朋友，对于彼此，只是会相遇的千万个陌生人中的其中一个。

他不知道我曾暗中打量过他，无数次的。他就像活在一部电视连续剧里，故事冗长，无数陡然出现的枝节令人疲惫、生厌，等待某时我突然凝神静气时，才发现他被命运又狠狠地折腾了一次。偶尔在街头相遇，他永远精神抖擞，双眼含着奇异的光芒，让人怀疑这只是插播的一段广告，是现实中的男演员用自己的本色来衬托出他在电视剧里的精湛演出。

我很想知道他是怎样又“活”过来的，他明明应该看上去很衰啊。大约有这样想法的人很多，所以我时常能听到些这样的议论：瞧，那陈崽又栽了。哦，陈崽他当然会栽哦。陈崽啊，早就知道他会栽的。对，他们叫他陈崽，有些调侃的味道，语气里充满了未卜先知的聪明和一丁点不怎么道德的幸灾乐祸。一切都未能出乎意料，所有人都能不假思索地写出他下一集电视剧的梗概。我是他忠实的观众，也没有怀着看他逆袭的愿望，相反，我更愿意看他在众人期待中一次一次地跌倒，一次比一次摔得狠、跌得疼。这种心理，我只跟我的好友蛮二说，蛮二不会取笑我，他只会深表赞同，拍拍我的肩，不无高深地说：这世上最大的隐疾只能借别人的伤痛来安抚自己。我就喜欢跟他聊天，明明很卑鄙，也还可以说得很无奈。

跟蛮二算是同庚，在东一街一起长大，像影子一般。有时候，我俩会在一起喝两杯，他酒量很差，喝到兴头上，就有些忘乎所以。那个，你知道的，你说在这小城里大家都一样地活着，挣两个散钱、吃顿淡饭、喝顿老酒、打场小牌，这多好，还有啥去争的、去想的。他说这话的时候，刚刚成为一名下岗工人，正打算重拾他的“杀广”梦，我当他是自我安慰，没有戳穿他自欺欺人的谎言。他当然是想在机械厂里有番作为的，我不止一次听他父亲，那个随时带着酒气的男子愤慨地跟他说：我这辈子没啥文化，在厂里没少受窝囊气，你可得给我争口气、长回脸。可他从不会在提起工作时，提起父亲，我想继承了父亲的衣钵，却又被迫给砸了这饭碗，这大约是他一生最不堪回首的事情。

常常两瓶啤酒还未喝完，他的舌头就有些打结，也不着急回去。坐在河边的吊脚楼茶馆里，嚼着几颗撒了白糖的花生米，听周围的人们聊天。这个钟点，自己所有的故事都已掏空，只剩下陈勤能耐得住反复咀嚼了。一开始可能只是一两个人不经意地提起，白日里见着陈勤的情形，其实也只是平常地打个照面，甚至话都没说两句。但不要紧，充满疲态、慵懒的茶馆就像刚续了水的茶碗，一下子变得活跃、飞扬，所有人的思维都被迅速调动、集中起来，就连老板歪三也拎着茶壶过来凑趣。那小子，整日想入非非，他脑子呀就是一包糨糊。几张桌上的人都不约而同摇摇头报以宽容而无奈的微笑。蛮二撑着脑袋，伏到我肩上小声嘀咕：别不承认，我知道小城里所有人都在等着看陈勤的笑话，只有你当他是个英雄。

我瞬间觉得全身汗毛竖起，生怕被人听见，被当作第二个陈勤。自从中专毕业执意要回到小城工作，我其实就有了做第二个陈勤的可能和嫌疑。虽然自己很清楚，留在省城想要有个像样的工作很难，而且还会活得很辛苦，会被房价压得直不起腰，回小城不过是自我减负最直截了当一劳永逸的做法。然而，街邻们不这样认为，他们只当我脑子被门缝夹了，像陈勤一样，只会异想天开，以为退到小县城就能打下一片江山。为了避免让他们的猜想得逞，不与陈勤为伍，之后的几年，我依然寡言少语，在单位也从来没有惊人出众之举。

陈勤是80年代的大学生，是当时东一街最有出息的孩子，喜榜张贴在渡口边，很快在小城就已家喻户晓。那个时候，我和蛮二还是两个小屁孩，沉迷在各种课外读物里，对于大人们口中“别人家的小孩”置若罔闻。其实在东一街，也还真没有谁享过读书的福，但大人们天然对知识敬畏，自觉能识文断字走到哪儿总是要体面些的。街头的二完小教师宿舍里，住的都是些明白人，有位教数学的老师极为笃信地跟陈勤的父母说：你们呀就等着陈勤将来把你们接去北京过好日子吧。这话像预言一般让人深信不疑，让人肃然起敬。大约就是从那时起，陈勤就注定是个传奇，大学四年，每一次回来，都是东一街的焦点，从京城帝都携带而来的无形贵气和超出人们想象的未来都令人不自觉地会去仰望，人们对赞美的话从不吝啬，在陈勤的父母面前尤其慷慨，眼里的羡慕藏都藏不住。那个时候，我和蛮二对于未来的想象顶多停留在作文课上老师的命题作文：《我的理想》，四十五分钟后我们就都忘了白纸黑字的写了个啥。我常常在课堂上看武侠小说被老师逮个正着，蛮二总会舍身相救，主动承认书是他偷放在我课桌里的，而我只是在不知情的情况下随手翻了一下。他以为他高明，以为自己侠肝义胆，结果却是我们都被罚站了两堂课。在操场上，在六月的烈日里，彼此傻笑，等待着回家后的又一番暴风雨。

其实，期末的成绩单拿回家才是最考验人勇气的时候，也是在这个时候，我们才发现陈勤并不是陈家的孩子，而是整个东一街的孩子。他让所有父母突然有了望子成龙的愿望，我和蛮二，包括东一街所有学龄孩子都开始面临一个公敌，那就是分数，陈勤是分数唯一的宠幸者，也自然成了我们背地里讨厌的角色。尽可能去找到讨厌他更堂皇的理由，比如他个头还是矮了些，长相也过于普通，说话的时候声音太过洪亮，头又总喜欢略微上扬，对我们这帮小孩从来视若无睹，这些都可以归纳成一个结论：他很平凡，却又很傲慢。蛮二时常在被爱喝酒的父亲一顿暴打后，深恶痛绝地说：我敢断定，陈勤这龟儿子永远不会留在北京，不会过得很好。这话更像个预言一般，在时间里不断地被验证。

首先，当然是陈勤大学毕业后出乎意料地回到小城，分到了当时炙手可热的粮食局。对于一般孩子，这样的归宿真该感恩戴德，谢谢列祖列宗的保佑了，可因为是陈勤，却在东一街激起了轩然大波，大人们一点都不淡定了，着急忙慌地往陈家赶。消息一再被陈家父母无奈地表示肯定时，叹息声都快将整个屋子淹没。陈勤怎么能擅自做主就回来呢？谁答应的，怎么能轻易地将大伙的期盼就这样给丢弃了呢？这让人如何跟家中的孩子说嘛，榜样突然逆流而行，成了身边最为普通的一员。陈家父母也深感抱歉，坐在小凳上垂头丧气的，这孩子从小就有主意，也没跟我们商量，就回来了。这就板上钉钉了？不能改变了？还有人不死心地追问。陈家老头儿干脆转到里屋，门哐当一声，打断了所有人的幻想。

好长时间陈老头儿都窝在家里，几个老哥在门口吆喝着去坐茶馆，他也只是打发女人出来支应一声。总有些缺心眼的会执着于探个究竟，径直往里屋走：你个陈大锤，挺尸啊，不怕发霉？老头儿翻了个身，也不应。陈勤倒是坦然得很，稳妥妥地坐在椅子上：叔啊，我爸身体不舒服，休息这两天就好了。一副不知悔改的样子，令人忍不住一路摇着头出来，坐在茶馆里长吁短叹，这为人之子，竟还不知顺父母才是孝父母啊。

当然也有一些沉得住气的人，愿意相信陈勤是有打算的，毕竟见过大世面，怎么能甘心就这样落入尘埃。他们相信陈勤，相信他只是在等待时机去实现比留在北京更大的理想。但这理想到底是啥，谁也说不好。

我和蛮二暗自得意了一段时间，以小人之心猜想，这陈勤怕是没拿到毕业证，又或是像他这样的货色北京压根儿就不稀罕。他在东一街牛了这么些年，终于彻底败了下来，大人们再不会在开完家长会后拿到成绩单时苦口婆心语重心长地提到陈勤。对于我们这帮孩子，这无疑就像是给孙悟空摘下了紧箍咒，别提有多自在。

蛮二甚至还想出了狠招，到了月底，主动要求跟父亲去粮站买米。当然是醉翁之意不在酒，他是要让他父亲跟他一起，亲眼看看那个曾经的高考状元，天之骄子，智慧和知识都没能改变用劳力求生的样子，以便让父亲放弃对他抱以的不切实际的幻想。然而，蛮二从粮站背回来五十斤大米时，却是一副生不如死的样子，他有些绝望地跟我说：陈勤那龟儿子居然没在称米，还神气活现地让人排队开票呢。我今天白背这些米了，背都压驼了。说这话时，他父亲在身后轻踹了他一脚：粮食局的工资一月当我三月，你有出息，再过十年进粮食局给我看看。说完，又是一脚。

他父亲说的是十年，可惜粮食局短命得很，没有熬到我和蛮二初中毕业就已经关门倒闭了。

陈家父母像是做了天大的错事，扛着千斤重铁一般，抬不起头。陈勤整日在街头闲逛却是一副没心没肺的样儿，逢人搭话，声音仍旧响亮得很。曾经深信他的一些拥护者，大都痛改前非，在说起他时，无不恨自己当初有眼无珠，把一泼皮的懒散无情当作深谋远虑。

大家对陈勤彻底失望，对陈家父母抱以同情。暗自帮着给陈勤四处打探合适的工作，然而，大家都无权无势，能找的工作也无非是贱卖劳力。站柜台，去鞋厂，做冰棒，理头发，一开始大伙都是很热烈地提出来，却又逐个被集体否决。这些都是东一街里的孩子成人后的备选之路，从没有人怀疑这其中任何一种活法，然而，到底是为陈勤找工作，真又让人于心不忍。

是在某一天吧，我和蛮二逃课，在街头一处近于废弃的大平房里看《射雕英雄传》，我们正看得入迷，却听见有脚步声走近。以为有告密者，担心被老师又或是蛮二他爸进来逮个正着，就悄悄躲起来，躲到屋后的窗台下。只见陈勤慢吞吞地走到屋子、院坝四处打量。他手里拿着皮尺，用笔不时记录着什么，就像揣着一个巨大的秘密，脸上的神情既紧张又兴奋。不知道他葫芦里卖的啥药，但我和蛮二心想，这家伙大约是要行动了，就像武侠小说里我们熟知的那些隐于世外的高人，一直深藏不露，却被人步步紧逼，不得已要使出绝招了。

那是陈勤的第一次创业，他租下了那间大平房，独自花了三个月的时间，把它打理成一间幼儿园。他的手真是巧，墙刷得很白，还画了很多讨喜的小动物。虽然只有一间教室，布置却很精巧，朱红色的小课桌，放水杯的小台子，碎花窗帘，还有一架脚踏风琴。他挑了一个春风和暖的日子，给幼儿园挂了牌——“童话幼儿园”。街邻们纷纷赶来，有女人牵着小孩的当场就办了入学，不管怎样，这也是对昔日状元最直接、最有效的支持。男人们却大都摇头，这活儿算啥，带孩子？天啦，这还真不是他们能想到的法子。陈勤若是自己的儿子，非得把那牌匾摔得粉碎，再给狠狠揍上一顿，宁愿他去码头扛包，也不要像个女人一样，软声细语地去看护一帮三四岁的幼儿。这陈家父母对孩子的放纵简直到了让东一街男人们无法忍受的地步，从北京到小城，从小城最黄金的职业到失业，从失业到去小孩面前讨生计，陈勤每一步都让人觉得已经退到天际，跌到谷底了。

幼儿园顺利开张，女人们暗自隔着窗户观望，满腹担忧，这男人能带好小孩吗？陈勤却表现得相当笃定，一丝不苟地教孩子们唱歌、跳舞、做游戏。他的舞姿不够优美，做游戏时，混在孩子中笨拙得要命，就算是最简单的唱儿歌，他情不自禁、故作天真的样子也让人难以直视。女人们惊讶极了，捂着嘴慌忙逃开，到了僻静点的地方，全都忍不住哈哈大笑。天啦，她们忽然不知道自己把孩子送到童话幼儿园到底是对还是错，逞一时之快，以为对陈勤是种支持，但细想又不对，这个工作若是女人来干，多浪漫、体面，换着个大男人，怎么就只觉得荒唐、好笑了。再者，作为孩子而言，跟着陈勤学唱歌、学跳舞真的会很愉快？女人们心里有些别扭，放学去接孩子，总觉得孩子脸上少了平素的灵动，在街头偶尔见着陈勤的父母，还会有些心虚、惭愧，甚至都有些助纣为虐的罪恶感，好像陈勤不务正业的坏习气是由她们滋长的。

而事实上，陈家父母深居简出，避免着在各种热闹的场合出现，对于儿子异于常人的一些做法他们满怀愧疚，在东一街，他们连自嘲都不敢。

陈勤却丝毫没有觉出幼儿园潜在的危机，他一如既往地在课堂上去扮演一位恨不能回到童年的“大孩子”，他尽可能从声、形去效仿、去走近、去留住那些孩子。在每一段歌声、每一段舞蹈、每一个游戏里，他都忘情、投入。窗户外边的世界是另一个世界，无论什么表情，都与他无关。

他莫名其妙的自信、另辟蹊径的乖张做法带着潜在的威胁、挑战，很容易激怒身边的男人。在茶馆里，有人无意提起陈勤，大伙简直觉得是对东一街男性团体的一种羞辱，眉头一皱，一张口，把话说得再无生还的可能：这陈家，几代人老实本分，到了陈崽这里，到成了祸害，闹得鸡犬不宁。拎着茶壶四处续水的歪三自觉见多识广，带着茶馆老板的优越感，也会趁势添柴加火：要想自己找饭吃，也还得看看你适合端个啥碗。这陈勤啦，他根本就没想明白。

到了第二个学期，幼儿园冷清得要命，仅有的十一二个孩子被父母送过来，也是迫不得已，一半跟陈勤家沾亲带故，抹不开情面，一半孩子太小，被公办幼儿园拒之门外。这让陈勤措手不及，他在街头摆了张小桌进行招生宣传，可女人们的嘴就没个约束，有心的、无意的，早在他之前就已将童话幼儿园好的、不好的广而传之，来报名的孩子寥寥无几。陈勤一学期的收入五个手指头就能算得清，大伙都看在眼里，有时候，几个女人聚在一起，会下意识地朝陈勤家努努嘴，脸上的表情难以捉摸，她们既期待能跟陈勤不经意地碰个头，聊几句，做一番没有意义的解释，但同时，她们又害怕看到陈勤，害怕被问起孩子转学后的境况。于是，几乎都在心照不宣地等待着这个意外出现的童话幼儿园能寿终正寝、主动隐退。

陈勤、孩子们，还有孩子的父母们很艰难地熬过了一个学期后，算是仁至义尽地相互做了一个交代。童话幼儿园终于关门大吉，为陈勤树立一个失败者的形象打下了坚实的基础。

有好长一段时间，陈勤赋闲在家，偶尔也会出现在茶馆里，跟歪三要一碗茶，随意落座。歪三自然不会放过给大家取乐的机会，茶，双手奉上，话，张口就来。我的大学生呢，下一步打算做点啥？这茶馆不景气，你也给我想个退路。桌边的几个男人剜了歪三一眼，把茶杯掀开盖，用手背叩着桌子：歪三，加水了。声音是绷紧的，都是东一街的人，在外面可不得护犊子。歪三自讨没趣，撇了撇嘴，拎着茶壶准备离开，谁料陈勤倒一本正经答起话来：三叔，你这样的茶馆真是做不长了，你可以想想把这茶馆换个地，再改良一下，比如用屏风隔成单间，装设点图书，添点茶点，适应更多的人群嘛。话还没说完，歪三就愣住了，他本是想捉弄一下陈勤的，可没料到还有这一出，几代人传下来的茶馆，生意一直不错，被这陈勤一说，好像真的命不久矣。同桌的几个男人赶紧打圆场：陈勤，你可别给你三叔瞎操心，这周围的茶馆就算全部关门了，你三叔的茶馆也会长长久久、红红火火的。陈勤也不申辩，含着笑，抿了口茶。一副胸有成竹的样子，好像无意道破天机，既无人相信，就独享其中的奥秘吧。茶馆里的男人们重又回到之前的话题，再没有人肯跟陈勤搭话，歪三也不主动去续水，一个掌握不了自己命运的人，对自己还不能有个清醒的省识，自以为是地给别人建言献策，真是很难获取人谅解。

我和蛮二坐在茶馆的角落里，目睹着这一切，第一次觉得陈勤，其实是天真的，是孤独的，但同时，他也是自由的。对于刚刚领受到的嘲笑、冷落，他的情绪丝毫没受到影响。周围三五一桌，谈兴热烈，他也压根儿没有去讨好、融入的欲望。执一盏茶，安静、从容地享受着热闹之中的那份宁静，我深信，那一刻他的脑子里一定飞速闪现过许多不被人理解的小点子。

陈家父母一直如履薄冰，不敢奢望陈勤能步入正轨，生怕他再出什么乱子，惹人非议，他们像小城里无数普通的父母一样，对儿子万般无奈之际，便寄予希望于另一个女人，这像是一个最终结的、最有效的办法。街邻们对被委以重任的媒婆和暗自来打探的女方亲眷，主动回避，三缄其口，自觉唯有如此，在双方面前才能显示自己的公正、道德。就这样拖拖拉拉地过了大半年，陈家总算为陈勤找了个女人办了喜酒。

办酒那天，也丝毫没看出陈勤有什么不满。端着酒杯四处敬酒，言谈举止都还算得体。大伙忘了之前对这桩婚姻的消极态度，有些如释重负，一脸欣慰地跟陈家父母道贺：这男人呀要成了家才知道担事，有人管着，你二老也不用再操心了。

婚后的前几年，大约是陈勤最幸福的日子，至少在我眼里是如此。我和蛮二不一样，就像我们看武侠小说，蛮二永远关心的是秘籍最终被谁抢夺于手，而我更羡慕的是谁能放下秘籍退隐江湖，过正常人的生活。陈勤身上的光环褪得一干二净时，也许才是他离他真正想要的生活最近的时候。

在幸福而平静的生活里，陈勤和那个总是笑眯眯的年轻女人一起迎来了一儿一女。在东一街，他已经不再具有话题效应，对我们这帮半大小子，因为陈勤，父母们也彻底丧失了从学业上培养我们的野心，放任、宽容，同时也自我解嘲、自我安慰，龙子升天，鼠子打洞，自己干不了的事就不强加于子了。这样，我和蛮二几乎是野生野长，逃课、拖欠作业、涂改成绩册，一样儿不少地将自己的初中三年忽悠而过。蛮二天生爱幻想，加上父亲每一次醉酒后变本加厉的拳打脚踢，他无时无刻不在憧憬自己能出人头地，一塌糊涂的成绩也没能成为阻碍。在初中毕业典礼结束后，他不无神秘地跟我说，明早咱俩一起去“杀广”吧，车费我都凑好了。我愣住了，“杀广”是当时最新鲜最热度的词语，它涵盖了一切职业的可能，广州，仿佛遍地是机会，伸手是钞票。而这“杀”字，又充满着血性，仿佛志在必得，稳操胜券，并且还带着点破釜沉舟的味道来。它既是一场开掘，又是走到末路的最后博弈。总之，它不应该属于我，我拼命地摇头。我就知道你没胆，读再多的书也跟那陈勤一个样儿。蛮二一脸鄙夷。可你得替我保密，等我赚到大钱，就来接你出去，男人总要去见见世面的。说这话时，蛮二真像个大男人，他让我坚信，他是能衣锦还乡、荣归故里的。可是这样的幻想也只保留了一个晚上，我当然没有告密，但蛮二还是被车站里突然遇到的某位亲戚扭送着回来，一大早，毫无悬念地遭到他父亲一顿暴打。没过多久，他就进了他父亲所在的机械厂。

我呢，去念了一所中专，之后好多年都不愿提起那所学校。偏僻、冰冷，所学的专业极为冷门。每学期有一半的时间在实习工厂里度过，拿块生铁不断做文章，凿、锉、攻、钻，无所不用其极，直到最后把铁块做成一个榔头。而室友们一个比一个奇葩，围坐在一起，莫名其妙就能灌下一壶白干，随口一句话都能引起一场群架。我知道在他们眼里我更奇葩，整日痴迷武侠小说，却像叶公好龙，空有侠骨柔肠，却是独来独往，连架也不会打的主儿。背地里，他们是嫌弃、嘲笑我的。

那时候，常常觉得自己走错了地方，在偌大的学校里找不到存在感，唯一的消遣是跟一个同学坐在实习工厂后面的草地上，听他聊那些离奇的、难以被验证的故事。故事里的主人公永远是他自己，在他讲述里，他“杀广”过，休学过；他独自进过西藏，阅过很多风景，也看到过很多种人生；他有着最通情、民主的父母，还有着无数等待去实现并且肯定能实现的愿望。我是个最忠诚的听众，从不去质疑故事的真假，相反，我觉得越离奇，越能让我坚信我正处在一个不属于我的时空。除此以外，每个周一我还会收到蛮二寄来的信，像是在梦里翻了个身，有一刹那的清醒。他像个话痨，在信里事无巨细地唠叨个不停。除了东一街里的一些家长里短，他不断更新着自己的职场计划，两年后成为最优秀的机械工，五年内当个管理员，十年后，成为机械厂最大的管理者。我喜欢看他牛皮哄哄的样子，落在纸上，带着机油的味道充满着无形的力量。我相信他，好胜是一切拼搏的源头，他摆脱不了父亲对命运的安排，却也能设身处地去修正自己的未来。而我是茫然的，我有时候觉得梦想其实是用来安慰自己、安慰家人的。像是画饼充饥，借以来填充眼前的不堪所带来的虚空。

中专三年，竟然没留下多少回忆，室友们打了最后一场群架，两败俱伤，进了医院，连道别也没有。

回到东一街，最先想到的不是去见蛮二，而是去了趟童话幼儿园。牌子已经摘了下来，“童话”都掉地上了，仅有的那间教室空空如也，只剩下墙上几个调皮的小猫。我心里竟有种说不出的滋味，那个使出绝招的武林高手，竟然还是溃败，再想隐居江湖，怕是已身不由己，他还有什么招数可以东山再起、重振江湖呢？我一方面希望陈勤能过着安然、稳定的生活，另一方面我又充满好奇，想知道他还会使出什么招数，重拾英名。他身上没有蛮二的锋芒，在东一街怕是只有我还在期待他会有不可预计的未来。

后来见着蛮二，问起陈勤，他摇了摇头：明儿早上我带你去看看他吧。老实说，他这关子卖得真不够理想，无可奈何、羞于提起，早已溢于言表。

第二天清晨，在我们曾就读的中学门口，我见到了已彻底超出我想象的陈勤。蛮二指着街道旁的一个小铺说：包子下稀饭，这早餐如何？他以为他演得天衣无缝，能让我用张纸币从陈勤手里换来包子，继而好看到我震惊的表情。然而，那个给东一街曾带来无限荣耀的身影，那个压迫着我们整个童年的名字，早就跃进眼里、漫上心头。蒸笼里冒着热气，学校已放假，光顾的人很稀少，旁边竖着的一块“状元包子”的小牌便显得异常孤单和委屈。炉膛里的火不够明艳，包好的包子在纱布的掩护下，把案板占据得只剩下一个小角，陈勤只有那么块领地了，反复揉面，企图扮出忙碌的样子。蛮二推了我一把：走啊，去尝尝这“状元包子”。眼里分明带着挑衅。我瞪了他一眼，扭头就走。心里忽然很难受，状元、包子，这简直是自我糟践，这两个词语的搭配明显存在着巨大的落差，这让陈家父母情何以堪啊。蛮二追过来：这陈崽就你还信他，他脑子里就是包糨糊，早知他只是想卖包子，你说去读啥大学？我一愣：陈崽？对呀，现在还有人叫他陈神经的呢。蛮二一脸的不在乎。同情、鼓励、安慰，原来何其短暂，看不到转机时，大伙连自己也会怀疑。大丈夫能屈能伸，我没有替陈勤说这话的勇气，我几乎是在瞬间就换了立场：对，他脑子本来就有问题嘛，我敢说这包子铺也长不了，他还会干出更让人不可理喻的事。我这话一说出来，竟有莫名的快感，自己都愣住了，蛮二也忍不住哈哈大笑。那一刻，我才明白，我其实更乐意看陈勤把自己一次比一次往狠里折腾，一次比一次摔的跟斗更大，似乎只有如此，我才能原谅自己的平庸、无为。

蛮二其实也好不了多少，他虽然没说，但我听到父母在担忧我的就业时，常常会提起蛮二。机械厂已经面临改制、下岗，连曾经高贵傲慢的百货公司也难幸免于难，粮食局、航运公司这些曾象征着优越感的企业正掀起一波下岗大潮，整个小城无数个家庭陷入恐慌。这些蛮二在之前的信里只字不提，见面了也还是故作潇洒地跟我说：就你还傻读书，早工作早挣钱多好。整个假期他带着我胡吃海喝的，像是当年“杀广”成功，现已飞黄腾达。

那个假期一过，在父母的努力下，我还算幸运地进了一家企业，跟蛮二一样成了最普通的城镇青年。我们拿着菲薄的工资，干着不怎么漂亮的活，闲时聚在一起骂骂领导，骂骂好像一眼就望到底的生活，然后相互傻笑、沉默。

有时候从陈勤的包子铺经过，我总觉得他是故意把店开到中学门口的。他就是要让那些曾以他为傲的老师、让那些曾被迫以他为榜样的学生都来看看，他丢盔弃甲，落逃回乡，在生活面前，已手无寸铁，招架无力。他一定是经历了什么，只是我们如井底之蛙，不能嗅到外面世界的芬芳和危险，也就不能理解他的退却和无畏。

我们所处的时代正在揭开一块巨大的幕布，翻天覆地的变化从大城市里涌来，北京大学毕业生在菜场里卖猪肉的类似新闻在报端已屡见不鲜，下岗大潮已经危及各家各户的餐桌。东一街的人们好像被猛然一击，才发现生活里最可怕的不是一成不变，而是一夜巨变，它几乎不给你任何准备，所有的计划、努力都成了泡影，青春更是成为了最廉价的牺牲品。焦灼，徘徊，像雪地里的车轱辘，再怎么加大马力，也只会原地打转。大伙已经完全接受了陈勤的平凡，会不无怜悯地说：在北京啊，像个睁眼瞎，就算是个高材生，就算是在几年以前，要找碗饭吃谈何容易。包子铺才更接近于东一街的日常，陈勤和它的存在就像一剂良药，让人在心怀理想的同时，仍能安守眼前的苟且。

半年未领取分文工资后，蛮二所在的机械厂最终还是倒闭了，他成了一个无业青年，家里一贫如洗，入不敷出。因此，他父亲酗酒更加频繁，在醉得一塌糊涂时打他骂他也更有理由了。他从不避让，他知道他父亲憋屈，和他一样，所有的计划都落空了，一身的劲不知往哪里使。我去看他，带他去陈勤的包子铺，坐在仅有的一张小方桌边。我们和陈勤第一次离得那么近，隔着一个包子、一碗稀饭，他俯身时，我看到他头上已经有几处雪白，但眼里仍然闪烁着光芒。虽然再没有其他主顾，他也没选择坐下来和我们聊天，在他眼里，我们也许还是那帮没长大的小孩。初秋的早上，已经有些寒意了，稀饭的热气跑得很快，咬开的半个包子，紧了紧身子，没了刚刚出笼时的松软，想说的话，也是，到了嘴边，好像又给冻住了。街上的行人，似乎个个都绷着脸，散漫、无趣。我还是想出去看看，一起去不？蛮二的声音挂在碗边，稀饭糊了一嘴，我递了张纸巾给他，不住地摇头。在哪里都是活。我说这话时，陈勤似乎转头朝我笑了笑，那笑既是赞同，又带着点嘲笑，潜台词一眼就能望穿：小屁孩，够得上说这话？

我那时候看了古龙，看了金庸，以为自己会成为一个优秀的武侠小说家，以为自己能用笔去构建一个江湖，然而写作不易，熬了几十万字的文字垃圾后，我只是更羞于再提起理想。我的好朋友蛮二，他要的是真正的江湖，他急于被相依为命的父亲认可，没过多久，就离开了小城，也没有告知去向哪里，但我知道出去了他就不会轻易回来。

我们的东一街，一帮半大小子都已成人，曾经假设的未来仍然只停留在未来。外面的世界依旧离我们很遥远，这种遥远几代人都未能改变和靠近。清贫、安稳，难有长进的生活，极易让人安于现状。我仿佛只能从陈勤身上感受到时间的流动。

陈勤的包子铺只维持了两年，最多是两年，没有人记得具体的时间，它的出现和消亡都显得有点草率。被冠以“状元”的包子，有自抬身价的嫌疑，已超出了人们对最平常的食物该有的礼遇，加上陈勤自身高开低走，落魄的处境，反倒更显得多此一举，哗众取宠。关门，也好，寥寥无几的生意，再继续，只会让人更灰心。当然这只是作为旁观者而言，陈勤他本人却始终保持着不急不躁的模样，他的妻子也很体恤，对于丈夫看似堕落的人生能够表现出充分的理解，大伙从来没听到他们之间有过争吵。哪怕不是为生计，仅仅作为对妻子知心的一种回馈，陈勤似乎都没有理由在家安享天伦。于是，不久以后，他便很快在街头拉开阵势，兴冲冲地租房子、联系老师，开中小学生的周末兴趣班。广告词写得相当吸引人：培养孩子的兴趣特长，让孩子受益一生。那时已到了90年代，小城里大多数人家都还刚刚过了下岗这一劫，日子好不容易才理上头，哪有闲钱去供小孩发展兴趣，再说，学吹拉弹唱、琴棋书画也换不来饭碗呀，还不如请个家教，打好文化基础来得实在。他在街头，撑着把太阳伞，坐在广告牌后，极其自信地招呼着满腹怀疑、远远观望的路人。给孩子报个特长班吧，书法、美术、音乐、舞蹈，总有他喜欢的。路人本就只是观望，出于好奇，刚刚探出的触角被他的热情吓得立马收了回来，三步并一步地飞速离开。在东一街的男人们看来，陈勤已是病入膏肓的重症病人，无药可治。他们从怀疑到习惯、到漠视、到用陈勤创业能持续的时间打赌，在茶馆换几碗粗茶，浅薄而无知地打发几日的无聊，他们连最后的怜悯也不想施舍了。

那一年的夏天，我们的小城，我们的东一街，以及我们日渐衰老的父母，都在经历着各种巨变。小城沿河的两岸突然被告知将全部拆迁，河岸边的住户们对于即将到来的各种不确定充满了惶恐，一溜儿的吊脚楼茶馆本就老态龙钟，在面对之后全新的、统一的滨江街道规划设计里，知道也无立足之地，露出无辜、绝望的表情来。歪三也才明白传统茶馆正成为历史，被取而代之的是装修典雅的高级茶楼，除了大额资金投入的风险，主顾之间也难有互动的交流，少了生趣，他已再无卷土重来之意。面临丢失祖业的歪三一脸愁苦，白日里会情不自禁地到东一街里找老主顾们解闷，那些个不再年轻的男人正蜷在午后的阳光里，叹息着自己错过了拆迁致富的好机会，对于歪三即将不复存在的、难以为继的茶馆，他们也始料未及、束手无策，早就忘了陈勤先前的建议。可事实上，必须承认陈勤更早地、更敏感地察觉到这个时代的变化和机会的到来，他一直试图在小城里有番作为，开创自己的事业。然而对于一切新事物，我们大多数人如同歪三，只有在自身参与、经历之后才知道抱守眼前的安稳或许就是停滞、是落后。陈勤的兴趣班比起小城改造、移民搬迁来丝毫不具备吸引力，门庭冷落、无人问津，他租下的临街的一整层二楼、偌大的别具匠心的广告牌，显得异常地愚蠢可笑，他老婆每日会按时来打扫，常惹得邻居们起恻隐之心，小心翼翼地劝慰：你可不能像你男人那样钻牛角尖，这班要是办不下去了，就别死撑。女人只是歉意地笑了笑，略带苦涩，继续埋头干活。

房租、装修、设施、老师工资，把陈勤几年的积蓄全拖成了泡影，虽心有不甘，最后却也只能草草收场。一屋子的东西作贱卖处理，那些课桌、画板、钢琴被他女人侍候得油光水滑，却也没能卖出个好价钱。房东从拆下的牌子上走过，跺着脚，一脸怒气，喋喋不休地抱怨着自己的好房子，被陈勤这倒霉蛋破了风水、沾了晦气，恐日后再难出租了。

陈勤创业再次失败，意料之中地、坚定顽强地保持了一个落魄者该有的形象。面孔黑瘦、身板矮小，衣着有着明显的时间停滞感。唯独那双眼睛，一直透亮、有神。偶尔有人闲得发慌与之聊起过往，他虽然明知对方不怀好意，存心嘲笑奚落，却也不谙世事般，坦然相对。

现在想起来，他当时办兴趣班的举动无疑是种牺牲，超前的意识，在还未开辟的市场面前，对大众进行了一次启蒙。等大家缓过神来，重视起孩子的素质教育时，小城里的兴趣班已如雨后春笋，生机蓬勃，家长和孩子们趋之若鹜，再无陈勤的立足之地了。

想想，陈勤真是不够走运，不知道他在梦里是否还能品咂出北京的味道，又是否会在督促孩子学习时去帮他树立一个跟北京相关的坐标。他的家庭生活从表面上看去，已跟东一街其他家庭毫无区别，他的孩子上了小学，也暂时没有显露出超凡的学习能力，和我们的童年一样，在每个期末只能从老师手里领一份毫无惊喜的成绩单。

茶馆的拆迁已进入倒计时，东一街的男人们异常珍惜这最后抱团的、庸常的时光。不甘失败的陈勤又一次成为大家的焦点。嘿，听说了吗？陈勤那小子要搞什么家政呢！有人这么一说，大伙暂时忘却了去盘算房屋搬迁的利弊来，迅速地统一了审视、评判的立场。嘁，就陈崽，家政服务？还公司？自己温饱都成问题，就要教人要阔摆谱，雇人做事？嗬，他要真有头脑，早年就应该留在北京，风风光光地过日子。说的人一点也不用掩饰内心的不屑，接连的附和、嘲笑越是夸张，似乎也才越能给自己举家搬迁、前途未卜以安慰。

的确，陈勤成立的家政服务公司一开始就令人怀疑，因为自身经济基础薄弱，要号召主妇们解放双手，他的个人形象没有一丁点说服力。这就意味着他只能又一次像个笑话在茶馆里供人消遣。

我依旧坐在茶馆的角落，对面没有蛮二，也没有关于蛮二的信息，桌上没有酒，也没有撒了糖的花生米，只一杯清茶。时间过得很慢，慢到让我很难坚持把它饮完。四周那些个老男人，无聊的话题说了几十年，毫无新意，就是小城日新月异的变化、就是一再死灰复燃的陈勤也难以拯救沉闷的时光。

家政服务，跟旧城改造、移民搬迁一样，是个新词。陈勤像台永动机，浑身洋溢着激情。他在街头发传单，一路哈着腰，不厌其烦地跟人讲着家政涉猎的服务项目和给生活带来的各种便利。打扫屋子、洗衣服、做饭，凡是你需要的，我们都能提供服务。请了家政你才会发现生活越来越轻松、越来越美好呢，要不，先签一个月最基础的项目试试。他一脸的真诚，以为这说辞已然能打动人了，可事实上，对方只瞄了一眼传单，接也没接，似笑非笑地匆匆而过。他隐隐有些失望，但只是一刹那，又打起精神重新寻找对象，开始跟人解说家政的各种好处来。

有人好奇，也没见陈勤招兵买马呀，哪来的人去上门服务呢？于是，打着了解、咨询、关心的旗号，东一街的女人们相约着来到陈勤的家政服务公司。说是公司，有点牵强，其实就是租的一套两居室，除了桌椅、清扫工具，就只有七八个身着印有“勤净家政”灰色工装的女人。“勤净家政”们两手抱胸，面带微笑，看上去有点面熟，细细琢磨，为首的不就是陈勤家女人，后面那几位可不全是陈勤家的三姑六婆吗？这就改头换面，成了家政？女人们面面相觑，私下里嘀咕：谁不知道这其中有几个只会享福的婆娘，扫屋不扫角、洗碗不洗锅，哪是会侍候人的主儿哦。没等陈勤女人过来招呼，大家就一哄而散。

女人们的嘴多快，各种质疑、嘲笑几乎是在无意的说笑间就已四下传开，比起陈勤发传单的效率可高出了很多。一些在家能拿主意、会善待自己的女人原本已打算请家政了，听到传言后，却已不肯再贸然行动。

陈勤的家政服务公司坐吃山空，很快倒闭，他的那些三姑六婆还未正式上岗就遭遇失业，各自领回一套清洁工具已算作一段还未开启的职业生涯的纪念。她们时常会觉得遗憾，跟人聊天时，总喜欢把“外面的家政”挂在嘴上。据说，公司开业之前，陈勤可是带她们外出参观培训过，她们是见过世面的人，这打扫屋子的讲究真要细说起来，一天可都说不完。可惜这小城里最早学家政的人，却一天也没有干过家政。

接二连三的失败，陈勤元气大减，偶尔出现在街头，厚密的头发支棱着，那双眼睛也有些灰暗，东一街的男人们几乎没有跟他交好的，茶馆没了，再聚集着拿他取笑也难了。碰上面，男人们会心照不宣地相视一笑，彼此心领神会：这陈崽该老练了吧，几十大岁了，再折腾，还像话吗？陈勤当然不会发现，他们明明隔着一条马路、明明埋在各自的茶杯里，脸上却露出同样莫名其妙的笑容来。他更不会知道，他早成了他们生活里的一剂调味品，用来博取在家撑门立户的妻子几分谅解和慰藉，用来换得游手好闲后的几分心安。对，他们不成事，但起码也从不像他陈勤一样败事呀。

女人们呢，总会心软一些，尤其看到陈勤家的妻儿，莫名地就觉得伤感，就觉得心疼，就忍不住会去咒骂陈勤，然后又着急地去祈祷他能打个翻身仗来。她们的心其实跟之前并无两样，她们从前对陈勤的幼儿园、家政服务公司的评判是真诚的，现在，她们希望陈勤能获得成功，也一样是真诚的。陈勤不会觉察出大伙对他的关心，他时常徘徊在河岸，对着那新起的楼房，兴奋得像个孩子般嘀咕个不停。没人会去靠近他，隔着老远，相当默契地扔下一句“神经病”。他的确病得不轻，在河岸边，他时常会突然出现在别人的身后，莫名地笑意升起，意味深长地靠近人的耳旁：这旧城改造才刚刚开始，你可以去试试卖建材。对方吓得捂住胸口，差点没站住脚，回头一看，忍不住破口大骂：你个陈神经，想发财想疯了，你爱干吗干吗去，别吓唬人。他摇摇头，笑而不语，像什么事也没发生过一样，继续大踏步地往前走去。他从未出现在我身后过，他那些主动与人分享的创业点子像张不吉的符咒，被人们厌恶地拒绝、怒骂。我眼睁睁地看着在这个大家习惯了、顺从了的貌似只需去延续的生活里，他完成了一次次冒险，无论成败，我其实都心生敬仰。我敢打赌，在小城，我绝对是他仅有的、唯一的可能会成为朋友的人。然而我们在不同场合有过无数次碰面，也有无数次机会坐下来郑重地认识、交谈，却又无数次擦肩而过、相对无言。我想他压根儿就不记得我的名字，不记得我是哪家的孩子，他就像活在一个透明的橱窗里，供众人关注、打量，然而自己却限于方寸，从未亲近于人，也难让人亲近。

仅仅只过了两年，所有的事情似乎都完成了一个过渡，小城两岸已呈现出城市的风貌，有了广场、公园、茶楼、影院，人们对物质生活的要求已水涨船高。之前让人觉得不可思议的家政服务在小城越来越受欢迎。我有时候仔细琢磨，就觉得这些年，跟陈勤做任何一样事情，只需晚一步，迟两年，就一定能成功。从办幼儿园到兴趣班再到家政服务，每一步，他都看得很准，哪怕是包子铺，他都力求与众不同，树立品牌，扩大效应。只是大家的认知、接纳比他略晚了些，他才一次次与成功擦肩而过。我相信他每一次创业都绝不只为了解决温饱，他定是作过精心的策划，像一场征途、一次战役，只是每一次，他都走得太急、太早，他陷于自己的世界，急于去证明自己，没有耐心，也没有足够的经济实力去支撑着他再等一等大众迟疑的步伐。他是真正的理想主义者，每一次失败，他都来不及去灰心丧气，而是继续斗志昂扬地去辗转开拓还未被人发现的蛮荒之地。他就像个斗士，只知道攻，不会去守，也因此注定了与成功无缘。

在一个深夜，蛮二在电话里，带着异乡不眠之夜的瑟冷，跟我说，跑了很多个城市，发现把最初从小城里带出去的梦想给弄丢了，他忽然不知道他四处奔波是为了啥，他一直又在争取个啥？他的声音低沉、忧郁，像是入冬后突如其来的一场霜降，我紧了紧被子，仿佛看到了一个冰冷的、狭小的满是霉渍和水迹的天花板，不断地、缓慢地在往下沉。我一样觉得无力，侧过身，对着手机说：记得不，你走的时候，陈勤的家政服务公司才刚开业，忙活了一阵还未开张就关门了。可现在，小城里连普通的工薪阶层都习惯了用家政，干家政的都赚得盆满钵满，你说，谁知道这些年陈勤他在忙些啥？又得到了啥？我以问作答，算是对症下药吧，果然，蛮二如大病初愈、雪后放晴，在那一头忍不住哈哈大笑起来：陈勤呀，他就只有这个命，折腾了这么多年，也没见有所长进。现在呢，他现在如何？蛮二的声音突然略显亢奋、急促，虽然未必就希望人不如己，但在现实中四处碰壁时，励志的故事真不如倒霉蛋让人觉得安慰。我也忍不住笑出声来：他是陈勤呢，谁晓得他又在打算要做点啥。这个话题真是不错，对于丢了梦想的蛮二来说如同送上了一件抵挡寒冷的冬衣。电话挂断后，我久久不能入眠，我难以想象蛮二在异乡的境况，我不会劝他回来，我想他最好能如他所愿，衣锦还乡，然后带着我在小城里继续胡吃海喝，乐成没心没肺的傻样。

有时候在街头遇见蛮二他爸，特别想陪他坐坐，陪他聊聊天。我想蛮二在外面苦撑，一大半原因就在于他爸，望子成龙，他无颜相对。好多次，看到他一身酒气，双眼充血，满嘴碎语，我都欲言又止，我不知道真要聊起来，他是不是会怒发冲冠，会痛心疾首，会将蛮二连我骂得狗血淋头。我没有勇气，害怕被一个同样庸碌的人当街戳穿自己的庸碌。

我的父母也不会了解，他们安贫乐道，从不会对生活有过分的要求，对我能获得一份相对稳定的工作常常心怀感恩。所以，没人会理解我，就是蛮二，也绝不会知道，纸上的江湖，竟是我渴望去亲手搭建的理想。

我曾动过念头把陈勤写下来，写成一个痴迷武功的奇人异士，离群索居，四处寻访高人，自创武术门派。我把整个过程想得跌宕起伏、历经险阻，甚至为了好看，也不忘再搭上两个红颜知己，然而，一切仿佛就绪，我却始终想不到故事的结局，挖空心思都不能免俗，让他走火入魔，自取灭亡？还是九九归一，修成正果？难以下笔，他就像一个谜，不到最后，终是不知道他的成败，或者，他其实早就难以颠覆现状、扭转乾坤，只是我不愿承认而已。

在东一街，我和所有小城镇的青年一样，一边干着乏味的工作，一边又想着某日睁开眼能发生点什么不同寻常的事情。在十平方米的办公室里，我已经习惯于每周填两张报表、每月出一期简报的工作，习惯于跟着几个孃孃热热闹闹地围坐在取暖器边，把泡粑、红薯烤得焦香。一边吃，一边聊着小城里刚刚发生、流传的各种趣闻。孃孃们最会打发时光，聊起天来绘声绘色，其间还插科打诨，相互调侃，笑声回荡在狭窄、阴暗的走廊里，像是一下子就穿越了漫长的时光。隔壁的老田，偶尔会一脸严肃地、郑重地提醒我：小子，你还年轻，多干点正经事，少和那帮妇人搅和。他有他自己在单位里的一套生存法则，单位的微信群里随时可以了解他的动态，他不断地刷着存在感，正能量爆棚，永远在喝鸡汤、打鸡血。他意欲让所有同事都明白，他为单位立下过各种功劳。他每一次以过来人的身份提醒我，都会让我觉得羞愧。然而每月的例会上，我们的领导永远都是一副恨铁不成钢的样子，他不满意每一个数据指标，眼睛盯着手机上的游戏，嘴里不断吐出难听的、更难听的话语。老田的名字也时常会被领导从嘴里厌恶地吐出来，眼也不抬的，紧接着各种粗暴的词汇，再紧接着不够诚恳的安抚和鼓励。这是领导惯用的伎俩，在我和孃孃们看来，拙劣得很，甚至从领导暗沉的面色、黑眼圈，也可料定，他才下牌桌，手气欠佳。而老田坐在角落里却如受惊的小兔，惶恐不安。

这些，很难在电话里跟蛮二说起，他从前在机械厂也曾想过建功立业，升职加薪，为父亲扬眉吐气。以其短暂的职业生涯，他未必能够理解我和孃孃们得过且过、顺其自然的心理，我丝毫不觉得我们的领导或是老田比起孃孃们来更高尚，为单位做的贡献更多。

有时候看到老田一边被骂得狗血淋头，一边又深夜加班，在朋友圈里发各种励志的话语时，我就会怀疑人生，人到中年，被过分扭曲的理想捆绑，被动地活在别人的认同感里，想想，也令人绝望。于是，我就会很羡慕陈勤，即使永远是一副失败者的形象，却活得自由、洒脱，活得无所畏惧。

小说终究没写成，陈勤还有无数武林秘籍等待他去破译，他最终会创建怎样一种绝世武功，难以去预测，武侠小说中真正让人欲舍难离的不是武林霸主的争夺、不是江湖侠客的豪情壮志，而是我只欲做我自己，我只专注于我所钟爱的武功。

在时光面前，大家其实一样束手无策，貌似都在努力地活着，但深夜里，酒桌边的欲言又止、路灯下的独自彷徨、黑暗中双眼里驱散不开的自我怀疑，却让这个世界难得有片刻的真正安宁。

我的父母毫无创意，开始不断在周末安排着我去见不同的姑娘，结婚、生子，在看似稳定的生活里，可谓锦上添花。姑娘中，也有入眼的，娴静、甜美，足以让人转移对现实种种的不满，我几乎可以预测我未来的生活，除去在单位里看领导和老田们的表演，我会有自己的家庭和孩子，会更安然于眼前的生活，会陪着父母老去，然后再自己老去。

生活就像一个巨大的空洞，你不断想去填充，然而毫无意义，短暂的满足后，它依然培植不出任何让人觉得幸福、长久的东西。

我便越发想念蛮二，想念那些个坐在茶馆里借着陈勤来小酌对饮的日子，我等待着他去实现他所许下的所有心愿，等待他有一天坐在我对面，牛皮哄哄地讲述自己的奋斗史、成功史。人近中年，其实更需要听到人活得像样的消息。

蛮二却长久地躲在电话的那一端，小心翼翼地封锁命运的各种可能。蛮二他爸未必比我更了解，除了偶尔收到一笔汇款，压根儿不清楚蛮二的动向。他在喝酒的时候，已老态尽显，拿酒壶的手有点发抖，抿一口，眯着眼睛，长叹一口气，若是有人提起蛮二，他就摇摇头，吧咂两下嘴：这酒怎么越来越淡了，没味啊。我便暗自替他幻想，在春节时，蛮二会突然出现，会拿一壶好酒斟上，俩爷儿们面对着面，说说心里话。有些心结总是要打开的，纵然是在它可能都已经松弛、断裂以后，总还是需要某个仪式，去彻底打扫、扔弃。

那年春节，蛮二果然回来了，满两碗酒，一碗浇在燃烧的纸钱上，一碗直接往嘴里倒，酒液混着泪水在身体内外肆意奔跑，他满目怆然，悲痛欲绝。因为再没机会让父亲喝他带回来的好酒，没机会被醉酒的父亲拿着棍棒追着打了，更没机会看到父亲终于释然、与生活相互谅解的样子。蛮二赶到时，父亲已经落气，只能从遗像里透露出他想要告知蛮二的一切，他的眉眼出奇地慈祥、柔和，在黑色的像框衬托下，微微翘起的嘴角带着隐隐的嘲意，第一次极为清醒地表现出已看穿生活的智慧。遗像显然是不久前才刻意去照的，身着的衣服是早年在机械厂的工作服，上衣左边的口袋上还印着工号，他对曾承载过他和蛮二理想的机械厂有着深厚而复杂的感情，他极欲让蛮二明白，他都接受了，无论是消亡的机械厂还是出走多年的蛮二，给予他的远比他失去的要多。他的面目变得温善、疏朗，能让他最终获得安慰的也许仍是那壶越喝越淡的老酒。

我站在蛮二身边，安慰的话一句也说不出口。整条街的人都在帮着办酒席，理后事，人们忙里偷闲，总是在不经意时叹口气，相互补充、彼此认同地把蛮二父亲的生平又历数一回。能记得的都是他和酒之间的一些趣事，醉倒在阴沟里，欠过一条街所有酒摊的酒钱，一生交的朋友只有两类：贪酒的和酿酒的。很多事情一经旁人的转述，对场景、对话、表情的模拟就会变得更为生动、活泼。不管乐手和至亲们再怎么努力，悲伤的气氛都很难形成和维持。蛮二穿着白色的孝衣，守在灵堂前，面容憔悴，紧闭双唇，他任由街邻们去铺排，只有在大伙征询，需要选择、决定时，才做交涉。夜里，四周终于安静下来，四目相对，我才又看到我熟悉的蛮二。没找到钱时，不敢回来，找到钱了，又没时间回来。他侧身朝着香火上的遗像，有些哽咽，眼角分明有泪珠在挣扎。

屋外守夜的多是旧时的玩伴，一帮已长大、变老的孩子，我们的父辈都已年老体衰，早早回去休息，对于同龄人的离世，恐惧更大于忧伤。而我们，从前惧于父母，惧于难以去抵达的美好，现在，更惧于时间，惧于在人世彼此相伴寸寸紧缩的光阴。我把蛮二满上的酒一口喝掉，辣得钻心，呛得直想掉泪。

天一破晓，葬礼的主管就吆喝着准备送葬了，送葬的队伍拉得很长，走得很慢，东一街里从前的大人们都倚在门口送行，从前的小孩变成了大人的模样，按着他们从小就看会的流程有条不紊地进行着葬礼。蛮二捧着父亲的像框走在前面，几个大汉扛着丧架走在中间，一路上放着黄烟、哀乐，所有人都极负责任地沉浸在悲痛中，头一晚还在相互聊起、挖掘的有关逝者的趣事仍在心头萦回，一抹笑意刚刚浮起，又被努力地收了回去。

我领着孩子走在队伍里，看见陈勤也在其中，他比我们年长十多岁，身子有些佝偻，面容更加黑瘦，普通得不能再普通。旁边的人递了一卷草烟给他，他有些惊讶，小心地掏出纸，熟练地将草烟裹起来，用打火机点燃，狠狠地吸了一口。近来在发什么洋财？旁人随意搭个话，陈勤的脸在烟雾里显得异常疲惫，有些羞涩、谦恭的样子：见笑了，这些年钱没找着，倒赔了不少，现在孩子大了，处处要花钱，不敢再冒险了。陈勤的声音像根引火绳，刹那间队伍前列的鞭炮声如响雷轰炸，旁人心生尴尬、无言以对，重又合情合理地调动起悲伤的情绪。黄烟适时地隐去了我们彼此的表情，哀乐里前行的步子纷杂无序，有孩童一路点燃拆散的小鞭炮，像从前的我们一样，好奇，又自以为是，默然地去学习、记录下整个葬礼的过程。他们的眼里我们是群无趣又麻木的大人，根本没发现从我们心里正逐渐远去的那个少年。

烈火燃烧的尽头

瞧见没，张家老三竟挎个菜篮去买菜。田嫂对着嘎婆一脸的不可思议。这人三节草，不知哪节好啊。嘎婆撇了撇嘴，压着嗓门，把一盆洗脸水泼得一声惨叫，带着泥尘落荒而逃。

田嫂，什么年月了，老三能搬回来就谢天谢地，难不成还像他妈那个地主婆一样找几个使唤丫头？对门李光头的女人翠枝素来与田嫂不合，即便无关彼此，话头上也从来不肯示弱。田嫂嘴笨，竟半句话也没吐出来。斜眉瞪眼，闷着口气，跟着收拾妥当的嘎婆往菜场走。

在菜场，张老三当然已经是瞩目的了，首先是作为男性唯一代表打破了东一街家务分配的传统；其次，因为久别归来，浑身带着时光的、异乡的味道，还没来得及开采、咀嚼，举止间、眉眼里恍似罩着谜一样的雾气。有几个调皮的小孩反复跟母亲询问，眼前这个梳着大背头、穿着绫绸的男子果真就是传说中地主婆的儿子？他真的搬进了街头那长五间的统子楼（四合院）？女人们极力克制自己，字斟句酌，生怕秘密被吹散般，小心地附在孩子的耳旁：现在没有地主了，他们一家早前也受了不少苦，政府现在把统子楼退还给他们了。大人们的神色略有些紧张，生怕被看成背后议论的小人，语气有着刻意的包容和谅解。小孩们似懂非懂，他们其实只对那一直紧锁的、现在突然被打开的统子楼好奇。然而，这个清晨是亲近、可爱的，好像一不留神，就溜进了大人们的地界。

张家传闻听了一桩又一桩，以为都了如指掌了，可看到张老三时，大伙也还是有些糊涂。近四十岁的样子，中等个儿，清瘦、干净，看上去少言、谦恭，倒是还能赢得几分信任和怜悯，可油光的大背头、绫绸的衣裤就有些不太像话了，油腻、张扬，仿佛那可疑的阶级成分在作祟，刚刚建立起的微弱的好感岌岌可危。然而，那手上的菜篮又挽救了他一回，居家的、闲散的，带着温和、圆润、自足的气息，消减了所有传闻中带来的压迫和神秘。

田嫂下意识地往张老三跟前凑，先前在翠枝那里吞下的闷气是需得有个化解，她乐意做出比翠枝更圆熟、更世故的样子，来说服自己，来证明给嘎婆看。对于翠枝她只是不屑，若真的是要操练嘴皮子，她可一点也不会弱。她扬着声音，熟络而夸张地招呼着：老三啊，还记得你隔壁的田家老二不？就我家那口子，跟你还同岁呢。田嫂眼巴巴地看着老三，渴望拿到特权，优先找到一个缺口，进入他富有传奇的上半生。他微笑、点头，不咸不淡地应付着：记得的，都记得的，这条街都刻在脑子里呢。言罢，躬了躬身，拎着菜篮抽身而退。迎着田嫂热腾腾的期待，语气里的客气、生分，无不在强调着时间里人与人远不如人与物之间的关系牢靠。这样的回答让田嫂有些失望，暗自觉得冒失，杵在那里，不知所措。好在嘎婆拿着把小菜正跟人讨价还价，好在多事、好胜的翠枝还在路上，纵有饶舌的本领，也力所不及。

过了十一点，菜场基本冷寂，热闹都转进了各家各户的灶房里，长了绿锈的故事在餐桌上被扒拉出新鲜的颜色。男人们心里惦记着去茶馆里“打大贰”，懒得接话，午餐草草收尾，却也丝毫没有打击到女人讲述的热情。带着对张家的各种疑问、猜测，生机勃勃地、欢快地，聚集到嘎婆的豆腐坊里。这些年，张家都去了哪里？张老妖婆还在世吗？张家其余的子女咋没回来？张老三应该是成家了吧？七嘴八舌的，问题一个接着一个，可大伙儿都一头雾水，没有头绪。嘎婆专注地守着一锅刚煮开的豆浆，生怕一张嘴，那逐渐抱团成形的豆腐就会羞涩地离散开来。听说，老婆子前几年就走了，老大、老二流落四川，有自个儿的生计，再回来，拖家带口，有心无力。翠枝后到，边说边挨着田嫂坐下来，脸上仍是惯有的一副精明样子。大伙儿如释重负，似乎解决掉了一个大麻烦。这么说来，张老三还是单身？田嫂揪着话尾巴不放。哟，你怕不是还想给人做个媒哦，听说人家老三可是带着刚过门的媳妇回来的。翠枝拍了拍裤腿，眼睛都没往田嫂这头看。田嫂涨红了脸，觉得刚刚的问话愚蠢得很，都忘了自己是个寡妇。这人享了多少福就得受多少罪，老天爷待人是平等的。嘎婆见锅里的豆腐成形，忙里偷闲地参与进来。

比起女人们，小孩的好奇心更具备行动力。一大帮孩子不约而同地聚到统子楼边，对着那打开的半扇门浮想联翩。那石狮子、雕花窗、转角木楼梯，被拂去尘埃，似乎又重新找回了旧时门庭的高贵和尊严。所有听来的信息成为共享，他们几乎能勾勒出统子楼里的结构和陈设。堂屋、灶房、放杂物的房间、卧室、天井、鱼塘，这些听起来也算寻常，可镀金的香炉、红木的雕花床、碧绿的玉观音，还有埋在地底下的十八坛银元和珠宝，就不能不让人亢奋了。十八坛啊，嘎婆说一坛就够一家人快活一辈子了。田嫂家的豆子年纪稍大，理所当然地充当着解说员。那一坛银元珠宝能买多少块油糕，能买多少个麻圆啊？翠枝家的小胖咽着口水，扳着指头。嗨，想啥呢，有点出息吧，说不定都能买下飞机、大炮呢。孩子们起哄、嘲笑，毫不掩饰对那些听来的、兴许压根儿就不存在的银元珠宝的妄想。嘎婆说了，那些宝贝都不能算是张家的，那就是咱这条街儿代人贡献出的血汗钱。豆子极力想让他们的讨论不脱离现实，并且突出对这些宝贝不是觊觎，他们是可以很磊落地想象这些宝贝可能给生活带来的翻天覆地的变化的。俨然就是半个主人的样子，说起话来底气十足。然而，大门内一切都讳莫如深，天然的对权力、财富的敬畏，让他们根本不敢踏入半步。那个大背头的中年男子大约就在堂屋靠墙的一把椅子上，竖着耳朵，有些警惕，毫不留情地将打开的半扇门掩上，眼里甚至都没有一丝歉意。孩子们怅然若失，莫名建立起来的自信迅速坍塌，草率地将兴趣转移，回到平素的游戏当中。

大伙儿都密切地关注着这个外来者，他在东一街缺失的数十年光阴为大伙儿提供了想象的沃土，他成了一个崭新的、可持续开采的话题，他甚至让东一街的女人们又一次紧密团结，不断散发出集体智慧的光芒。有人提议，跟张老三说说，大伙约着一起去他家串串门，都老邻居了，去看看，于情于理都不应被拒绝吧。谁都按捺不住好奇的本能，这不入张家，焉知传说的真假。这个提议被迅速响应，可得去看看，嫁到东一街都十多年了，嘎婆说的那雕花床、玉观音、金香炉早想去见识见识了。嘎婆皱着脸，嘟囔着：还见识啥哦，估计都没了，早没了，东西再好，他家后辈也没福消受。

到了傍晚，几个女人坐到门口，假装扯几句闲聊，四下张望着，守株待兔。翠枝是大家首推的外交人选，她也没有推辞，暗自打好腹稿：老三啊，这新媳妇住得习惯吗？远亲不如近邻的，咱这些做嫂子的早该去看看她，可别让你给欺负了。这话不见外，也还显大方，翠枝心上是满意的，可如是张老三还装糊涂呢？那干脆就直接跟在他背后走得了。一想到张老三惊慌失措又无奈的样子，翠枝都忍不住笑出声来。

嘎婆拍了拍她的腿：你这死女人，笑啥，说来听听。

我呀，在想那老三不是不爱搭理人吗，我们就要赖皮，直接跟着去统子楼，看他能拿我们哪个办，哈哈。翠枝笑得眼泪都出来了，旁边的几个女人也哄然大笑。那新媳妇怕见人，从来没露过面，被我们这一闹人家怕是都想回娘家喽。

嘎婆在翠枝的腰上扭了一把：就你没正经，要不得的，几十大岁了，凑什么热闹，他要是不邀请呀，就算了，这不往来就不往来嘛。

嘎婆，一条街住了几代人，怎么想着都亲，这老三啊，土改就出去的，现在都80年代了，他一个小毛头都变成了个半老头子，这条街呀我猜除了嘎婆你，他谁都不记得了。田嫂半搂着嘎婆，像对着撒娇的女儿，眼里充满着疼爱。她跟嘎婆最亲了，她心疼嘎婆一辈子无儿无女，丈夫早年在给张家干活时猝死。她对嘎婆既像母亲又像女儿，她知道即便嘎婆不想承认，但张家却是她心里绕不过去的一个结。

刚刚还像窝叫雀一样的女人们忽地变得安静下来，夜已悄然临至，初秋的清爽，淡雅的月光，映衬得这世上好像净无尘埃。记忆里黑漆漆的统子楼跟整条东一街第一次完全地融入、契合，不再是孤立的空、寂、冷，那透过窗户将左邻右舍串接起来的灯光柔和、恬静，令这条小街多年留下的残缺终于得到了修补。女人们内心起了微妙的变化，翠枝率先丢掉那些琐碎的话头：哎，其实老三家里真是有好多事要等着操办呢，就算屋里收拾好了，那天井坝、鱼塘可不得要费些人力，再说，十多年了，屋顶上的瓦也该捡捡了吧。是呀，说不定楼板、家具都蛀虫了。就当是重新建个家，床上的、厨房的，穿的、用的，哪样能省下，这刚回来，他怕是买东西都找不到地方喽。几个女人，自己也觉得奇怪，一开口，竟像是在盘算家里的事一样，一桩接一桩，当家主妇们的精明细致全显露了出来。所有潜在的问题都逐一找到了解决方案，联系瓦匠，安排人手，赶集采购，各挑所长、明确分工。夜色温柔地将这条古老的小街拥在怀里，孩子们早已进入梦乡，河岸边的茶馆接连着封火、熄灯、关门，兜着一肚子茶水、说了一晚上大话的男人们陆续归来。统子楼不知啥时又成了黑色的缺口，重新又回到戒备、孤立当中。张老三根本没出大门，女人们也忘了先前的计划，带着各自的任务，还有刚回来的男人，打着呵欠，回家，关门，把整条街丢给黑夜。

白天仍然是匆忙的，从大清早开始，大事小务，女人们就没有停歇过。头一晚各自领取的任务，去菜场的路上都琢磨了个仔细，想逢着张老三念念，然而左顾右盼，遍寻不见。几个卖菜的太婆看在眼里，互换眼色，低声窃笑：都在想看看那个张家少爷吧，他一个大男人，还知道害臊了，现都是中午来买菜喽。嘿嘿，昨天还有人见他去买毛线、买花布呢，那没出息的样儿，他家老汉要还在，怕不得活活给气死。让人不齿的行径说起来真是让人兴奋，太婆们的脸笑得都皱成一团了。女人们听了忍不住抿嘴一笑，好像说的是自个家的兄弟，又或是一个性别模糊的闺友。总之，这个张老三让女人们觉得亲近起来，东一街从祖辈延续下来的夫妻生活模式，男人就是供奉在茶馆里、牌桌上，女人既主外又主内，天生的劳碌命。而张老三他为女人们贡献出了另一种生活的可能，原来男人也可以柴米油盐酱醋茶，也可以洗手做羹汤，也可以熟悉各类时蔬、肉禽的搭配，也可以对生活、对伴侣满怀柔情，对饭桌上的一碗一碟都倾尽心意。非但如此，他还极力自觉地、小心地维护这条小街原本的平衡，最大限度地淡化自己的存在，对东一街的男人们他甚至会暗生歉意，偶尔提着菜篮从茶馆前经过，像做了件亏心事，仓皇、无措，他真是既可笑，又可怜，更可敬。

田嫂托人给席家坡的瓦匠带了个话，趁着放晴，把统子楼的瓦给捡捡。翠枝也跟娘家兄弟吆喝了声，借个闲日子，来帮张老三收拾一下天井和鱼塘。其他的几个女人凑着热闹表态：那买东西的事就交给我们了，哈哈哈，咱几个保准不会把那张老三给卖了，而且，绝对做到货比三家，价廉物美。

瓦匠来时，是个大清早，田嫂领着到统子楼，方才觉得有些冒失，敲门，把心也敲得七上八下的。她最不会来词了，想着当着瓦匠跟张老三解释捡瓦这件事的缘由，就有些慌乱，她又突然想到自己是个寡妇，这么热心，这么不请自来，在大伙儿都未见过女主人的前提下，她的动机多么让人怀疑。起码，在瓦匠面前，张老三可能表现出来的茫然，甚至惊讶、拒绝，都会让她陷入是非。可是，都没有退路了，大门，有些迟疑，但还是吱呀呀地打开了。张老三惊奇地看着他俩。瓦匠有着匠人的敏感和心机，跟张老三点点头，不无爱惜地抚着房门说：三十年前呀，祖上就请我来给这房子捡过瓦，这房子用料讲究，空了这么些年，也还一点没有斜，没有沉。田嫂有些感激，这样的开场白带着清晨露珠般的湿润，令场面不至于太尴尬。她也赶紧补充：大伙儿觉得，房子虽好，但趁着晴天把瓦捡捡，逢着下雨，也就不打紧了。她极力扮演一个代表的身份，话尽量说得很坦然。这东一街，几代人都住在一起，跟个大家庭没什么分别，就算是自作多情的关心，也没有上门的笑脸还被打的道理。好一阵，老三才回过神来，他看着瓦匠：现在就捡瓦？眉头略紧，嘴角有抹不易察觉的笑意。他似乎是摇了摇头，幅度很小，但田嫂是看到的，她突然怀疑自己是不是做错了，两只手握在一起，有点汗湿。谢谢田嫂了，你去忙吧，我这就带师傅先看看。他把瓦匠迎进屋里，田嫂杵在门口，目瞪口呆，大门吱吱呀呀地想替代主人作番解释，然而却板着张面孔，挡着去路，更加无情。

田嫂一路往回走，心里委屈得很，她拐进嘎婆的豆腐坊，一屁股坐在灶孔前。嘎婆正揭着豆皮，脸被雾气罩着：谁气着你了，你骂他呀，苦着个脸给谁看。田嫂也不申辩，一个劲地往灶孔里加柴火。你，你，你别把我这锅豆腐给烧坏了。嘎婆一把夺过田嫂手里的火钳，递了碗热腾腾的豆皮过来。你呀，就这德行，吃点，压压火气。田嫂不好意思地端着豆皮坐到桌边。你一大早把瓦匠领过去，张老三没领情吧，他很小就开始到处流浪，哪晓得什么人情世故。嘎婆叹了口气，用长竹筷把豆皮挑起来很久，都快忘了要挂到门口的斗笠上。

翠枝做事向来要拿个准，也不知是啥时逮着了张老三，直言直语地说个大概。张老三有了经验，倒也不觉得奇怪，只是有些为难地说媳妇怀有身孕，房子不便大动，先将就着住住吧。翠枝自己在豆腐坊里讲起时，也不觉得被驳了面子。唉，这年近四十才娶妻生子，父母不在，兄弟又隔得远，真是不易。啊？这样啊。田嫂若有所思，恍然大悟，小城规矩，家有孕妇是动不得土木的，才觉得自己错怪了张老三，把瓦匠擅自领去，竟让他违心接受，霎时，觉得愧疚极了。哎，张老三还真是知道疼女人，在这东一街，哪个女人有这等福气，大门不出，全仗男人侍候。翠枝这一说，还真是引起了女人们的共鸣。别说怀胎十月，就是月子里也只歇了两三天，男人，你压根儿别想指望，在东一街他们就是种特殊的生物，坐在茶馆里，拿着纸牌，抿两口茶，就觉得全世界都握在手中。他们瞧不上屋里那细碎的家务活，也瞧不上女人们张口闭口等着开销的啰嗦账，他们明明俗得不能再俗，却又个个都觉得自己是那等着被人三顾茅庐请去高就的诸葛亮。她们几乎没有享受过来自丈夫的温情，好像嫁过来就理应身披战袍，跟贫困的生活拼个你死我活。屋子里被一种淡淡的忧伤所笼罩，对于东一街男人们集体对生活的欺诈，她们竟从来没有怀疑过。想到隔着不远的统子楼里住着的女人，此刻正抚着微微隆起的小腹坐在饭桌前，检验着丈夫的劳动成果，在万般期待中，不无挑剔地拿脸色，摔筷子。就觉得自己像是坠入深渊，暗无天日。沉默，集体陷入沉默。她们对自己的心情无法描述，像是识破了被掩藏多年的真相，她们不妒恨统子楼里的那个素不相识的女人，甚至想把她当作理想来呵护，就像在冬日里围在一起，双手像连着的城墙，护着一簇火种，渴望着幸福也能被迅速地蔓延、燃烧。

夜里，女人们借着那个被宠爱的新媳妇，跟自个儿男人讨要说法。男人们很是惊奇，那个每日拎着菜篮从茶馆里小心、恐慌地经过，生怕被大伙儿起哄的软蛋，竟是要让自己学习的榜样。迁就地、不明就里地大笑两声，然后，背过身去，切换到属于自己的世界。注定又是一个不眠之夜，整条东一街都被女人们的长吁短叹拉扯得沟壑纵横。

一小簇火种，显得多么珍贵。翠枝再看到张老三时，会觉得如娘家兄弟一样宽厚、可靠。田嫂的心情更复杂，自个儿男人，还没觉出个好坏，就没了，对比张老三的细致，方才替自己叫屈，枉活了半辈子，还有那注定更孤苦的后半辈子。嘎婆每日在豆腐坊里比谁都看得仔细，那张老三时常还会买糕点、买女人穿的衣物，夹在臂弯里，低着个头，像闪电一样掠过。他羞怯、沉默，却又有着浓烈的、隐蔽的热忱。嘎婆说：拿两提豆腐皮去看看老三家媳妇吧，这男人再细致，也还得有个过来人帮着说道说道。翠枝和田嫂不约而同地双双点头，彼此相视，又有点不好意思。一起去吧。嗯，一起去吧。第一次不呛、不争，和平、友好地，甚至暗藏喜悦地约好时间，商量着此行所需去嘱咐的各种细微，都觉得对方的提示和补充堪称完美，觉得对方的眉眼也好看了不少。

晚上，两人并肩而行，手里除了嘎婆的豆腐皮，田嫂还拿了包红枣，翠枝提了兜鸡蛋，这些物品只是引子，是桥梁。她们更为用心的礼物是，作为娘家大姐要教会弟弟给媳妇孕期补养身子的各种良方，以及给将要出生的外甥要做的各种准备。她们带着母亲的骄傲，也带着身为大姐的责任感，义不容辞地、热烈急切地敲响统子楼。好一阵过去，楼里毫无动静，再拍门，仍是惊不起任何反应。她们的自尊和耐心受到前所未有的挑战，潜意识中跟张老三已经建立起的熟悉、亲近的关系又变得脆弱和虚无。往后退两步，仰头，那楼上的灯确乎是亮着的，白晃晃的，都有些刺眼。谁也没再坚持，很有默契地把东西放在门口，然后对视，叹口气，往回走。被街灯拉长的影子，贴得很紧，蓦然惊觉，不知是谁先主动，竟然是手挽着手。

翠枝留了个心眼，次日早起，特意朝统子楼看了看，门是虚掩的，窗户也伸着懒腰，门口啥也没有。她长长地吐了口气，心安了不少。正打算进屋，却见右前方的暗角处有几个小崽子，指着统子楼，鬼鬼祟祟地在说着什么。她忽地有些警觉、担忧，悄悄走上前去，只见几个小崽子围着一堆柴火头和几块油浸浸的碎布头。她扯住带头的豆子问：尿床了？起这么早，在干啥？豆子红着脸，有些恼怒：说啥呢，你家小胖才尿床呢。旁边的几个小不点刚刚还像受惊的小鸟一样，都忍不住捂嘴偷笑起来。小崽子们手里空无一物，四周也无隐蔽的地方，翠枝暗笑自己多疑，就凭他们的父亲，再借十个胆，谅他们都不敢偷拿一针一线。你们可不能跟豆子学，装嘴硬，我就等着看他妈晒被子呢。她边说边轻轻拍了几个崽子的小脑袋瓜子，把轻快愉悦的笑声，丢了一路。

头一晚吃的闭门羹，成了翠枝和田嫂共同的秘密，她们是谨慎的，跟嘎婆也没有声张，不由自主地、默契地想要去维护张老三的形象。没有恼怒，没有懊悔。相反，对张老三，她们比之前更加愿意去迁就、去包容，甚至去疼爱了。不用去揣测他异常的行为，更不用去打探他现在的生活，一个人所有的经历都不可能了无痕迹，即使这个人，在用尽全力去与这个世界保持最冷静的距离。在街头遇见，张老三依旧梳着大背头，看到翠枝和田嫂，隔着老远深深地鞠了一躬。仅此，再无其他。但这就够了，说明她们的心意他是懂的，他是收下的。

暗地里，掐着时间，准备着适宜的物品。一开始只是翠枝和田嫂，再后来是嘎婆，接着东一街其他女人也都如此，一双棉鞋、一顶帽子、一条线裤、一件开衫，又或是一罐猪油、一根筒子骨、几枚鹅蛋。小心地摆在统子楼门口，若是相互遇见，彼此会意，一起拍拍门，一起又挽手离开。

大家共同迎接着一个生命的到来，也心照不宣地去通过一个丈夫对妻子传达关爱，来完成对自己作为一个妻子的补偿。男人们压根儿不会发现这些端倪，即便发现了大约也只会恨女人们有眼无珠，没有见识，只会痛心疾首，感叹这条街无故多了个娘儿们，丢了男人们的面子。可孩子的眼睛是带嗅觉的，他们对食物异常怜惜，不能忍受母亲自以为隐秘地把家里的稀罕东西送到统子楼。好几次豆子和小胖都横加阻拦，撒泼示威，被翠枝和田嫂一把拉开，他们觉得母亲简直不可理喻，善良、博爱得没有原则，几乎脱口而出：人家有十八坛银元珠宝呢，还差你这点东西。母亲们回过神来，原来这小崽子也不是舍不得哦，只是觉得人家瞧不上，原来，嘎婆用来消遣的半真半假的故事，竟然也被小耳朵们偷听去了。于是，扑哧一下就笑了：对，对，人家有十八坛银元珠宝，啥也不缺，可我只有这些，只能拿出这些去表表心意。

孩子们聚在一起，说起这些，很是无奈。那个张老三怎么能坦然地接受母亲们的礼物呢，他比这条街任何一个人都富有啊。再说，连小孩也知道人情往来，他可好，从来没见他上哪家登门致谢，又或是热情地打过招呼。孩子们叹着气，学着父亲的语气：这女人家，还真是蠢，看不透人，也经不起事了。

日子就这样过着，张老三也依旧深居简出，偶尔在街上逢着，他对每一个女人都恭敬地点头，他不属于男人的阵营，也不归于女人一派，更不受孩子们喜欢，他在这条街特立独行，是个唯一。女人们闲时聚在豆腐坊里，张老三仍是必然的话题，但是没有人会计较他的不近人情，她们给他找了很多理由，顾及男人们的大男子主义，刻意保持男女之间的界线，家里有个爱吃醋的老婆。在潜意识里，她们甚至觉得他与大家咫尺天涯地相处，就是最好的方式。

应该是快到了媳妇临产，接连几天，看到张老三往附近的集市里跑。带回来几只鸡鸭、半头猪肉，还有好多小菜。他没雇人，自己一趟趟往回背。头发还是梳得油光发亮，衣服是熨得笔直的深蓝色衬衫。也不知哪来的劲，他就像上好了发条，连轴旋转，还在门口砌了两口大灶，浑身洋溢着激情，眉宇间闪烁着汗珠的晶莹。

田嫂几次想前去搭个话，帮帮忙，想想，还是又算了。

到了傍晚，只见张老三重新收拾了行头，头发纹丝不乱，绸的乳白色衬衫，黑长裤，一副旧时公子哥的样子。他挨家挨户地上门，拱手作揖：为谢谢街邻的关心，明日下午在家特备粗茶便饭，请大家一定赏脸。他站在堂屋里，话说得文绉绉的，态度真诚、不卑不亢。女人心上没有准备，有些慌乱：这，这，不用客气，太麻烦了。要的，明天全家都要来哦。张老三说着又摸了摸家里小孩的头，小孩生硬地把头别到一边。他尴尬地笑了笑，对着正皱着眉头的男主人习惯性地躬了躬身子，点点头，退着身子出了门。男主人瘪了下嘴，回头看了看女人：这又不是婚丧嫁娶，也不是修屋建房、孩子满月，平白地请一条街的人吃饭，装阔哦。你晓得个啥，你就知道坐茶馆、打纸牌，别说在这条街装阔，你就在家里装装阔给我看看。

女人气不打一处来，恨不能一脚把男人踢出家门，自个儿清净清净。她们的心情变得异常敏感、庄重起来，既欣喜又难过，她们疼爱的兄弟，似乎就要真正另立门户了，不再需要她们的庇护，也不再需要她们的担心和关爱，他从此会像个顶天立地的汉子一样，独自去为自己的家庭挡风遮雨。在这条街，她们，连最后一个异性的同盟都要失去了。

张老三走完了整条街，请遍了所有人，像是如释重负，乳白色的绸衬衫又荡回到统子楼。他套了件深色耐脏的罩衣，坐到门口的灶孔前，劈柴、烧火。柴火烧得很旺，一头摆上蒸笼，放进去码好的扣碗，一头舀半锅水，丢进猪骨和自配的香料。他对自己的手艺充满自信，在外多年，家乡的味道、东一街的味道，被父母、兄长无数次复制、演绎，他早已熟记于心。他精心计划好宴席上的每一道菜，趁着空闲抓了只大公鸡，扭住脑袋，一刀下去，没过命，大公鸡扑棱着飞起来，撕开嗓子叫唤，惊慌地四处逃窜。孩子们闻声过来，看到张老三一手血迹，正对着那顽强的大公鸡挥舞菜刀，不禁大笑起来。他们很满意这种场景，眼前的这个男人，多狼狈啊，他只知道博取女人的同情、喜欢，却连杀只鸡也搞不掂。没有人要去帮忙逮鸡，张老三和那只大公鸡陷入紧张的僵持状态，他也能感觉到来自少年们带着嘲笑和敌意的目光，努力镇定下来，甚至还回头讨好地笑了笑，然后朝着已精疲力竭的大公鸡扑过去，使劲抓住翅膀，反扭着脖子，猛地一刀了断。随即，手一扔，看着袖手旁观的孩子们，就像个等待表扬的学生。孩子们觉得无趣极了，冷冷地四下散开。

嘎婆坐不住，被扣碗的香味牵着鼻子跑，围着两口灶转了一圈，从灶孔里扒出几块柴火用脚踩灭：老三啊，这熬汤、蒸扣碗不需要旺火，睡前，你得再退点火，掩一大半火门，焐一晚上，这肉汤才香浓，这扣碗才软糯。张老三正烫着鸡，脸被热气蒸得通红，朝着嘎婆一个劲地点头。翠枝也来了，说：嘎婆早点去睡吧，老三，也是，明天一早我叫田嫂她们过来，这洗呀、切呀啥的就不用操心了；还有，那桌子、板凳、筷子、碗呀也都交给我安排，有十来桌呢，你一个人咋忙得过来。张老三站起身来，原以为想得也足够周全，经翠枝一说，竟不知所措，红着脸，满是感激。

那个夜晚，真是让人觉得温暖。整条街被肉香所弥漫，女人们难以入眠，在想象中、在还待完成的宴席里以各种姿态会合。她们第一次在这条街找到家的感觉，之前，真不算，倒像是被雇来的佣人、长工，养家、生子，都是一个人的事，没有人参与，其他女人也只能互诉、互怜。然而，她们的好，终是有人懂得的，有人想要去回报的，这场宴席就是为她们专门而设，想起来简直就是场盛会，是场狂欢。肉香越至浓烈，都能感觉到扣碗里肥油在欢欣地跳舞，能听到筒子骨翻滚的快乐，潜伏在身体里的火苗跟着在跳跃，在燃烧。男人们自始至终是这场盛宴、这场情感的旁观者，他们仰望着天花板，琢磨着当晚最有技术含量的一把纸牌，分析自己处理的利弊，盘点着一晚上的输赢，恍惚间听得火花四溅，有烧焦的气味在拼命逃窜。男人们奔到街上，却见统子楼前的两口大灶升起巨大的火焰，整幢楼被浓烟包裹，被火苗吞咽。惊叫声，呼喊声，从四面八方包围过来。女人们惊惶失措，全奔到了街上。天刹时被割成了两块，一块黑如焦炭，一块红似焰火。人呢？里面的人出来了没？女人们着急地相互询问。男人们极为理智，都清楚一条街的木房，稍有停息，整条街都将万劫不复。于是像经过演习一样，有秩序、有分工地，各自找来水管，从不同的方向轮番浇水、灭火。女人们自觉地把老人和孩子带到几十米远的空地。田嫂挽着嘎婆，嘎婆不时回头，扯着嗓子破口大骂：这张家就是个灾星、是个祸害哦。孩子们呢，围在一起，小脸蛋被火光映得通红，手挽着手，却出奇地镇定、安静。

大火燃尽了黑夜，晨曦微露时，男人们终于结束了这场艰苦的搏斗，顾不得回家洗漱，集体聚到茶馆，啄一顿早酒。他们为共同经历的惊心动魄之战端起酒碗，豪迈地一饮而尽。

统子楼在经过长久的沉默、短暂的复苏后，以最意外、最绚烂的方式画上了句号。焦黑的废墟、烈火的余烬，看不到它的前身，也料不到它的后世，它终于彻底地消失，以一场烈火为曾经的传奇故事画上了最浓墨重彩的一笔。女人们的悲伤，整夜被反复炙烤，又脆又硬，彼此都不敢去触碰，生怕粉身碎骨、同归于尽。

那些灰黑的粉末、碎屑，带着残留的记忆，被不断扬起，又不断坠落。许多铁锹在废墟里寻找着巨大的秘密，它们的主人，有着小而可爱的脸蛋，神情都是一样地兴奋……

距　离

一

两小时零四十分钟，像个刻度印在了筱唯近八年的生活轨迹之上。在每一个周末，与几张熟悉或陌生的脸庞相伴，随着汽车从黄昏驶向夜色，在颠簸、车鸣的掩护下得以小心地梳理那漫天际的思绪，这个过程，对于筱唯是私密的、享受的。

那辆黑色的速腾如约停在了楼下。司机叫林，平素他是以一串号码的形式在筱唯的手机里沉默着，像一张永不过期的车票，从容不迫地现身于每个周末。比起客车，这种被官方严令打击的非法运营“黑车”其实更人性，时间、地点可商量，舒适、快捷。筱唯固定地、频繁地往返于两地，在驾照还未考取之前，司机林和他的速腾就是最好的选择。

车在山路间盘旋，把眼闭上，感觉像在云间，心变得异常自由。母亲钱碧云永远不会想到当年是筱唯自己把工作定在了邻县，有意地制造了这段距离。那张工作分配意向表上，筱唯小心而欣然地把揣在心里多年的秘密公布，她想要跟母亲保持一个不远不近的距离，像幼时未必有什么不可告人的秘密，但仍是多么渴望有一个仅属于自己的小房间。这种感觉像是淋浴，要想有一个温暖而舒适的温度和近于按摩的力量，就得有一个缓冲的距离。

两小时零四十分钟后，车停在了路边一座三层小楼旁。等在路边的钱碧云走了过来，接过筱唯的包，很熟络地跟林打着招呼。筱唯把车门关上，跟林挥了挥手，没有停顿，拉着钱碧云转身上了二楼。

“你干吗呢，急火火的，多大了都不懂事，不晓得叫林下车来家里吃饭，你这两地跑不知还要几年，你跟人贴点心，一路上也多点照顾嘛。”钱碧云显然有些不满，作为单亲妈妈在意识里她从没忘记身兼严父，用语言来武装自己的强悍。筱唯也不应声，要想过清净日子，在钱碧云面前首先就得学会不申辩，但之前的只是热身，精神上的侵略才刚刚开始。

“筱唯，去找校长了没，把你的课集中安排在三天，你是有家的人，长期这样，年龄、婚姻、孩子可容不了你了啊。”

筱唯含糊地应着，她急需某种屏障隐去钱碧云的声音，转身进了卫生间，把洗脸池的水龙头开到最大。她不愿跟母亲聊这些，在所有的人际关系里，钱碧云习惯站在主动的位置，而且这种主动是单纯的，是一厢情愿的。每次钱碧云说起这些，筱唯就想冷笑，一张笑脸、打个招呼，或者一顿饭，以为就可以贴心了，这是钱碧云的逻辑，人际关系靠啥最能维系，不是你的人品，不是你的能力，也不是感情，而是利益。

“跟清远打电话了吗，他来不来吃饭？”钱碧云的声音从厨房里传出来，连滚带爬的，到最后仿佛失去了承载，有些虚空。

“他有事，不来。”筱唯有些懊恼，低头专注地盯着桌上的鱼缸。“黑美人”带着魅惑在鱼缸里摇曳生姿，鱼的美是需要独立自由的，哪怕身陷囹圄，它也需要一层透明而坚硬的距离。

一钵茶树菇炖排骨，一盘芹菜炒豆干，一碟凉拌黄瓜，几乎是带着怒气从天而降。筱唯连忙起身去盛饭。

“好几周清远都没来吃饭了，你俩是咋的了？”钱碧云从筱唯手里夺过勺子，狠狠地插进电饭煲。

晚餐吃得很难受，筱唯即便是低着头，仍然能感受到母亲身体里随时可能溢出的嘲笑、不满。她是有理由的，一个三十岁的女人，一事无成，婚姻也危在旦夕——还需要其他理由吗？难道筱唯在她眼里不是个笑话？

二

从钱碧云的家到筱唯家只隔了两条马路，不远。筱唯意识里把那幢三层小楼视为钱碧云的家，对，是她的家。她的气场是强大的，她的一厢情愿、她的自以为是、她的盛气凌人在那个空间无处不在。

回到自己的家。整个人瘫软在床上。被子是叠好的，枕头也很规矩，整洁得让人觉得可疑。周五回家，这是不容改变的规律，清远是知道的。最初他在周四就按捺不住打电话跟她讨论回家的细节，时间估算到分，那时候这段距离产生的力量和时间的周期，让清远受压抑的爱恋似乎恰好达到极限，达到巅峰。周五中午，仍是电话，声音像发酵过头的米酒，甜蜜，又还有点辣。他掐时间掐得很准，在筱唯出发时，他脑子里 GPS 就开始启动，途经几个小镇，刚好能收到他的短信：“唯，按下车窗，深呼吸，永和的橘香你闻到了吗？”“唯，昌林的夜色很美，别忽略了哦。”到了最后的小镇坝源，手机上提示有新的信息，按下：“唯，下一站‘清远’，请做好下车准备，想念可以表白，爱意可以流淌。”还在回味，车子就停下来了，清远站在路边，傻傻地笑。手臂缠过来，一点点地缩紧，下巴微微冒出的胡须在筱唯的发间不断磨蹭。走上楼，楼道是寂静的，手可以再放肆一点，从肩往下伸，饱满的温软承接着掌间的想念。楼道里偶尔传来的声响，会成为惊扰，于是快速地，半抱着把筱唯带进屋里，把门关上，整个世界一下子就变得异常简单，简单到只剩下两个人的呼吸和心跳。

每一刻精力和感情都在消耗和更新，在距离和时间面前人其实是软弱的。周四的电话渐被取消，周五的短信也被精简，路边那个傻笑的人常常缺席，六年的婚姻，从具象上来看已所剩无几。

筱唯翻了个身，没打算打清远的电话。抬头看看时钟，周五的夜显然已经没有耐心了，分针不断地强调着自己的存在，周六的凌晨早已静候，等着交接，等着将疲惫换成明媚。

清远似乎跟司机林一样，也变成筱唯手机里的一串号码，在固定的时间段里默契地等在某个空间，等着被她呼唤、被她需要。而这个时间段开始被单方面地延长，这个空间，也是筱唯所不能看到的。想到这里，筱唯觉得很泄气。

电话是调在振动上的，整个床好像都在抖。是钱碧云，意料之中的钱碧云，精神上的侵略还未结束。

“清远没在家吧？”声音里夹着一点点得意，她是料到的。

“没呢，打了电话，说是单位里有点事，一会儿就回来。”筱唯不想给母亲联想的空间。

“你就傻吧，你大姨过生日他没来，表姐结婚也没来，连续几周的周末没人影，没能力把你调回来，是想着要撤了不是？”钱碧云一肚子的火往外喷，不留情面地把筱唯与清远之间仿佛最后的一道聊胜于无的帘子彻底掀开了，撕破了。

“我也觉得他是想撤了，如果你不反对，在他还未开口之前我可以先撤。”筱唯的声音是冷的，她确定这样的反击才最致命。你钱碧云这样步步相逼，不就是想证实一点：筱唯，你是个失败者，彻头彻尾的，工作了八年，别说调回来，连调整一下课也无能为力？再说，一个女人连家里的男人也调教不好，心都飞野了，你还在护着，像话吗？好吧，在无路可退时，我们索性表现出视死如归的勇敢就好。是，生活的确是布满疮痍，我的确是一无是处，但与其被人以关爱的名义围追堵截，我宁愿自生自灭。

三

早上醒来，看见清远在厨房里做早餐。T恤、短裤，个头不高，但肩很阔，身材依旧健挺。

"快去洗洗，准备吃早餐了。"清远回头，神情是淡然的，没有火焰。

筱唯不记得清远什么时候回的家，或者根本就是彻夜未归。但她不会问，也不去猜测，宁愿这样平静地保持婚姻的形态，直到证实她这枚婚姻的果子确已由内而外腐烂；而这种证实她也希望是平静的，没有争吵、没有算计，如同当初走在一起时的干净。

餐桌上的臊子面味香得满屋子窜，这是清远的绝活儿，臊子是现制的，秘制的酱料，每次筱唯能吃上一大碗。

筱唯默然地接过清远递过来的筷子，把面条慢慢地拌起来，她在等待一个好的解释来打开胃口。

"你约天葵逛街了吗？"清远避重就轻。

"没有。"

"我一会儿要出去，回来可能晚。"清远头是低着的，甚至都没有看过筱唯。

面条越拌越坨，连着清远送过来的话，细长的柔软的暧昧的纠缠不清的，筱唯连倒掉的心都有了。

“我给你做了辣子鸡，中午你再煮点白菜汤吧。”这就是现在的清远，热也热不起来，冷也冷得不够彻底。或者说这场婚姻里就剩下这一丁点温度了。

清远刚走，电话就响了。

“叫上清远过来吃饭，我做了他最喜欢的板栗红烧肉。”钱碧云也是懂得迂回的，布帘撕破了，人就该散场了，这不是她想要的结果。

“我约了天葵逛街，就不过去了。”

“吃了饭再去逛，把清远叫过来我跟他聊聊。”

聊什么呢，聊这场婚姻被距离拉扯得藕断丝连，聊清远对家庭起码的敷衍都不再履行？还是聊筱唯的不懂世故，只能守着鸡肋一般的工作与生活？这些怎能让钱碧云一件一件摆在台面上如数家珍？筱唯摇了摇头，快速地对着电话说：“妈，您省点心哈，天葵都到楼下了，我逛街去了。”不等回音，把结束键按下，如释重负。

四

六年前第一次见清远时，筱唯只是不反感。她没正经谈过恋爱，典型的完美主义者，会从某个细节上彻底推翻对一个人原本的认知，所以那时在筱唯身边明明觉得前景明朗的男青年总被莫名其妙地PASS掉。钱碧云有时也一头雾水，但自己的闺女，她心疼，她甚至刻意地回避可以轻易改变筱唯前途的权贵之家，怕势头上太强，让筱唯委屈。清远第一次到家里来时，话不多，带的礼品也不轻不重，这一点让钱碧云觉得这孩子有分寸。在厨房里准备晚餐时，清远很自然地进去搭把手，他是能见到事、找到事、会做事的人，比筱唯强，一个家里总得有一个人被厨房招安。

也许爱情，本身就是一种苛求。筱唯的心压根儿没被人带走过，心是放下的，为结婚而结婚，随时即可。

而且这样的婚姻似乎还有一个好处，你所抱的期望值不高，过好过坏都能坦然处之；真正考验人心的还是那种有时间跨度的、挑战世俗的，总之来之不易的婚姻，彼此容易计较之前所付出的种种是否值得，直至对离婚率的提高也不惜作出贡献。

所以是这两小时零四十分钟，还是这六年，是距离还是这时间，把婚姻变成了一种漠视的习惯？筱唯没因此惊恐，只是觉得自己像是连轴旋转的车轮，生命成了无休止的重复。

天葵倒是贴心的闺蜜，每个周末一起逛逛街、聊聊天，算是最好的慰藉。把电话打过去，一天的时间就算交出来了。

天葵个儿高，筱唯稍矮一些。走在街头，天葵习惯拉着筱唯往她肩上靠，做小鸟依人状，她说话的声音有些嗲。

“唯，我有啦。”天葵在筱唯耳边悄声低语，按捺不住的喜悦直抵眉梢。

“你不能落后哈，抓紧把肚子填起来，咱以后就能一起去做产检、一起健身了。”

“你这不是哪壶不开提哪壶吗？我这样两地跑，哪敢有这个计划。”筱唯不得不承认距离给生活带来的影响。

“你就努力往回调嘛，你领导不是男的吗，使使美人计，虽然你条件是差了点，但聊胜于无。”天葵掐了一下筱唯的脸，坏坏地笑。

筱唯也懒于争辩，天葵是有一整套理论的：在熟男那儿女人就只分两种，无关漂亮，只取决于年轻、媚态。唯有媚才会让人觉得有机可乘，筱唯不行，一副规矩认真的样，让人哪敢造次。

这是天葵取笑筱唯的地方，什么年代了，你没有点艳遇、没有个暧昧的对象都不好意思跟姐妹们聊天，比起辱没贞洁更让人惧怕的是你作为女人的魅力不再被男人肯定，你，已经老了。

“天葵，你是有夫之妇，美人计都往哪儿使的，如实招来。”筱唯佯装严词拷问。

“回娘娘，小的不用调动、不用升迁，我不用觍着脸去求好，我的美人计只随我的心意就好。”

筱唯忍住笑，继续问道：“你，心向何人，意在哪里？”

“回娘娘，解我心忧者，慰我心乐者，填我心空者，我心向之；不困于己、不困于人、不求未来、活在当下，我意仅此，请娘娘明察。”天葵一副柔筋媚骨、楚楚可怜的样儿，惹得筱唯不禁狂笑。

这一笑，筱唯被钱碧云和清远逼到尘埃里去的心又活回来了。

五

周日吃过晚饭，林就已到了楼下，清远如往常一样送筱唯上车，默契的、沉默的。

林从后车厢里拿出的小猪靠背明艳了许多，展开来搭在身上还能嗅到股洗衣液的味道，这让筱唯很安心。

车内是一贯地沉默，筱唯和林各自固守阵地，对彼此关系未抱有丝毫发展的态度，八年的VIP，没有附赠与回馈，没有交谈，他们是熟悉的陌生人。

到学校的时候，室友慧晴已经到了。八年前筱唯要是知道还得与一个室友来共享一个空间，她是更乐意活在钱碧云眼皮底下的。八年里室友已换了三个，她们前赴后继，寻找合适的土壤将自己移植，现身说法地将乡镇老师可以发展的各种可能、途径甚至手段无私地摆在筱唯面前，这些筱唯只是冷眼旁观，习惯是对人最大的束缚，羊圈里的羊明知圈外的草地丰美，但令它紧紧抓住的却是俯身能就的几根仅免于饥饿的枯草。

慧晴手里握着电话，跟筱唯点了点头，转身去了阳台，她没有忘记把推拉门给拉上。透明的玻璃外，慧晴的脸是泛着光的，笑意漾在嘴角，听不见声音，但筱唯知道慧晴在电话那一头撒下了一颗希望的种子。

收拾了一下，躺在床上。天葵的电话就来了。

“到了吧。”

“到了。”

“跟你说，我现紧张得很，上下楼都得扶楼梯，我就担心肚里的娃会与我不辞而别。你说，他会一直安心地等到九个月以后吗？哎哟，你说我肚里的孩子会不会长得不健全哦，我怀孕前都没吃叶酸呢。”天葵在电话里一惊一乍的。

哪里只是恋爱中的女人智商为零哦，怀孕的女人智商也不见得好。筱唯在这一头撇了撇嘴。

这结婚的女人跟没结婚的女人聊天、怀孕的女人跟没怀孕的女人聊天都是一种精神上的凌驾，女人的友谊更适合建立在同病相怜、惺惺相惜之上。

筱唯突然觉得跟天葵聊不下去了，胡乱地应着，耐心地等天葵稍作歇息时，很巧妙、很潦草地道了晚安，挂了电话。

慧晴的电话也挂了，从阳台外进来时，脸上仍是红扑扑的，看筱唯时眼里含笑。

“唯姐，你真喜欢当老师啊，我听学校的老师们说这里就只有你从未提过想改行呢。”慧晴坐到了筱唯的正对面，很认真求解的样子。

筱唯笑而不语。

“当老师，如果能在城里也不错，可你这每个周末都跑着，也还是很麻烦。”慧晴小心试探。

筱唯从包里掏出包话梅递到慧晴手里，脸上仍是笑，她知道她只要再沉默，慧晴就会主动缴械，会按捺不住把自己暗地里的所有动向都倾其而诉——刚毕业一年的小女生，沉不住气，没到手的东西是敢拿出来炫耀的。

慧晴丢了颗话梅在嘴里，酸得倒吸了口气。“唯姐，老师调动很麻烦哦，改行也得等机会。陈默说他要调了，往局里走，还升职了，估计这两天就能下文。”她说的是陈默而不是陈校长，羞涩的、亲昵的，明显带着种优越感，这种优越感是凌驾于筱唯的年龄和婚姻之上的，她手里仿佛握住了一张代金券，这就是年轻的好处、未婚的资本。筱唯有些不屑，但又不忍把这种不屑表露。

“你也别太急，你年轻，机会多着呢。”筱唯拍了拍慧晴的手背，女人若是想用姿色去换取某种价值，你也就没什么价值了。当然这种想法筱唯是放在心里的，说出来得比那话梅还酸。

六

早上没课，校长的办公室是开着的。筱唯硬着头皮往里走，她想按钱碧云的思路去给自己病入膏肓的婚姻争取一段治疗的时间，也不是非要这段婚姻不可，她舍得，只是她不愿意让钱碧云觉得自己窝囊到只能接受不满的现状，她得尽力去跟清远多点时间相守，她得辨明她婚姻里的礁石。如果能排清障碍，最好还能像天葵那样要个小孩，年过三十的女人，只想要安稳。

办公室其实不小，但筱唯的出现让校长陈默觉得整个空间都缩小了，这个一直让人觉得清高的女人怎会屈尊现身呢。陈默起身给筱唯倒了杯茶，拉了把椅子请筱唯就座。

筱唯在酝酿。八年前，她来报到时，陈默就已经是校长了，那时也是在这间办公室，两人坐的位置也没变。他看她的简历表，大约看到住址栏上写的是邻县时，抬头看了看她，随即起身很自然地把手搭在她的肩上："哦，不是本县的哦，一个姑娘家在外工作，可得好好照顾照顾。"他脸上的笑，意味深长，他的手没有离开，带着一点微微的力量在向四周延伸，筱唯觉得整个肩头潮湿得快要发出绿芽，厌恶地将手一抬，陈默蓄意抒情的手像一只受伤的燕子从筱唯的肩头上跌落下来。

之后的陈默也还努力想讨好筱唯，二十出头、似懂非懂的小姑娘，稍许耍点手段让她在寂寞孤独面前，以爱情的名义束手就擒，不会很难。他给她外出学习的机会，给她评先进，给她发甜得发腻的短信。一个在自己面前显过老底的男人，什么言行都显得有点装腔作势。筱唯逆着来，她换手机号码，开会请假，但凡觉得不该得的荣誉她拒绝。陈默的热情没得到回应，索性就把筱唯晾在一边。

筱唯的声音是软的，她甚至在想若是那只手故地重游，她应该能稍微忍耐一下。但陈默甚至都没再看她，眼睛盯着手里的一份文件。

"陈校长，我家离得远，课是不是能调整一下，周四和周五我就四节课，能不把这四节加在周一和周二，这两天我是有空当的。"筱唯心里其实是虚的，她努力使自己做到不卑不亢。她想，若是陈默跟她讲理由、讲困难、讲高度，她转身就走。

陈默的眼睛从文件上移开，看了看筱唯，嘴角泛起笑意，那笑仍然是意味深长的。

"两头跑是挺累的，调整课也不是办法呀，你还是得争取调回去。这个我一直都愿意帮你，只是你得给我机会。"陈默扬了扬手中的文件，"我调到局里了，下周就去报到，不出半年把你调回去易如反掌。"空气是鲜活的，好像又回到了八年前报到的那天，只是陈默的暧昧不想再掩饰了，他觉得他的筹码增加了，而筱唯，女人的身价是随着年龄在下跌的，再过几年，这脸蛋这身姿再没有任何价值。

筱唯愣在了那里，陈默在等待她某种暗示的回应，他是吃定她的，就好像清远，从不跟她争吵，但似乎却掌握着婚姻的主动权，就好像钱碧云，肯定是关爱她的，但却从未给过她喘息的机会。他们，无论以什么名义，那无形的束缚就摆在那里，你明明是想挣脱，却越勒越紧。

筱唯起身离开，神情淡然。

七

周一至周五，每天都能接到钱碧云的电话，她像个小说家，每一次都能把筱唯的生活臆想出一个新的情境。她今天说婚姻出问题了不要紧，趁着没小孩，离了，省事。明天她又说离婚女人再年轻也只能陪半老头子了，能凑合就凑合吧。她把她自己绕进一团乱麻里，比筱唯还紧张这场被距离撕扯得快要碎掉的婚姻。清远，一个电话也没打来，天葵在电话里莫名其妙地晒着准妈妈的幸福。到了周五，筱唯觉得坐车回家是个很困难的决定。

林已经等在楼下了。下楼时，陈默跟新来的校长做完交接，刚好从办公室里走出来。两人没有对视，各自的脚步没有迟疑、没有停顿，从楼道走下去时，慧晴早已等在那里，很自然地用手挽住陈默。她的笑容里盛满了她想要看到的未来。

副驾永远是留给她的，小猪靠背刚从后车厢里拿出来，后座没有客人。筱唯啥也懒得想，闭上眼睛，整个人像掉进深渊，缓慢地持续地坠落，四周没有任何依附，但不恐惧，也不想挣扎，她觉得她整个人很沉，地心引力不可抗拒，而这个坠落的进程是漆黑的、漫长的。

人还是在往下坠，眼睛闭着，安然地享受着脱离现实的虚幻感。手机铃声猛然响起，像如来神掌轻易地就将孙悟空拽在手心里，电话里的钱碧云仍是充满嘲弄和不满的："到我这儿下车吧，我要请你和清远这两尊菩萨来拜拜，不然这日子还怎么过？"

神经绷紧，下车时，整个人处于警备状态，筱唯当然知道钱碧云的用意，可如果任何问题都能像解几何题一样，用已知求未知，而且还是唯一的未知，该多好。

钱碧云的眉毛是拧在一起的，眼睛落在地上。清远手里拿着报纸，在时事要闻后像隔了一个世界。空气仿佛有了形态，块状的，慢慢地往下沉。

"筱唯，你课调了吗？"俩孩子吵架，做父母的总是先从自家孩子下手，这是风度。

"没呢。"手上的包跟嘴上的话一样让人泄气，啪地丢在地上，不管不顾的样。

"清远每天回家冷火闭炉的，像家吗？都三十出头的人了，总得要个孩子吧。"钱碧云的声音略微软了下来，50年代出生的人，哪会把两地分居当回事，克服困难、自我牺牲，在还是精神主导的年代，婚姻关系更简单化，孩子便能将一切矛盾化为乌有。

"筱唯这样两地跑，要啥孩子，这事以后再说吧。"清远有些不耐烦，报纸在手里被揉成了一团。

筱唯啥也不想说，本该两夫妻来商量的事突然成了母亲要传达的旨意，心里迫紧得很。

“筱唯，你就这样让人晾着吧，女人的好年纪一晃就过，过几年再要孩子身体恢复可就难了，再说，没人去给你跑调动的事，这以后得有多长，你就等着吧。”钱碧云恨铁不成钢，没哪个女人像筱唯这样傻的了，男人才不怕你拖呢，拖到最后，人老珠黄，一拍两散，还能障人耳目把最后的罪过都归于你没给他生个孩子。不孝有三，无后为大，那时对于这段婚姻，唤起人们同情的更可能是清远。

“妈，您别想多了，过会儿我和清远再商量商量。”

“你，还商量商量。”钱碧云冷笑两声。

清远一言不发，起身就走。门砰的一声，那仿佛成块的空气被震落下来。

筱唯被压得快要窒息，在这场家庭矛盾中她其实没有阵地，没有被肯定的战斗力，真正的较量以更加鲜明的态度像两股力量在对她进行撕扯。

“什么态度？就走了。筱唯，你苦日子还在后头。”钱碧云终于回过神来，发现战鼓才刚刚擂响，对方根本不屑恋战，你扛大炮，他一小枪，你还在摆架势，对方一枪致命，胜利收兵。

两母女窝在沙发里，各自沉默着，成块的空气终于掉在地上，成了碎片，片片锋利。

八

筱唯不知道是怎么出的门，街道上是热闹的，双腿却像是行走在一片沙漠上。

回到家，一个人躺在床上，方觉钱碧云用的“晾”字的准确。破抹布也还是有存在感的，哪怕是被糟践，而她对于清远也许更像是挂在衣柜里的一件曾经被珍爱过的大衣，质地精良、款式简洁，但还是敌不过服装店里的推陈出新，不舍丢弃却也没有再穿着的念头。筱唯想得全身发抖，手机也抖了起来，还是钱碧云。

“你要是觉得委屈，就离了吧。”声音拖泥带水，无可奈何。

这场婚姻里最热切的关注者彻底放弃了从中调和的野心。比起承认这段婚姻的失败，钱碧云觉得承认自己的失败更为艰难。

有眼泪朝外涌，筱唯轻轻应了一声，就挂了电话。

“是不是人与人的关系在时间和距离里只有两种状态，走失和相遇。”筱唯给天葵发了条短信，仰望着天花板，像困在沙漠里的旅人，手里仅有的半壶水难以承担继续往前走的信念。

“亲，我忘了我所失去的，我只知道我在迎接一个与我骨肉相连的新生命。”天葵的短信带着准妈妈的幸福感，温润得像一杯刚刚冲好的牛奶。

筱唯整个人一下子轻松了，伸手把枕头抱在怀里，使劲的，像那无数个两小时零四十分一样，搂住车上的永远只属于她的小猪靠背，孤单的旅程就变得特别安心踏实。也许，也许有些失去早已注定，有些相遇早就开始……

转　身

不到中午一点，东一街的菜场就冷清得要命。也难怪，一入冬，这天就像给孩子翻出的换季衣裳，终归还是短了。当然也不只是短，连时辰也失去了明晰的模样，从早到晚天空都是灰蒙蒙的，那种灰表明了一种态度，累了一年，末了就想要要小性子，睡一季囫囵觉。

天气带来的涣散充斥着菜场，眼见着蹲在菜篮边上的农妇身子骨也软了几分，抱着手臂，头都快钻进了胸膛。卖肉的王麻子，勾着腰走到路口探了探，除了案上几块精瘦的小排骨，犹犹豫豫地把背篓都收拾了好几回。蛮婆是敏感的，带着警醒的意思，强打着精神把案上的皮蛋、火柴、瓜子又重新归置了一遍。尤其是那火柴，叠得跟金字塔似的，这种近于仪式的方法是奏效的，起码可以掩饰因为衰老而带来的委顿。

到了下午四点，王麻子终于狠下心把小排骨丢进了背篓。农妇也荡着菜篮先后离开，街道两旁被扔弃的菜叶留下兵荒马乱的脚印。蛮婆像是一场战斗最后的胜利者，失去了对手与同盟，带着王者的荣耀与孤独，把原本搭在膝上的毯子扯开来拉到了领口，露出一脸疲态，细脚什么时候来的她也没察觉。

“淑，早点收了，回去热和些。”细脚叫的是蛮婆小名，声音里有着她熟悉的味道，是从向阳坡里带出来的，土气、黏糊。

“老长来了就收，那婆子呢，也还在摆摊?”蛮婆直起身子来，把毯子重又叠在膝上，枯瘦的双手爬满了斑点。

“在呢，她那眼睛都快贴着针尖了。”细脚颠着小脚凑过来，声音更加黏糊。

蛮婆侧过头，瞪了细脚一眼。

“今年怕是挨不过腊月了，她呀，早该服老。”细脚话里明显有讨好的意思，但却显得问话的人有点促狭。蛮婆赶紧把话调过头来：“也是，谁能不服老呢？你说，刚嫁到东一街时，我们多大点年纪，现在呢，明儿我就八十岁了，八十岁啊，土都埋到脖子了。”蛮婆用手在脖子处比画了一下，语气里强调的是我们，这让细脚有点不自然，她永远拿捏不准蛮婆对桂珍的态度，甚至都有点后悔刚刚跟她搭话了。现在看来，真要说谁不服老，更像是她细脚，不过比人家晚活了两年的光景，还五十步笑百步。

“你还知道是八十岁啊，要服老，就在家享享清福好了。你又不比那婆子桂珍，家里有个讨债鬼。”细脚把自己从中择出来，说出的话对蛮婆也还是很维护的样子，有点英雄惜英雄的感觉，怎么说她跟蛮婆的根都还在向阳坡连着，是从小一起到老的姐妹。

话一撂地，细脚就着急忙慌地走了，生怕八十岁那头吓死人的怪兽紧跟过来，只留得蛮婆独自黯然地去抵挡。

八十岁的寿宴，儿子德生一早就提过，要大办。大办的意思，是广而告之，在院坝里摆上席面，香火前供上香烛。蛮婆是反对的，明明就是一劳碌命，也犯不着假模假样让人来恭维。再说，都八十岁了，日子都快过到头了，还有什么值得庆贺欢喜的。德生也不敢违抗，最后还是让老长来说的软和话：“婆，我爸就是想要个热闹，图个吉利，请三亲六戚、街坊邻居们吃个饭，让您高兴高兴。”她见不得老长怏怏的模样，这孩子她一手抱大，长得好看，爱干净，又有个好脾性，只是谁承想，娶个媳妇竟半路转身，丢下俩娃，留给他一肩挑。

老长说的时候蛮婆没再反对。德生是聪明的，隔辈亲呢，老长的话，她就没有不应的。

媳妇当晚送来一套新衣，寿面寿桃也请蛮婆过了目。她心不在焉，右眼一直跳，总觉得有什么事要发生。但是啥呢？一夜醒来，一切都是井然有序的样子，德生、媳妇、老长和两个重孙都一一地来磕过头。屋外边，红桌子长条凳摆得一溜儿，隔壁的几个妇人围坐在案板边，说笑间就把一堆海带和萝卜切得精细。东一街的男人们天生会做菜，能站到灶前当个主厨。蛮婆暗自巡了几回，有人跟她搭话，她立住，应着，但也就是那么一两句，真要是往下聊，她知道年轻人们没有谁真能对她扮出好耐心。在院里来回走了好几趟，忍不住胡思乱想，时辰才过八点，菜场这会儿正是热闹，细心的主妇肯定会发现她蛮婆今天没来，旁邻的农妇也会相互猜测，担忧她身体出了状况；就是对面的王麻子，怕是也会抿口老酒跟买肉的主顾说，蛮婆啊八十岁呢，身子骨再好也是八十岁了，这大冷天，还是蹲在家里享福要紧。蛮婆这样想时，就觉得势必要去澄清一下，她嫁到东一街根本就没享过福，就是到死，也不打算在家里过清闲日子。

蛮婆站在院坝里，使劲叫唤老长。

老长到了跟前，蛮婆的声音又不自觉地低了下去：“时间还早，我去摆摆摊，中午就回来。”

“婆，你这样会让人笑话我们的。”老长皱着眉头，大眼睛显得很无辜。

蛮婆警觉地四下看了看。还好，院坝里街邻们都各自忙着，所有杂务的分工都已约定俗成，没有人在留意她是否会成为一个笑话。

像个蓄意试探、得寸进尺的小孩，蛮婆用拐杖敲了敲地："你现在就帮我把货背上，我要去菜场。"

"婆，你这就不讲理了，人又不是神仙，总得休息吧。你不嫌累，我还嫌累呢。"老长说的时候干脆背过身子，不看蛮婆，这是杀手锏，让她沉默、害怕。这要是老长都嫌弃她了，日子还真是不要过了的好。

蛮婆像个知错就改的小孩，默不作声地回到屋里。矮柜上摆了一茶盘的寿桃，碧叶粉果，像十八岁时的脸蛋儿一样娇羞，她忍不住，低头俯身，把手伸到半截却又犹豫了。那只手寡皮瘦骨的，冒着青筋，到处都是难看的斑块。她赌气似的，把手退了回来，想想，又把身上的新衣理了理，围着火盆，小心地坐了下来。蛮婆提醒自己，不能给德生和老长添麻烦，看上去尽量体面些。再说还有那头八十岁的怪兽，青面獠牙，正蛰伏在某个暗角，向她示威呢。她可不能让它小看了。

德生不时领着人进来，除了些至亲外，也有些生面孔，客客气气地陪蛮婆坐会儿，说点好听的话，她也客客气气地应着。在这东一街，真跟她亲的都走得差不多了。向阳坡倒是还有些姐妹，多年没联系，谁又知道对方的死活呢。老长忙前忙后，顾不得到屋里周旋，那俩娃不过十岁，却不用人铺排，跟他们的父亲一样，早早就懂得人情世故了，端茶倒水、跟人搭话灵巧得很。

所有的人好像都经过彩排，都能找到自己扮演的角色。蛮婆却是茫然的，她一辈子也没这样闲过，被簇拥、被赞美、被祝福，好像这一世，生活对她不曾有半点亏待。

到了下午开席的时候，菜场里有些旧好都陆续来了。肉铺的王麻子，炸苞谷泡的川棒槌。两人候着要跟蛮婆坐一桌，碗里满上酒，川棒槌搓着手、骨碌着两眼说："蛮婆，这样就好了嘛，儿孙满堂，坐享清福。”他的小脸尖长，口音里夹着类似于榨菜的清脆。“还怕不是，你说人这辈子图个啥？还不就是图口热饭、图两句热话。”王麻子缩了缩肩，油腻腻的酒糟鼻里冒出一团白雾。细脚也赶来了，紧挨着蛮婆坐下：“淑，德生待你好，老长也够孝顺，你呀，没白苦。”蛮婆端着酒，心里突然觉得很不是滋味，人活一辈子，最大的企图和妄想也许只是健在。可当这种健在被当成礼遇、被当成告慰时，就突然觉得已到了穷途末路。她的手忍不住抖了两下，嘴唇也有点哆嗦，酒液顺着嘴角淌下，流进衣领，冰凉得很。

“淑，我来时看见德生把你那摊拆了，这是好事，是儿孙的孝心呢。这大冷天，再守，怕是要守出人命来。”细脚也端起酒来敬蛮婆，蛮婆听得心惊，难怪这一天心里七上八下，原来这八十岁的寿宴果真还藏有名堂。分明有股火气在窜，依着她年轻时火暴的脾气，她本将桌子一掀，直接叫唤起德生一顿臭骂，就是拿着扫帚打他也不为过。但是，她早间领教过老长的冷眼和怨气，变得小心翼翼，当着众亲好友的面，真要动怒，怕让人笑话，落得老长再埋怨了。她冷冷一笑，心里清楚，儿孙们要的是脸面，越是寒门越生害怕被人当成吃肉吸血嚼骨的没良心。她从王麻子手里接过酒壶，逐一满上，都喝吧，谁知道什么时候就转了身，享不了这福呢。

一夜酒醒，蛮婆浑身无力，在床上躺了两天，米水未进。德生着急了，唤来东一街的李医生。傍晚，李医生挎着药箱才走进院子，蛮婆就听真切了。她躺在床上，没包头帕，脸往里侧。等到房门被推开，她漠然地说：“不要开灯，我没病，不劳烦李医生了。”德生商量着：“来都来了，让李医生看看吧，好让人放心些。”“不用看了，贱命一条，老天爷要拿去就拿去吧。”她不肯有丝毫的让步。李医生叹了口气，朝屋外走，黑暗中药箱撞到了放在柜子旁的背篓。她听得有东西滚落，六盒装的火柴、用塑料袋装的瓜子，还有糊了一身泥的皮蛋。德生顾不得，循着滚落的声音小心绕行，他急于追出去送送李医生，甚至都没听清她说的那句“忤逆子”。

半月后蛮婆才起身走动，如大病初愈，形销体瘦。原来那小摊就是个最好的伪装，至少可以从形式上来表明自己还没衰老到要坐着等死。而今，身体就是架面临报废的机器，要用也还能勉强凑合，但若是停下来，就彻底散了架。蛮婆偶尔会在院子里走动走动，象征性地替老长吆喝两声孩子，试试尚且还存在的那点余威。但她拒绝到堂屋里上桌吃饭，任凭老长软磨硬泡也不肯。她唯一还能受控的就是她自己的身体了，这也算是种宣告吧。对于德生的先斩后奏，她不打算原谅。

德生当然明白蓄谋已久的八十岁寿宴，功德圆满地完成了拆掉小摊的使命，但同时也不可避免地让蛮婆元气大损。他张罗着去集市购来上好的狗皮，请来走街串户的手艺人给蛮婆做狗皮褥子。

蛮婆也不领情，对着德生没个好脸色。手艺人年近花甲，个子不高，山羊胡子，缝褥子时会戴个眼镜。屋子里多时就两人，火盆里的炭火烧得很旺，皮毛的气味活跃欢腾，动物的野性仿佛在逐渐复活。总之，屋子里又有了点生气。手艺人走南闯北，有的是故事，他知道如何打发这无聊而重复的时光。蛮婆听得很专心，除了向阳坡，她的双脚只踏过东一街了。手艺人一开始也是恭敬的，多年跑江湖练出的眼力见儿，对待蛮婆秉持着从德生身上看到的小心翼翼。然而，讲起故事时，他就有些放任忘形了，他最会拿捏节奏，在穿针引线时加以酝酿，在腾转挪移时添油加醋，加上蛮婆的好奇和频繁的惊叹也推波助澜，他的故事似乎格外地惊心动魄，这让他也不由自主地变得松懈，对蛮婆时常显露出一丝不屑和得意来。这种得意多少有点越过了雇佣的关系，让蛮婆忽又觉得无趣。活到八十岁，在小辈面前原来连经验也占据不了优势，她佯装疲乏的样子，眯着眼睛，夸张地打着哈欠，手艺人立马又回到客气和生分上来。等到褥子做好，手艺人道别时，蛮婆方才觉得真正无趣的是自己，她敢断定他暗地里曾嘲笑可怜过她，守着这黑屋子、这一盆炭火和这一大把的年纪，就是再添张狗皮褥子，这日子又能如何继续？

但不管怎么说，狗皮褥子确实令这个冬天暖和了不少。厚实，丰茂，它的质感偏硬，有锐感，并且还保留着动物粗野的气息，这让人无故地想起那个手艺人，辗转游走、迂回停留，将那些故事携上一程，又放下一段，绵绵延延的，把生命当成了放牧。这让蛮婆觉得这一生真是够长，跟黑夜一样，无穷无尽……

蛮婆暗自给自己作一些设想，把身子骨养好了，再重新回到菜场，卖点小杂货，隔三岔五趁着闲时，跟王麻子就着川棒槌捧来的苞谷泡喝盅老酒、说点闲话。若是能攒点钱，帮衬着把家里的房子再翻修扩建一下，从前托几个婆子给老长相个女人的事怕就不难成了。这样想时，蛮婆觉得自己又还是从前的蛮婆，就是跟那桂珍相比，也不曾弱了几分。

事实上蛮婆也说不好为何总会不由自主想去跟桂珍作个比对，虽然隔着不过两三百米的距离，可这些年，彼此并无正面往来。要说心里搁点什么事，想想还真是有几颗陈谷子烂芝麻呢。

记得她大婚的那天，身着大红袄子，脚上是纳了三层底的灯芯绒布鞋，端坐在婚床上。屋里不断有人拥进来，当然多是女人和小孩，男人们才不好意思这样堂而皇之地来看新媳妇，他们更乐意在堂屋里纠缠着蛮子喝杯烧酒，摆出过来人的姿态，故作夸张地大声打趣：蛮子，恭喜你屁股朝天了。大伙都是听着的，屋里屋外一片哄然大笑。她害臊极了，脸比那袄子还红。女人们也不避讳那些半大的孩子，朝着堂屋火上浇油："是哪个大白天的就在惦记屁股朝天了，赶紧回家找人伺候去呀。"她脸更是红得要命，在向阳坡就没见过这么泼辣的女人。为掩饰窘态，她慌忙起身从箱子里拿出娘家准备好的瓜子、米花、麻饼，盛在盘里，一一端给大家。小孩们得了稀罕货，全往院坝里跑。女人们呢，互搭着肩，早已笑成一团，就连头一月才嫁过来的细脚也笑得没有遮拦。有年长心细的顾及周全，连忙亲昵地跟她说："这男人就没有正经的，你要是害臊，他们更得意，你要是豁出去了，他们反倒怕了。"她很认真地听着，头点得跟鸡啄米一样。她是愿意成为她们中的一员的。女人们又是一阵大笑，这会儿的笑与男人无关，她看得出她们是喜欢她的。都成了邻居，都是做媳妇的，来日方长，总有时机结成盟友，像娘家姐妹一样相互照应。女人们带着满意的笑容陆续离开，挽着手搭着肩，对于刚刚完成的一番检阅和互动，意犹未尽地作最后呈词："喏，都是新媳妇，这蛮子媳妇虽没有那桂珍好看讲究，但看上去脾性不错，亲近得人。"声音不大，但她还是听到了，心里咯噔一下，把桂珍的名字给记住了。

夜里，蛮子把攒了多少年的力气都使完了，仰面喘着粗气。她冷不丁地问："认得桂珍不？""怎么认不得。""好看不？""好看得很。"蛮子酒劲上头，嘴上就没把门。她心里阴着，等真逢上桂珍，是在半月后的集市上，隔着两三米远，细脚捏了她一下手臂："看，那女人就是桂珍。"她一定神，喏，穿的也是普普通通的蓝色夹衣嘛，皮肤不算白，个子也算不得高，再往细里瞧，脸盘更算不得精巧，但横竖打眼，耐看。她后来才琢磨出来，桂珍眉眼里透出种羞涩文雅，就是在女人扎堆的地方，她也总是低头浅笑，从不多言，也因此在东一街的女人中，她就显得不一样了。这种不一样，让男人们觉得新鲜，变得收敛，有桂珍在的地方竟一个比一个细致讲究起来。这种变化，女人们嘴上不说，但心知肚明，对桂珍有种本能的抵制和防御，就连蛮婆也说不好自己是不是对桂珍也曾不自觉地表明过明显的警告和示威。总之，她跟桂珍，就是在那时较上劲的。

平素也没什么走动，等到那年蛮子转身，桂珍家那口子作古，蛮婆又听得旁人拿她两人作比说“这下可咋好，两个女人都成了孤身子，尤其那桂珍哟，可不比那蛮嫂硬气敞亮，崽崽脑子又不清爽，怕是不搭个男人不好活哦”。说这话时，东一街的女人们心肠是软的，眼里还含着泪。那一年德生才两岁，她不敢让人小瞧，狠下心，在菜场里打理起小本生意，起早贪黑的，就没个女人样。偶尔在菜场里看到桂珍，眉眼里还是温和文秀，就是来言搭白，人情往来也没有年轻寡妇该有的幽怨和自怜，当然也没有像她那样不拘小节、大大咧咧豁得出去的样儿，好像丈夫早逝的变故并没能成为她的不幸。这样的女人充满着危险的气味，让东一街的女人们忽又觉得之前的怜悯是多余的，一个寡妇怎么还能活得这么安静闲适，哪怕神情有一丁点忧伤憔悴也好。然而桂珍颠覆了所有人的想象，她没有痛哭流涕，也没有去搭男人，几年后，竟在家门口做起了生意，并且还是做寿衣寿鞋，挣的是死人的钱。东一街的女人们说：“这桂珍呀，千条万条路不选，就赚那死人的钱，如不是心太慈，就是心太狠，才不会怕那晦气沾身。”

一个人带孩子，吃上顿挣下顿的，怎么能不狠点心。仅凭这蛮婆跟桂珍也是同病相怜。她觉得从嫁到东一街以来，桂珍简直就成了她的影子，没法去并列同行，却又根本就甩不掉。就是到老了，人们也总会说蛮婆和桂珍呀，这辈子活得够硬朗，一个人拉扯孩子，一生没吃过闲饭。她乐意听人们这样说，也因此害怕失信于人，更害怕输于桂珍，如果不是德生擅自做主，她当然也是能做到的。

“过完年，我就去菜场摆摊。”蛮婆给自己找台阶，试探着德生的态度。

德生坐在灶孔前，脸被火苗映得通红，恰好掩盖了他的恼羞成怒："妈，你在家里坐着，看看会不会缺你吃少你穿。"

话一出口，德生又长长地叹了口气，起身往屋外边走。身子佝偻，头发花白，年近六十岁的汉子用劳力换取生活，已经是个不折不扣的老头子了。

蛮婆有些心疼，气上了一半又泄了。

媳妇站在灶前守着刚下锅的麦面条，出乎意料地打帮腔："还摆什么摊？你身体不出乱子、不用人服侍就不错了。"锅里的热气冒起来，挡住了那张脸，还有那张脸上的表情。

蛮婆呆立在堂屋中央，四周的空气是冷的，仿佛置身于冰块中，话还未出口就已被冻住。原来，人生中有些过渡是只需一瞬间就能完成的。比如从姑娘到女人，从媳妇到寡妇，从老去到彻底老去，只需一瞬间，并且再已无法回头。

蛮婆开始逐渐适应不摆摊的日子，彻底把自己当作闲人，也不再计较在家庭里和德生角色的互换。她若是细心点，其实早该察觉到德生在家庭里越来越有一家之主的效应，大事小务，他不再征求她的意见，就像拆掉她的小摊一样，他有主意得很。有一次蛮婆在她屋里正吃着饭，听到德生和老长说起生计困难，起意做点小生意，她放下碗筷，走出来插嘴，想卖卖在菜场里混了几十年赚来的生意经。德生近于呵斥般打断："妈，说那些没用的干吗，都什么年代了，好多东西您听都没听到过。"她就傻了，有些委屈、震惊，德生从来没对她如此无礼过，就是要拆掉她的小摊，他不是也辗转迂回了好多次。她看了看老长，渴望他能说点什么，然而老长压根儿没觉出她的难堪，或者对那些赶不上趟的生意经，他跟父亲也是持同样态度的。父子俩继续商讨着，好像什么事也没发生过。蛮婆试图力挽狂澜，举例说明她的生意经也是能与时俱进、推陈出新的，她清楚地告诉自己她必须以过来人的身份，以及压倒一切的气势，来对她在家中的地位进行一场自救。然而，环顾四周，准备呈词时，媳妇递过来一块帕子："妈，您赶紧把嘴擦擦，满牙巴满衣服都是饭粒和油汤。"她愣住了，机械地接过帕子，同时也稳稳地接住了媳妇那轻蔑而又略带厌恶的眼神，内心瞬间瓦解，用帕子擦嘴时，都恨不能把自己也擦没了。她也因此对自己有了新的定位，学乖着点，像小孩一样有一答一，别自以为是没事找事。

蛮婆的日子索性就钉在了火盆边，唯一让人期待的是细脚的到来。

细脚常常是在中午过来，揣着块刚出笼的麦粑，两姐妹各劈一半，掐一小块放进嘴里，也不指望那几颗废牙了，左挪挪右挪挪，唾液浸得差不多了，瘪瘪嘴，再慢慢咽下。向阳坡几十年未回了，能聊的真的不多。有时候屋子里就只有吞咽的声音，那声音被寂静放大，大到让人惊恐，两姐妹会突然停下来，像发现屋子里还有另一个生物。当然话题终归还是有的，菜场是细脚来的必经之地，也是东一街新闻的发布地。她总是会故弄玄虚地弄些噱头，比如王麻子要娶孙媳妇了。蛮婆一惊，他孙子乳臭未干，莫不是这年月还兴童养媳。细脚就勾着身子笑，喷了一地的麦粑末说，是他的干孙子娶媳妇，人家二十四五了。蛮婆抡起手掌就要打："烂妇人，就你的嘴会说。"细脚佯装躲闪，但蛮婆的手也就是做做样子，哪里肯打，到老了，能有个说话的就不易，蛮婆欢喜着呢。一早就埋在炭火下的红薯这会儿已经焐得烂熟，那股甜香藏都藏不住，蛮婆用火钳掏出来，拍了拍灰，哈着气，忍住烫，仍然是两姐妹各劈一半。热气腾腾的红薯简直是锦上添花，那种焦香是童年的味道，像是经过几十年的流浪终于到达，让细脚都想着跟蛮婆说点贴心话了："淑，桂珍那婆子还在摆摊呢，她这辈子遭的是些孽哦。"蛮婆一愣，深深地叹了口气："等开春了，我们也去凑凑，该准备准备了。"细脚没应，屋子里又是一片沉默，连吞咽声也没有了，更不要说去怀疑还有另一种生物。如果真有，也就是那头叫八十岁的怪兽了。

要捱到开春其实没那么快，这个冬天尤其漫长，等待开始飞雪、下凌末子，细脚就不再来了。蛮婆一个人守在火盆边，她的眼睛早已昏花，屋子里若是不开灯，她分辨不了白昼还是夜晚。但她的听觉异常敏锐，对火炮声尤为惊恐，有时候在夜里听得一阵急响，她会叫唤老长。老长从隔壁跑来，也不用问，给她掖掖被子拍拍肩："婆，没事，进腊月呢，小孩放的火炮。"她当然不信，她有判断力，都深夜了谁家孩子还不睡觉，会去放火炮；再说，不进正月，哪家有闲钱给小孩买火炮啊。但她懂事，不再给老长找麻烦，侧过头去，乖乖地睡觉。整整一夜，难以入眠。小城里的风俗，转身离世，都会放火炮，她知道在那一阵火炮声中，东一街又一个人走了。那个人无力去告诉任何人此行的意义，对于这个世界，他其实就如同刚刚点燃的那挂火炮，急促短暂，再怎么轰轰烈烈，到头来只是一阵烟雾，散了也就散了。

清晨醒来，蛮婆特意早起。拄着拐杖，慢摇摇地走到路口，她听到有人敲锣，也闻到了黄烟的味道。她只是想要去验证她的猜想，走的到底是哪一个人呢？那条队伍着实有点长，走得也很缓慢，好一阵子，才看清走在前面抬遗像和拿幡的是王麻子的那两个小子，穿着孝衣，脸上很悲戚。蛮婆的腿有点发软，伸长了脖子再仔细瞧瞧那遗像，那不是王麻子还是谁？满脸的坑，大酒糟鼻子，眯着小眼睛，嘴角略微向上，似笑非笑的样子。怎么就走了呢？一起摆摊二十多年了，除了爱喝点酒，也没听他说过有什么病痛啊。她心里一阵紧缩，拄拐杖的手在发抖。抬丧架的过来，八个壮汉，老长也在其中，咬着牙关一路吆喝着。等到哭丧的队伍跟上来，王麻子的媳妇已哭得呼天抢地，被两个娘家的姊妹扶着，也仍然是捶胸顿足，隐约听到她的哭诉："背时砍脑壳的，你倒是快活了，半斤酒一喝，说走就走，一句话不留，叫我唧个办，叫我咋个活？"紧跟的是王麻子的妹妹，牵扯着两个小孩，从脑后扯一角孝帕捂着脸，哭得跟那戏台上唱苦戏的一样，一哀三叹，挖人心肺。路旁有好事的妇人交头接耳："王麻子不到五十岁呢，哪儿想到会走得这么急，啥都没个准备，买个棺材花高价不说，大小还不合适，只能硬塞进去。"蛮婆听得不只是手抖，全身都在发抖，她心窝子里像灌进了冰水，根本来不及去痛惜意外离世的王麻子，去怜悯从此孤苦的王麻子媳妇。她设身处地为自己恐慌起来，她害怕这种毫无准备的转身，她来这个世上自己做不了主，但若是要离开，怎么也得考虑仔细有所准备，不能给人留下话柄，更不能留下后患。

一阵锣声后，送葬的队伍逐渐远去。蛮婆抹了一把眼泪，自言自语地说："这黄烟真够呛人。"

那天的晚饭，蛮婆又坐回了饭桌，德生吩咐媳妇添了个菜。老长的两个孩子也围在她身边，说话的声音脆甜。堂屋里其实有点冷，光线很暗，门缝不时有冷风灌进来，但她仍然很依恋。她说："倒点酒吧。"老长放下筷子，从屋里拿来瓶苞谷烧，倒了四杯酒。端一杯送到她手上，她抬头看了看老长，有些自嘲："上一回喝醉酒还是在向阳坡呢，是回去给我母送葬，你蛮公也在。天气冷得很，晚上熬夜的时候，我们就喝点烧酒暖暖身，可我母走了，我心里是空的，喝再多酒，也没觉得够，你公呢也不拦我，还一杯接一杯地陪我喝，那次我醉了整整两天。回来后没多久，你公就走了。我成了个孤身子。"

蛮婆把杯子举起来，举过眉间，挡住快要落下的两滴眼泪，说："都喝点吧，喝点暖和些。"

德生用肘子碰了碰媳妇，媳妇乖乖地端起酒杯，老长也把酒杯端起来。

酒，其实真是个好东西呢，那点热度至少可以在体内抵挡一阵子，不用去害怕肉体灰飞烟灭之时，万事成空。甚至酒至恰好之处，还能感觉到灵魂脱离这副臭皮囊之后的自由和虚幻。这副皮囊用得可真够长，但醉酒之后才觉得时间原是很短的，仿佛只是一夜之间就被偷梁换柱，把鲜嫩紧致换成了枯败老朽。

夜里更是难眠了，有一日，老长给蛮婆抱来一罐药酒，酒液呈黄红色，泡着枸杞、红枣、冰糖。说是催眠，要她每夜临睡前，喝一小盅。

躺在狗皮褥子上，被子拉到下巴，那股子酒气浮在唇边，游荡在鼻息里，反倒让人更加清醒。蛮婆把耳朵又伸进黑夜，探出去很远，去抓住一些细微的声音，轻诉，哭泣，责骂，这些声音带着绝望、悲伤的表情，在黑夜里盛开成一朵朵黑色的喇叭花。她收集这些喇叭花，就像在收集自己还存活于世的证据，把它撕开来揉碎了，从那些黑色的汁液里，她又看到了凡夫俗胎体内暗存的毒素。只有在黑夜，人们才会把自己彻底裸露。她很迷恋这些声音，她分析、判断、猜测。但到最终，她会不由自主地开始担心，担心某个衰老、脆弱的肉身，当体内所有毒素排尽，正转身离去。火炮声于她，真是如同刮骨割肉。当然，她的担心也不完全是对的，不是只有枯败老朽的身体才有转身的可能。是在某个中午，火炮引爆一阵剧烈的哭声，那声音很近，就在往前十米的菜场，再准确一些应该就是在菜场的尾端了。那里是菜场的边缘地，做的也是些边缘的小生意，箍铁皮桶，卖老鼠药，炸苞谷泡……每一样，都生机勃勃，实在无法跟转身联系起来。她又是一阵恐惧，想去打听那个具体的名字，一推开门，风就把她可怜的几缕头发从头帕的各个缝隙里揪出来，脸上的皮也被吹得晃荡。走到院子她就立住了，她突然很害怕见到熟人。人老了，真是一天不如一天的样儿。

吃午饭的时候，老长的那两个小鬼异常安静，饭后也规规矩矩地坐在堂屋。蛮婆掏出两毛钱搁他们手里，也没见欣喜。她又牵着他们坐到火盆边，给他们讲故事。她庆幸自己出身好，家境富有，父母开明，明明是个女儿身，却也硬是专门请私馆的先生在家里授了几年的学。她讲故事平素两个孩子也是爱听的，可这会儿，他们耷拉着头，没精打采。小的那个趴在她的膝上，忧伤地说："祖，川棒槌家的幺姑娘今天早上摔死了。他们要回四川，以后没得苞谷泡吃了。"她拍了拍他的肩，一句话也说不出来。大的那个挽住她的肩膀："祖，他们把幺妹裹进篾席，用稻谷草捆起来丢进了河里。"小的孩子还不懂生死，只惦记吃的，大的孩子倒是真切地害怕了，他说的时候，身子分明在抖。蛮婆也在抖，黄泉路上无老少，这大概也是生命最公平又最不公平的地方，但这话她没法跟两个孩子说。她假装啥也没听见，继续讲她的故事，讲朱元璋是个由牧童转世的草莽英雄。

闲着无聊时，蛮婆就掰指头算，再赶两场集，就到了正月。正月一过，天就扯开了，她也该准备准备了。

德生仍然是早出晚归。媳妇一日三餐，缝补浆洗，也没见个消停。老长每晚把两个孩子安顿好后，会陪蛮婆坐会儿，会跟她说说白日里在菜场的见闻。她其实也不爱听，王麻子都走了，川棒槌也回四川了，还有啥好听的。她便忍不住问起细脚，问起那婆子桂珍。老长当然不会骗她，一五一十地说："细脚婆娇贵呢，怕冷就没出过门。桂珍婆呢还在摆摊，她眼拙了，手慢，就算不再接活，订下的寿鞋也够她赶几个月。"她听了有些失落，又有些不高兴，侧过头去闭上眼睛，再不理会老长。老长也顺势熄了灯关上门，轻手轻脚地回了屋。

整个正月，蛮婆都心事重重，对着最爱吃的扣肉、麻圆生厌，有小辈来拜年，也由着媳妇张罗，连漂亮话都懒得回两句。丧着个脸，坐在堂屋角的铁炉子旁发呆，袖子被烟筒烤成了块硬锅巴，她也没察觉。吃饭时，她会没来由地生气，也不吵，拿脸色，摔筷子。没人搭理，她又干脆装起病来，哼哼唧唧的，几日里不吃不喝不起床。她横竖懒得睁眼，容不得屋檐下挂着的大红灯笼，也容不得香火前燃烧的红烛，更容不得柜子上那几簸盖酥肉和扣碗。如此地活色生香、吉祥富足，真是让人难舍，她才不要，对于这些俗物，只有厌恶、鄙弃，才能让转身时少些痛苦。

德生有时会对蛮婆摆出无可奈何的表情，与叔侄老表们说起，也是一个劲地摇头："我妈是吃苦的命，就学不会享福，闲下来身体就慌，就得出乱子。"德生说的时候有撇清责任的嫌疑，甚至还有点想讨取人理解和同情的意思，吃喝供着，啥事不做，她还有什么不知足的。蛮婆听到却隐约是骄傲的，知母莫如子，能吃苦这大概也是她在东一街唯一的资本和荣耀了。只是这点资本现已山穷水尽，就好像积攒了半世钱财的人突生横祸，所有的钱财被剐去，再无力去维持起码的体面。她便终于又变得黯然，不知道之前吃下的苦还够抵消她现在多少的痴、呆、傻。德生媳妇少言寡语，在丈夫的吩咐督促下，倒也还是没省过她一顿饭一杯水，当然，谁敢说她背地里不会跟邻里吐苦水，说起蛮婆的不可理喻呢？

蛮婆知道自己逐渐成了一个让人讨厌的老太婆，她跟老长说："人闲了讨人嫌，人老了讨人恨呢。"她忘了老长还一身的麻烦，苦日子可能比她还长。老长说："婆，有啥讨人嫌讨人恨的？我还愿意像你这样，啥也不做、啥也不考虑呢。"他说得很由衷，像肩上有一万副担子，没有女人顾家，男人其实就是个没长大的孩子。

过完年，蛮婆就让老长往细脚家带口信，天暖了，坐拢来摆摆龙门阵。细脚也心领神会，拎着个包袱让小孙子牵着过来，还是围在蛮婆睡房里的火盆边，大白天的门关上，拉亮灯。“给你看看这个吧，我早就制好的。”细脚从包袱里亮出一件衣服，红面白边的对襟衣，白边上又绣着蓝色绿色的莲花。“里里外外的三套寿衣我都备着呢，自己不想着，谁替你想啊？难不成转身时，被人随便弄套衣服就穿了去。”细脚得意地说。蛮婆就傻了，以为细脚娇贵怕晦气，原来人家早有准备了，就她还以为自己要活得天远水长的。“你还没做吧，趁桂珍还摆着摊，明天我就陪你去定一套全身的。”细脚倒是义气，说的时候恨不得立马就动身。她点头应着，帮细脚把寿衣又叠进包袱里，叠得很仔细，生怕伤着一丝一缕。

“一辈子也没穿过几件好衣，要入土了，干吗还要讲究？”

“还不是因为这一世苦，想穿得体面些去见阎王，下世投个好人家、好年月呀。真能瞑目吗？这一世就真的丢下了？”

“是回家呢，走累了，走不动了，就该回家歇歇了。”

两姐妹肩靠着肩，一问一答，心里从来没有如此宁静安稳过。这辈子其实真是短呢，短到只够从向阳坡走到东一街，短到只剩下那一身寿衣、一口棺材。

第二天一早，蛮婆就拄着拐杖跟老长一起出门，细脚在菜场口候着。两姐妹颤悠悠地朝桂珍家走。一个一百米左右的斜坡，歇了三次。细脚打趣：“在向阳坡时，你还老欺负我，这会儿，我只要轻轻一推，你就滚下坡了。”蛮婆站稳了脚，换了口气，方才回她：“不用推，你吹口气，我也会倒下。”细脚就朝她咧着嘴，双肩抖动着，龇着的两颗牙齿锈迹斑斑、摇摇欲坠，像口黑洞外守着的两匹老兽。蛮婆不寒而栗，脸上的肌肉扯了扯，又迅速地收住了。

好不容易走到了桂珍家。摊就支在门口，一个大案板。桂珍戴着个老花镜，驼着背，缝着手里的寿鞋。案板下烧着炭火。四周围坐着几个老妇人，面生，年纪都差不多，背后都跟着头叫八十岁的野兽，指不定哪天就命丧其口。细脚拉着蛮婆也坐了下来，坐在桂珍的对面。这时，蛮婆才细细打量，桂珍脸上的皮在往下掉，五官也模糊了，但是眉眼里那股味儿还在。算起来也有一二十年未见了，这条街其实是东一街的分支，离得很近，但她怕，没来由地怕那些鲜艳夺目的寿衣寿鞋，她愿意绕着走。

此刻，年轻寡居所拉响的警报声在桂珍这里早已解除，女人们这会儿已成了同盟。用报纸剪成的鞋样，贴在白布上，老妇人们各自拿着自己的尺码，沿着鞋样小心翼翼地剪着。蛮婆忽然有些紧张，这些年她和桂珍一直被东一街的人们相提并论，她自己也时常会装作不经意地去打听桂珍的境况，有时候她觉得桂珍就像个谜，实在无法把那么一个静雅的人跟那些阴冷的丧葬物品联系在一起。她也曾想象过，像跟东一街其他妇人一样，找个不那么打紧的时间，不露痕迹地跟桂珍搭搭话，说不定也能对上脾气，说点掏心窝子的话。可就算是在菜场里逢着，桂珍一个人提着菜篮微微一笑，便匆匆而过。好容易光顾一回小摊，她话都到了嘴边，桂珍却笑着把提前备好的零钱放到她面前，拾两颗皮蛋就转身而去。她敢保证，桂珍这辈子根本就没体会到过逛菜场的乐趣，不会明白女人间的很多秘密就是在菜场里交换的，女人间的友谊就是建立在一瞬间的信任之上。现在，桂珍就坐在对面，身上已没了姿色做掩护，所有的距离都随之失效，她倒真不知该说点什么了。细脚拍了拍她的肩走到案板那头，凑在桂珍耳朵边："蛮婆啥都没准备呢，要做整套。几十年的邻居，好歹都请帮个忙。"桂珍抬起头，缓缓地看过来，四周也有眼神在汇集，惊讶、嘲笑都有吧，这让蛮婆羞愧。她是听到的，她甚至都有些憎恶起细脚来，怎么就让她在众人面前突然矮了几分。

“是蛮姐哦。我老了，做不得多少细致活了。你先剪个鞋样，把鞋底纳好吧。”桂珍从案上找来笔和报纸，接着又开始缝手中的寿鞋，跟年轻时简直一模一样，温和清淡、惜字如金。细脚也帮着在案上找了些现成的鞋样，让蛮婆脱鞋出来比比大小。

“画的时候可得再收小点，转身了，人是会缩水的。”一旁的老妇人扭过头来小心地提醒，让整个气氛变得肃然。“你们是东一街的吧。”妇人接着又问，“难怪这么近，不赶急。不过，这人谁说得好呢。我的寿鞋是早备好的，上个月我女转身，穿着走了。我备了头十年，年年选吉日拿出来晒。我当初哪里想到，我是给我女在做准备啊。”那妇人声音平和，脸上看不到悲伤，拿鞋底的那只手抖了一下，大手指上冒出血珠，像枚封印。

蛮婆和细脚叹了口气，不知如何接话。其他的妇人们也不禁放下心中的针线，神情变得凛然，对于身后那头步步紧逼的野兽，大家不再是恐惧，而是带着某种仇恨，恨不能使出浑身解数，痛快地来个你死我活。

大家那剑拔弩张、决一死战的心理，桂珍早已识破，她试图把大伙从压根儿就不可能胜利的战场上唤回来。她把案上盛糨子的碗猛磕了几下：“竿儿，糨子打好了没？”

大伙一下子觉醒，肩膀懈下来，眼睛都冲着那被叫作竿儿的男人。蛮婆也顺着看过去，才发现案板的旁边砌了口小灶，灶孔前蹲着桂珍的独子竿儿，他脸色惨白，长得惊人，身子也长，即便是蹲着的，却已高过了灶台。

竿儿也不应，慢吞吞地站起来，屈着身子把锅里的糨子舀进碗里。看上去，竿儿又细又长又绵软无力，像个拉长的面人。

细脚悄声在蛮婆耳边嘀咕：“你看那前世来的讨债鬼。”蛮婆在案板下朝细脚腿上掐了下，细脚瞬间噤声。

其实如果不需要糨子，不需要添炭加水，人们完全可以当竿儿不存在，当然除了桂珍。竿儿脸上永远是副躲闪的表情，他的大脑是团稀泥，除了母亲，他对任何人事都没有判断力，但好在他脸上始终保持着微微的笑意，卑怯、示好，像个不具备丝毫攻击性的软体动物，即便失去母亲的庇护，谁又忍心让他为难呢？

细脚的心是狠了点，就是平时跟蛮婆说起竿儿，也口口声声唤着讨债鬼。蛮婆倒是心疼，竿儿打小她就认得，跟德生同岁，身体羸弱，又不长脑子。东一街的男人们对桂珍牵肠挂肚，可就连那嘴上的便宜也不敢讨半分，一个竿儿就能让他们望而却步，谁都不会糊涂到往那火堆里跳。

蛮婆想，这些年，自己不肯服老，一半的原因是在老长身上，她想帮衬他一把，而桂珍大概也是如此，因为竿儿，不敢老去。

案上新添的糨子冒着热气，剪好鞋样的妇人，伸个手指在碗里蘸了蘸，均匀地抹在白布剪成的鞋样上，一层层地贴上去，压平了，晾在案板上。心急的妇人，拿着刚压平的鞋样，伸进案下的炭火上翻烤，糨子的水汽从棉布里跑出来，站到火焰上去跳舞，前仆后继般化身白烟，飘散到空中，像一个个结扣锁住了一个下午的时光……

二月的好天气没几天，接连下了几场冻雨，欲走还留的寒气更是料峭。蛮婆连续几日都没出门，心里惦记着那还未完成的寿衣寿鞋，让老长托话给细脚歇几天。德生和老长的生意也未有新的动向，一个仍然是拖着透支过度的身体打点零工，挣些零碎，剩下一个也还是在菜场里插科打诨般做点杂务兼顾着俩娃，日子将将就就地过着。

屋外头淅沥沥地下着雨，屋檐沟上垂着雨帘。蛮婆坐在饭桌上，数着饭粒往下咽，其实也不知道该如何与德生和老长对话了。她问：

“柴房里没漏雨吧？”老长嘴里含着菜，胡乱地应着。她又问：“我那副棺材可是用毡子搭好的，没蛀虫吧？”饭桌上就安静了，媳妇看了看德生，德生把碗放下，蹙着眉：“妈，新年才开始呢，说那些不吉利的干吗？”语气都带着点责怪的意思了。她忍了忍，没再往下问，都烂肚子里吧，转身了，谁又晓得是怎样受人铺排的呢？就是强了一辈子，到头来也还是身不由己，听天由命。

到了夜里，人又软弱了，还是会胡思乱想。趁着老长过来放暖水壶时，蛮婆又无助地瞪着眼睛，扯着老长的衣袖说道：“长啊，你夜里别睡得太沉，我走的时候，你不能不在。你要送我啊，一直要送到山上，要看着下棺掀棺，要记得别把眼泪洒在我身上，我还想来世来看你呢。还有，他们给你撕孝帕你记得不能要，你到时取我头上的这块白帕就好了，你戴着，赶婆的寿元呢。”说的时候，因为害怕，眼泪没止住，鼻涕也在往下流，嘴里又咸又黏。她陡然厌恶起自己来，怎么就变得这么贪生怕死了呢？老长伸手在她脸上抚了抚，平静地说：“婆，您放心，真到了那天，我都听您的。”老长不回避，也不规劝，语气里像是长了一根刺，倒让她又变得清醒冷静了。待老长回屋，蛮婆又好生地想了一回，对于死亡，到最后其实就是一个人的战斗，除了她自己谁也感受不到那头野兽时时刻刻带来的威胁，而自己虽是早年守寡，受苦受累，但好歹也算是儿孙满堂。和桂珍一比，这一世，她活得一点也不冤。

给自己寻到几分安慰后，蛮婆便稀里糊涂地睡了过去，蒙眬间似乎有人进来，无声无息地像个影子。仔细辨认，是细脚，颤颤地坐到床尾跟她叹气：“淑，我昨晚起夜，骨头发软，摔了一跤，怕是再也爬不起来了。”声音像刚从冰窖里冒出来，还挂着霜。她想起身看看细脚的腿，但浑身无力，继而把手向前伸，想握住细脚的手，却怎么也够不着。她又张开嘴试了试，一个音也发不出来，她着急得泪流满面。四周，陷入可怕的寂静，连细脚也不说话了，表情复杂地看着她。少顷，细脚站起来，转了个身，融进无边的黑暗里。

这个像预示一样的告别让蛮婆想到蛮子走的那晚，也是夜半时分。她还在睡梦中就见他推门进来，裸着身体，白泡泡的，全身浮肿，那张脸跟个汤盆一样大。她心里害怕，不敢细看。蛮子说："遇上漩涡，我们船上所有的人都掉进了乌江，这样走倒也还干净利索，只是你就有苦日子过了。你可记得，不要花冤枉钱来找我。"蛮子垂着头，又沮丧又不舍，她心疼得很。不就是翻船了吗，不就是怕花钱吗，她一个身子投进江里，她这条命也不要了，还怕寻不到他？她忍住害怕，起身想抱住他，一伸手，空的，手里只有从窗外钻进来的一抹冷冷夜色。起尸是在半月后，从上游漂下来的不明物体，被一只渔船上的孩童发现，才把蛮子的尸骸打捞起来。东一街就在河岸上，有住户早听得有人叫唤，趴在窗户又看了个大概，纷纷往河边跑。蛮婆也听到了，只恨没长对翅膀，三步并作两步跑，一只鞋子飞出去，也顾不得。不敢看，却也还是看了，比在梦中见到的样子还要可怕，那哪里还是个人，分明就是坨怪物，是坨发胀到快要爆炸的肉弹。不能看脸，看了也分不清五官。有人眼尖，说："右手是六个手指头，是蛮子咦。"她其实早就认出了，她庆幸找到了他的尸骸，但她又祈祷大伙不要那么聪明，不要发现，不要让蛮子给街邻留下活生生的水打棒形象。周围的人越来越多，几个胆大的小孩从人缝里钻进来，挤到她身边，带着认真求证的姿态去找那长在右手的六指，果真是木已成舟，舟已覆水，蛮爷成了水打棒。小孩们忍不住叫出声来，是六指，是蛮爷，蛮爷是水打棒。大人们气急败坏地把孩子拖出去几米远，只听得一阵责骂和哭叫。桂珍也赶来了，还没走进人群就跪倒在河沙上捂着脸痛哭。刚刚还在替蛮婆难过的街邻们抽了抽鼻子，悄悄地抹了把泪，轻声道："这人是死是活，蛮婆好歹已见着了。桂珍都不知道她家那口子漂去了哪里，再过半月不起尸，怕是都喂鱼了。”蛮婆当然也是听到的，她和桂珍又连在了一起。她手上只多了一具尸骸，除了让蛮子把水打棒的名号坐实，没有任何优势。此后，她和她一样地孤苦无依，一样地把自己当作男人来存活。

噩梦重温，黑暗中的蛮婆用力拍了拍板壁，她叫唤睡在隔壁的老长，她不要一个人去面对一场潜在的死别。老长最会说话，也许他会告诉她，梦其实没那么应验，要不然谁还去求神问神，只不过是一场梦而已。可隔壁安静极了，怎么也等不到回应，角落里那头野兽不知心怀何胎，突然走过来，离她只有两尺的距离，那泛着绿光的眼睛里竟有些温柔。

迷糊糊地捱到天亮，蛮婆被一阵急促的火炮声惊醒，声声都炸进了心窝，炸得五脏六腑血肉一片。她挣扎着起床，走到院子里。老长急火火地从菜场里赶回来，到底是没敢瞒她，丧着脸说：“婆，前晚我细脚婆起夜摔了跤，加上这天变脸快，冷冻大，等人发现时，身子都硬了一半，没能熬过来。”她仰着脸，长叹了口气：“走了也好，也好。”

细脚一走，蛮婆身子骨就彻底软了，一把老骨上附着的那点皮肉皱巴巴的，能拧起半尺。放在桂珍那里还未完成的寿衣寿鞋就由着它去吧，她再也没有力气去谋划如何体面地转身了。屋子里清冷孤寂，角落里的野兽因为如影随形倒变得有点亲近，它看上去有着足够的耐心和自信，并不急于将她捕获，或者因为对她了如指掌，彼此实力的悬殊，它压根儿就不屑与她交战。它只是在等待，等待蛮婆某天主动放弃这种对峙，心甘情愿地缴械投降。

偶尔，蛮婆会到堂屋里扶着墙壁走走，耗上积攒了半日的力气。媳妇见了会忍不住说她得顾着点身子，别摔着碰着了，一家人都不得安生。她耳朵依旧敏锐，能听得媳妇话里潜在的不满和担忧，当然担忧的不是她的身体，而是如果摔得不够干脆，倒是连累了身边人来服侍。她佯装没听见，像个孤魂野鬼在堂屋里继续游荡。如果老长恰好回来，会陪她说点话，她很珍惜那片刻时光，想象着老长身上携着屋外三月的桃花太阳，声音里还扑扇着对蜻蜓透明的翅膀。

蛮婆会忍不住问起桂珍来，老长也不厌其烦地回答："摆摊呢。她还能在干啥？摆摊呗。"她当然还是在摆摊。她每天都在摆摊。回答有千种方式，答案却只有一个，桂珍活得好好的。她隐约有些失望，或者她自己也说不清，她其实一直等待着另一个答案。

某天傍晚，老长提了一包裹回来。一件一件拿出来铺在矮柜上：雪白的寿衣，胸口处用蓝色紫色红色丝线绣着莲花，一朵朵盘绕盛开，清丽、艳绝。裤子也是雪白的。鞋子尖着头，面上绣着红色的寿字。

蛮婆一件件地拿起来，凑在灯下细细地看，那颜色搭配得真好，针脚也匀称细密。从未与桂珍亲近过，但她却没来由地相信，桂珍在给她绣制这些老衣时，一定会把一些旧事缠绕在那丝线里，也一定会有些唯有她俩才能明白的苦痛伤悲，在穿过针孔和雪白的真丝后，终于抵达她胸口，完成一场姗姗来迟的相知相惜。

"婆，竿儿没了，桂珍婆也走了。你定的这些东西，她刚好做完。这是她这一生做的最后一套。"

蛮婆心里长长地舒了口气，但只是瞬间，又泪流满面。

"婆，没啥好难过的。桂珍婆为了给她竿儿积德积福，做了一辈子的寿衣寿鞋。娘母这一世了结了，才好安心地去过下一辈子呀。"

蛮婆点了点头，默默地走到床边，把身上的瘦骨铺在床上。恍惚间，听得手艺人在敲着梆子，唱着小调带着无数故事，穿过小街。听得屋外边媳妇在和德生说着话，语气是商量和征询，声音里却洋溢着压抑不住的欢喜。德生难得地表示赞同和肯定。一个年轻女子带着被人复述的样貌和品行，正慢慢地走进这个家里。她听得日子在往外长出新枝，听得那头野兽正起身向她温柔地走来，她闭上眼睛，身体变成了透明，如婴儿般洁净，盛不下一丁点悲伤。

图书在版编目（CIP）数据

东一街 / 崔晓琳著. -- 北京：作家出版社，2019. 10（2023.2重印）
（中国少数民族文学发展工程・汉语作品出版扶持专项丛书）
ISBN 978-7-5212-0726-2

Ⅰ. ①东… Ⅱ. ①崔… Ⅲ. ①短篇小说 - 小说集 - 中国 - 当代
Ⅳ. ① I247.7

中国版本图书馆CIP数据核字（2019）第205430号

东一街

作　　者：崔晓琳
责任编辑：史佳丽　李亚梓
特约编辑：张绍锋　郑　函
装帧设计：孙惟静
出版发行：作家出版社有限公司
社　　址：北京农展馆南里10号　　**邮　　编**：100125
电话传真：86-10-65067186（发行中心及邮购部）
86-10-65004079（总编室）
E-mail:zuojia@zuojia.net.cn
http://www.zuojiachubanshe.com
印　　刷：固安兰星球彩色印刷有限公司
成品尺寸：170×240
字　　数：165千
印　　张：14
版　　次：2019年12月第1版
印　　次：2023年2月第2次印刷
ISBN　978-7-5212-0726-2
定　　价：38.00元